FANTASTIC
ORIENTAL HEROES

태극
2부
검해

太極劍解

태극검해(太極劍解) 2부 1
한성수 新무협 판타지 소설

초판 1쇄 찍은 날 § 2007년 2월 24일
초판 1쇄 펴낸 날 § 2007년 3월 4일

지은이 § 한성수
펴낸이 § 서경석

편집장 § 문혜영
편집 § 서지현 · 심재영

펴낸곳 § 도서출판 청어람
등록번호 § 제1081-1-89호
등록일자 § 1999. 5. 31
어람번호 § 제2-1138호

주소 § 경기도 부천시 원미구 심곡1동 350-1 남성B/D 3F (우) 420-011
전화 § 032-656-4452 팩스 § 032-656-4453
http://www.chungeoram.com
E-mail § eoram99@chollian.net

ISBN 978-89-251-0573-4 04810
ISBN 978-89-251-0572-7 (세트)

FANTASTIC ORIENTAL HEROES

쾌검해

太極劍解

도서출판 청어람

【目次】

  개인적으로 하나의 글을 1부, 2부 이런 형식으로 나누는 걸 그
리 좋아하지 않는다. 그런 형식으로 된 글의 대부분이 단순히 묻
어가기 위한 방편 중 하나란 생각이 들어서이다.

  그래서 아직 천괴 2부 백발검협전(현재 진행 중인 중국, 일본 진
출 건이 원만하게 이뤄진다면 재차 필을 들 수 있을 날이 올 거라
본다)조차 미정인 상태에서 작년에 종결지은 태극검해의 2부로
2007년을 시작하는 것에 대해 꽤나 큰 부담감을 느꼈다.

  혹시라도 태극검해 2부가 그런 묻어가는 글이 될 것이 걱정스
러웠다. 적어도 이번 2부에서도 뻔뻔스럽게 공동 주인공의 자리
를 차지하게 된 진자운의 삼십대가 된 얼굴을 떠올리기 전까진 그
러했다.

  1부가 끝나기 직전인 천마총 사건으로부터 5년, 혹은 그보다 몇
년쯤 더 지난 시점부터 2부는 시작된다.

  당연히 1부에 등장했던 주요 인물 중 상당수가 아직 생존해 있
고 다시 사건을 일으킬 준비를 하고 있다. 생생하게 살아 움직이
며 내게 소리를 고래고래 질러댄다. 1부 끝에서 주인공에게만 집

중하느라 소홀히 대한 것을 욕하는 것이다.

하지만 이런 상황에서도 나이 먹어 더 뻔뻔해진 진자운이란 놈은 그저 히죽거릴 뿐이다. 네가 설마하니 나 같은 슈퍼스타를 그냥 내버려 두고 있겠냐는 듯한 표정이다.

사실 그게 맞다.

내가 자기 자신을 부정해 가며 이미 결착이 난 글의 2부를 쓰게 되고, 하나의 세계관 속의 또 다른 이야기를 만들게 된 근본적인 원인은 주인공 진자운에게 있다. 갑자기 애 아빠가 된 데다가 홀쩍 삼십대로 들어선 성격 지랄맞은 천하제일인의 이후 행보가 문득 궁금해졌기 때문이다.

더불어 한 가지 더 이유를 들자면……

어느 날엔가 불현듯 뇌리 속에 떠오른 하나의 이야기. 내가 그려냈던 태극검해와는 또 다른 매력의 이야기를 독자 여러분들에게 풀어내고 싶다는 욕구의 발로일 것이다.

같은 주인공의 또 다른 이야기!

굳이 1부를 읽지 않았다 해도 상관없다. 이건 삼십대에 애 딸린 아저씨 진자운과 그의 동생인 장자경이 엮어가는 또 다른 이야기이기 때문이다.

MAKIO의 창작공간에서 광협 한성수 배상.

당대의 천하제일문파.

구파일방 중 처음으로 소림사를 제친 무당파를 이름이다.

그 무당파가 자리 잡은 무당산의 팔백 리 자락에는 제법 여러 마을이 옹기종기 모여 있다.

대부분이 씨족 중심의 마을.

그중 한 곳인 장가촌은 은연중 천하무림의 금지 취급을 받고 있었다. 몇 년 전 그곳에 두 차례에 걸친 정마대전을 종식시킨 당대 천하제일인과 마도의 하늘인 천마신교의 성녀가 함께 은거한 까닭이었다.

따사로운 햇살.

햇살이다.

아닌가? 뭐, 아닐 수도 있겠지.

하지만 꽤나 기분 좋은 느낌, 딱 집어 말하자면 몸이 무언 가 알 수 없는 힘에 의해 부웅 떠오르는 것 같다. 정확히 그런 느낌이었다.

그리고 몸 주변으로 떨어져 내리고 있는 건 황금빛 금가루 가 수백만 개 정도 포함된 것 같은 햇살이다. 공중으로 떠오 르고 있는 몸을 떠받치고 있는 건 그같이 환상적인 황금빛 햇 살, 광명이었다.

'엥? 진짜……?'

반투명한 형태에 벌거벗은 육체를 한 삼십 초반의 사나이.

진자운은 뭐라뭐라 마음속으로 중얼거리며 입가에 흐뭇한 미소를 담고 있던 중 눈을 휘둥그레 떴다.

그냥 혼잣말 좀 한 것일 뿐 아무것도 아닌 줄 알았는데 상 황이 그렇지가 않다. 진짜 생각했던 상황이 눈앞에 펼쳐지고 있었다. 우화등선이 진행 중인 것이다.

진자운은 슬쩍 고개를 들어 하늘을 바라봤다.

지금 자신에게 진행되고 있는 일이 진짜 생각했던 그대로 의 일인지 확인해 볼 필요가 있었다.

물론 이때까지 그의 마음속에 의심은 조금 남아 있었다. 우 화등선이란 게 그리 쉽사리 할 수 있는 게 아니란 세속적인 생각의 발로이다.

'금가루 섞인 햇빛… 진짜구만……'

그렇다.

진자운의 지극히 인간적인 의심을 비웃기라도 하듯 지금 그의 머리 위로는 황금빛 광채가 폭포수처럼 쏟아지고 있었다. 종종 마음속으로 상상하곤 했던 우화등선이 한 점 가감없이 진행 중이었다.

탈인간(脫人間).

즉, 신선행에 들어섰다.

별로 그리할 생각은 없었는데 그렇게 되었다. 그냥 평소처럼 가부좌를 틀고 앉아 묵상을 가장한 오수(午睡)를 즐기고 있었을 뿐인데도 말이다.

어쨌든 어려서부터 도가 계열인 무당파에서 수련해 온 진자운으로선 나쁠 게 없는 일이었다. 아니, 나쁘긴커녕 꽤나 영광스런 일이라고 볼 수 있었다.

도사 비스무레한 수행을 해온 그가 신선이 되기 직전에 이르렀다. 잠시나마 그런 생각을 떠올린 자체가 말도 안 되는 일이었다.

갸웃.

고개를 한차례 옆으로 기울여 보인 진자운이 몸을 축 늘어뜨렸다.

'뭐, 나쁠 거 없겠지.'

당대 무당파의 속가제일인이며, 두 번에 걸친 정마대전을
종식시킨 불세출의 고수 태극무검 진자운이 나직이 중얼거렸
다.

◆ 第一章 ◆

우화등선도 어렵다!

'하아, 저 양반이 또 저러네⋯⋯.'

천향국색이란 말이 무색할 정도의 미모.

사내라면 그저 바라보기만 해도 넋을 잃을 듯한 아름다운 용모의 미소부는 방 안에 들어서자마자 이맛살을 살짝 찌푸렸다. 뭔가 심히 못마땅한 것이 매우 많은 얼굴이다.

척!

양손을 잘록한 허리춤에 갖다 댄 채 미소부는 방 안 한가운데를 떠억하니 차지하고 앉아 고개를 앞으로 축 숙인 사나이를 바라봤다.

흡사 바람이라도 피우고 돌아온 서방을 바라보는 모양새.

미소부는 재빨리 신형을 날려 고개를 거의 바닥에 갖다 댄 사나이 쪽으로 바짝 붙어 섰다.

슥.

그녀의 새하얀 손끝이 사나이의 코끝에 닿을락 말락 한 위치로 향했다.

상황은 불문가지.

미소부는 사나이가 지금 숨을 쉬고 있는가 없는가를 주도면밀하게 살펴보고 있었다.

그것도 꽤나 익숙한 솜씨다. 즉, 여태까지 이 같은 일을 무척이나 많이 경험한 바 있다는 뜻이다.

흠칫!

미소부의 살짝 찌푸려져 있던 얼굴에 놀란 기색이 떠올랐다. 상황이 그녀가 생각했던 것보다 더 심각했다. 이건 위기 상황이었다.

"상공!"

미소부가 크게 놀란 목소리로 사나이를 불렀다. 그뿐 아니었다.

그녀는 언제 손끝 하나 갖다 대기를 망설였냐는 듯 양손 모두를 사용했다. 머리를 따라 아래로 늘어져 있는 사나이의 양 어깨를 붙잡고 흔들려 한 것이다.

그러나 그건 어디까지나 미소부 혼자만의 바람일 뿐이었다.

타탕!

무슨 강철 벽이라도 때렸는가.

미소부의 양손은 사나이의 어깨에 닿지도 못하고 강하게 튕겨져 나왔다.

반탄지기.

무림고수가 강기 따위를 전력으로 펼쳤을 때 발생하는 힘이다. 그 위력은 대단해서 웬만한 도검으로도 뚫기가 어려운데, 미소부의 연약한 섬섬옥수 따위 튕겨내는 건 일도 아니다. 그게 당연했다.

"악!"

미소부는 당연하게 비명을 터뜨렸다. 양팔이 순간적으로 탈골되었다. 아파도 보통 아픈 게 아니었다. 비명을 터뜨리지 않을 도리가 없다.

그런데 그때였다.

휘릭!

미소부가 제자리에서 뒤로 반 바퀴를 훌쩍 뛰어넘었다.

묘기.

그와 함께 미소부의 탈골됐던 양쪽 어깨가 제자리를 찾았다. 그리고 곧바로 그녀의 쌍수에 실린 백색 광채.

통칭 마교로 더욱 유명한 천마신교의 십대마공 중 하나이며, 전문적으로 호신강기를 파괴하는 명옥통천공(明玉痛天功)이다. 결코 평범한 섬섬옥수를 지닌 아낙이 펼칠 수 없는 무공이 느닷없이 모습을 드러낸 것이다.

쇄액!

미소부는 가차없이 손을 썼다. 낭군으로 보이는 사나이의 가슴에 십이성 대성한 명옥통천공을 전력으로 쏟아 넣었다.

자신의 양팔을 탈골시킨 것에 대한 보복이라면 좀 심하다. 상당히 지나치다. 누구라도 그리 생각할 터였다.

콰릉!

명옥통천공은 화끈하게 사나이의 가슴에서 폭발을 일으켰다.

그와 동시였다.

손을 쓴 미소부는 사정없이 방 밖으로 튕겨져 나갔다. 처음에 손을 댔을 때보다 훨씬 더 심한 꼴을 당한 것이다.

쿠당탕!

방문을 박살 내며 밖으로 내동댕이쳐진 미소부가 발라당 대 자로 뻗었다.

쿨럭!

기침과 함께 미소부의 입에서 핏방울 몇 개가 튀어나왔다. 내상이라도 입은 것 같다.

"에구머니!"

마당의 한쪽 켠에 마련된 마루에 턱 걸터앉아 두어 살 남짓 먹은 사내아이를 어르고 있던 중년 여인이 입을 딱 벌렸다.

평화로운 오후 한때에 눈앞에서 벌어진 황당한 사건에 기가 막힌 표정이다.

그때 마당 한가운데 대 자로 뻗어 있던 미소부가 바닥을 박차고 자리에서 일어섰다.

창백한 얼굴.

핏자국이 여실한 입술이 요염하다.

미소부는 신형을 일으킨 것과 동시에 다시 방 안으로 뛰어들려고 했다. 내상이 상당함에도 그녀의 얼굴엔 다급함만이 가득하다.

그런데 문득 그녀가 앞으로 튀어나가려던 신형을 우뚝 멈춰 세웠다.

"꺄르륵!"

때마침 그녀의 귓전을 사정없이 울린 사내아이의 웃음소리.

'이거다!

미소부는 전광석화처럼 뇌리를 스친 생각을 두 번 거듭해서 고려하는 신중함을 보이지 않았다. 그녀는 곧바로 신형을 돌려세웠다.

"꺄르륵! 꺄륵!"

그녀의 눈앞에 중년 여인의 어름을 받으며 연신 해맑게 웃고 있는 사내아이가 있었다.

"어머니, 성아를 잠시만 빌리겠습니다!"

미소부는 바람같이 달려와 사내아이를 품에 안았다. 중년 여인의 두 눈이 쭈욱 찢어진다.

그러나 그녀는 무공을 익히지 못한 듯 미소부의 느닷없는 탈취 행위를 막을 수 없었다.

"성아아아아!"

중년 여인의 애절한 외침을 뒤로하고 미소부가 사내아이를 품에 안은 채 방 안으로 뛰어들었다. 결연한 표정으로 입술을 꽉 앙문 채였다.

'헤에! 빛 속으로 내 몸이 떠오른다! 진짜 이대로 등천하게 되는 건가? 우화등선하는 건가?'

진자운은 찬연한 빛 속에서 즐겁게 노닐었다.

나무(裸舞).

세 살을 넘은 이후 단 한 번도 해본 적이 없는 짓을 진자운은 거리낌없이 자행했다.

창피함 따윈 전혀 없었다.

홀딱 벗은 몸을 하고서 그는 하늘로부터 떨어져 내리는 빛살을 배경 삼은 채 덩실덩실 춤을 추었다.

평상시 그런 짓을 했다간 딱 어머니 진가영에게 두들겨 맞기 십상이다. 다 큰 녀석이 못하는 짓이 없다고 단단히 치도곤을 치를 것이다.

진자운은 개의치 않았다.

그냥 마음이 가는 대로 그는 마구 몸을 움직였다. 태어나 처음으로 맞는 자유였다. 진정한 자신을 그는 막춤 속에서 절실하게 느꼈다.

한데, 그때였다.

움찔.

진자운의 극단적일 정도로 자유로움을 추구하는 춤사위에 제동이 걸렸다. 자유가 속박되었다. 결코 일어나지 않으리라 생각했던 일이 일어나고야 말았다.

진자운은 흥이 팍 샌 얼굴이 되었다.

그의 시선이 자연스레 아래로 향한다. 그럴듯하게 가부좌를 틀고 앉아 고개를 푹 숙이고 있는 자신의 진체가 그대로 눈에 들어왔다.

여태까지 의식조차 못했던 사실.

진자운은 지금 영체가 되어 자신의 진체를 떠난 상황이었다. 몸을 벗어나 영체만으로 신선경에 들고 있었다.

대개 말하기 좋아하는 사람들이 도사가 앉아서 죽었을 때 지껄이곤 하는, 일명 우화등선 중이었다.

그렇다면 누가 이 성스럽고 거룩한 우화등선을 방해하는가? 아니, 했는가?

진자운은 작은 고사리 손을 봤다.

너무 작고 작아서 오물거리며 움직이는 것이 신기할 지경.

처음 봤을 때보다 조금 커졌다.

하지만 지금도 그리 큰 것은 아니었다. 적어도 진자운의 우악스런 손과 비교하자면 족히 몇 배는 차이가 날 듯하다.

그런 손이 지금 진자운의 옷깃을 잡아당기고 있었다.

그리 강하지 않은 손길.

영체가 떠난 상태에서도 지극히 충실하게 진체를 보호하고 있던 무당제일강기공, 단천뢰심강조차 작동할 생각을 않을 정도다. 그 정도로 미약하고 아무런 악의가 느껴지지 않는 손길이다.

그 고사리 손의 움직임에 진자운의 우화등선은 방해를 받았다.

픽.

진자운의 입술 새로 웃음이 새 나온다.

그는 자신의 우화등선을 방해한 고사리 손의 주인공이 누군지 안다. 또한 그 손의 주인을 황급히 데려온 곁의 여인 역시 낯설지가 않다.

가족.

진자운이 좌화한 방 안에 모인 건 여태까지 꽤나 단란하던 일가족이다. 나름대로 오붓하게 세월을 보내온 인간관계다. 피의 연으로 맺어진 공동체다.

하지만 신선경을 코앞에 둔 사람.

그것도 얼마 전까지 착실하게 도사 수업을 받았던 자에게 있어 인간 사이의 관계란 지극히 덧없다.

크게 신경이 쓰여지지 않는다. 그냥 입술 새를 비집고 튀어 나온 웃음, 하나의 무게에 불과하다.

진자운은 시선을 거뒀다.

마음속 한 켠에 자리 잡았던 거리낌의 정체를 알았으니 이제 그의 우화등선을 막을 건 아무것도 없다. 그렇게 생각되었다. 그는 다시 고개를 머리 위로 치켜들었다.

여전히 밝고 밝으며 황홀하기까지 한 빛살의 윤무(輪舞).

진자운의 얼굴에 환한 미소가 떠올랐다.

그는 진심으로 우화등선에 들려 했다. 그럴 작정이었다. 느닷없이 터져 나온 아이의 울음만 아니면 반드시 그리했을 터였다.

"우엥! 우에엥!"

사내아이는 미소부의 품에 안긴 채 한껏 울음을 터뜨렸다.

무엇이 그리 서러운지 사내아이는 발버둥을 치며 울부짖었다. 그렇게 미소부가 만들고 있었다.

철썩! 철썩!

미소부는 사내아이가 조금이라도 울음을 그치려 하면 여지없이 손을 움직였다. 깨벗겨 놓은 사내아이의 엉덩이가 퉁퉁 부어오르도록 손바닥으로 두들겨 팼다.

사내아이로선 울음을 그칠 재간이 없다.

그냥 어쩌다가 어미의 손에 죽도록 두들겨 맞게 된 자신의 신세를 한탄하며 울음을 터뜨릴 뿐이었다.

어느새 엉덩이는 발갛게 부어오르다 못해 핏자국마저 맺혔다. 호신강기조차 종잇장처럼 찢어발기는 명옥통천공의 소수였다. 힘없는 어린아이의 연약한 엉덩이에 핏자국을 맺히게 하는 건 일도 아니었다.

"성아, 미안하다! 엄마도 어쩔 수가 없단다! 조금만 참아라, 성아! 조금만!"

"으엥! 으에엥!"

미소부는 어린 아들에게 용서를 빌면서도 결코 손을 멈추지 않았다. 손을 멈추면 무슨 큰일이라도 벌어질 듯한 기세다. 정말 그랬다.

'아, 제기랄!'

진자운의 머리 위로는 여전히 따사롭고 기분 좋은 빛살이 쏟아져 내리고 있었다.

한 번 그곳에 발을 들여놓으면 결코 다시는 빠져나오고 싶지 않을 듯한 그런 기분을 일으키는 빛살이다. 진짜로 진자운은 그곳에서 빠져나오기 싫었다.

그러나 진자운의 귓전을 울리는 애의 울음소리라니!

그건 도저히 어쩌해 볼 수 없는 강적이었다. 돌아보지 않곤 결코 견딜 수 없게끔 만들었다. 적어도 진자운에겐 그렇게 작용했다.

진자운은 내심 나직한 욕설을 터뜨린 후 빛살을 외면했다.

마음의 움직임.

단지 마음이 바뀌었을 뿐인데, 극도로 황홀하고 좋은 기분을 만들어주던 빛살이 순식간에 멀어져 갔다.

마치 여태까지 일어났던 일들이 꿈이었다는 듯 눈 깜짝할 새 벌어진 일이다. 진자운으로선 다른 선택은커녕 생각조차 해볼 틈이 없었다.

'제, 제기라아알!'

공중에 두둥실 떠 있던 진자운의 영체가 단숨에 진체 속으로 떨어져 내렸다.

우화등선 실패!

빛이 완전히 사라지다 못해 소멸한 것과 동시에 벌어진 일이었다.

번쩍!

진자운은 눈을 뜨자마자 대뜸 손을 뻗어 자신의 애처이자 당대 천마신교의 성녀인 담화연에게서 아들 진유성을 뺏어 들었다.

조금이라도 머뭇거렸다간 하나밖에 없는 아들자식의 엉덩이가 피투성이로 변할 지경이었다. 그가 바로 움직임을 보인 건 당연했다.

"아!"

반쯤 울면서 아들의 엉덩이를 때리고 있던 담화연의 입에서 기쁨의 탄성이 터져 나왔다.

반년쯤 전부터다.

진자운은 무림인들이 보통 내공을 단련하기 위해 하는 운기조식의 범위를 완전히 뛰어넘었다. 운기조식 중에 몸에서 영체를 마음대로 뽑아내는 단계에 이른 것이다.

이른바 반선(半仙)의 단계!

이후론 자신이 마음먹기에 따라 인간으로 살 수도 있고, 신선경에 들 수도 있는 단계에 이르렀다.

설사 인간으로의 삶을 선택한다 해도 반선의 단계에 이른 자는 평범할 수 없다. 이미 인간이라 부를 수 없다.

당연히 진자운의 반쯤 농조가 섞인 설명을 들은 담화연은 내내 긴장할 수밖에 없었다.

천마신교의 총단에서 벌어진 정마 간의 대혈전!

이를 단숨에 종식시켜 버린 태극검해의 신화 이후 무당파의 허공 진인에 이어 천하제일인의 명칭을 얻은 진자운이다. 더 이상 이룰 것이 무에 있다고 갑자기 반선의 단계까지 이른단 말인가.

담화연은 혹시라도 자신의 남편이 갑자기 신선이 되어 우화등선을 할까 봐 두려웠다. 겁이 났다.

그녀는 남편 진자운과 함께 백년해로하며 자식들이 장성

하는 걸 지켜보고 싶었다. 느닷없이 생과부가 될 마음 따윈 전혀 없었다.

그러니 진자운이 느닷없이 숨을 쉬지 않았을 때 그녀가 느낀 당황감이 어떠했을진 짐작이 가는 바였다.

그녀는 너무 당황한 나머지 하늘 같은 시어머니에게서 손 안의 보주처럼 귀히 여김을 받던 아들 진유성을 빼앗는 담대함까지 발휘했다.

가엾게도 아들 진유성은 어미 담화연에 의해 엉덩이에 피가 맺히도록 두들겨 맞아야만 했다. 모두 진자운의 우화등선을 막기 위해 벌어진 일이었다.

그녀의 의도는 성공을 거뒀다.

진자운은 우화등선에 실패하곤 그녀에게서 아들을 뺏어갔다. 자신의 우화등선을 방해한 괘씸한 놈인데도 상관없는 것 같다. 그는 익숙한 솜씨로 서러운 아들 진유성을 달랬다. 담화연의 입이 살짝 벌어질 정도로 노련하다.

슥.

담화연이 눈가에 맺혔던 이슬 같은 눈물을 소매로 훔쳐 냈다. 진자운이 아들 진유성을 어르는 모습을 보는 것만으로도 마음이 크게 흐뭇하다.

그때 진자운이 담화연에게 히죽 웃어 보였다.

"뭐, 이렇게 사는 것도 그리 나쁘진 않구만. 그런데 애 엉덩이는 죽도록 두들겨 패놓고서 뭔 눈물은 그리 흘렸누?"

"그야··· 상공이 죽을까 봐······."

"젊은 나이에 과부 될까 봐 겁났구만."

맞는 말이다.

담화연은 정곡을 찔리자 안색을 노을처럼 붉혔다.

그때였다.

손자를 며느리한테 강탈당한 후 심기가 사뭇 불편하던 진 가영이 불쑥 부서진 방문 밖에서 소리쳤다.

"이것들아! 부부 싸움을 해도 정도껏 해야지! 집안 살림 다 부순 것도 모자라서 애꿎게 왜 애까지 울리고 지랄··· 음음, 난리굿판을 벌이느냐!"

"흠."

진자운이 한바탕 난장판을 겪은 방 안을 슥 둘러본 후 입가 에 피식거리는 미소를 담았다.

진짜 난리굿판을 벌이지 않고선 이런 난장판을 만들기 쉽 지 않겠단 생각이 들었다. 나름 재밌다는 생각 또한 했다.

그때 진가영이 방 안으로 들어와 진자운의 품에 안긴 손자 진유성을 봤다. 정확히 말하자면 보주처럼 아끼던 손자의 까 여진 아랫춤, 그중에서도 손바닥 모양의 피멍이 든 엉덩이에 시선이 갔다.

부르르!

진가영이 작은 몸을 한차례 떨었다.

격심한 분노에 휩싸인 모습.

진자운은 모친 진가영의 엄청난 성격을 지극히 잘 알고 있었다. 그녀가 며느리 담화연과 그동안 별탈없이 지낸 것을 거의 기적에 가까운 일이라 생각해 왔다.

이제 모친 진가영이 사뭇 오랜만에 한창때의 박력 넘치는 모습을 보이자 얼른 입가의 미소를 지웠다.

그는 담화연을 위해 몇 가지 좋은 얘기를 하려 했다. 혹시라도 이번 일이 고부 갈등으로 비화될 것이 걱정됐다.

그는 전혀 사태의 본질을 파악하지 못하고 있었다.

퍼억!

장가촌에서 웬만한 성인 남자보다 맵고 위력이 강하다고 알려진 진가영의 주먹이 진자운의 얼굴을 날렸다.

획!

진자운은 재빨리 고개를 반대편으로 돌렸다.

거의 반사적인 행동이었다.

만약 그의 그같이 재빠른 대응이 없었다면 진가영의 주먹은 산산조각나고, 어깨뼈는 탈구되거나 부러졌을 터였다.

아직 어린아이에 불과한 아들 진유성과 모친 진가영의 주먹은 격 자체가 다르다.

단천뢰심강의 반탄지기를 피할 도리가 없다.

진자운은 자신의 빠른 판단에 만족하며 내심 한숨을 내쉬었다. 진가영이 어째서 담화연이 아닌 자신에게 주먹을 날렸는지 따윈 전혀 중요하지 않았다.

그때 진가영이 다시 진자운에게 달려들었다.

이번엔 발이다.

진가영은 진자운을 발로 자근자근 밟았다.

아주 추수철의 탈곡하듯 두들겨 팼다.

딱 진자운의 어린 시절, 그대로다.

진자운은 전력을 다해 단천뢰심강이 발동하지 못하도록 하느라 진땀을 뺐다. 여전히 진가영이 어째서 자신을 밟고 있는지 까맣게 모르는 채였다.

'말려야 하는데……'

담화연은 시어머니 진가영에게 죽도록 밟히고 있는 진자운을 바라보면서 내심 중얼거렸다. 어느새 그녀의 품에는 진가영이 뺏어온 아들 진유성이 안겨져 있었다.

그녀는 얼마 전까지 단지 울게 하기 위해 엉덩이를 두들겨 팼던 아들 진유성을 열심히 얼렀다.

마치 지금 눈앞에서 벌어지고 있는 비인간적인 폭력과는 완전히 무관한 것 같은 모습이다. 진짜 그녀의 얼굴은 평온 그 자체였다.

그럼 진유성은?

역시 아이라서 단순하다고 해야겠다.

얼마 전까지 빽빽 울어대던 녀석은 모친이 조금 얼러주자 어느새 해죽해죽 웃고 있었다.

웃기 좋아하는 건 꼭 제 아비다.

그러는 새 진가영은 둥둥 소매까지 걷어붙였다.

아예 오늘 아들 진자운을 단단히 손보기로 작정한 것 같다.

진자운은 한숨만 푹푹 내쉬며 잠시 우화등선을 포기한 것을 후회했다. 현실은 아무리 좋다 해도 신선경만 못하다.

특히 이렇게 억울하게 모친에게 두들겨 맞아야 할 때는 더욱 그랬다. 그래도 이미 배 지나간 후에 손 흔들기다. 진자운은 그저 자신이 실수하지 않기만을 기원할 뿐이었다.

＊　　　＊　　　＊

무당파.

일궁오원으로 대변되는 도가의 명문 무당파에도 변화의 시절이 찾아들었다.

변화의 첫걸음은 천마신교의 자소궁 방화 사건이었다.

후일 제이차 정마대전에 무당파가 적극 개입하게 만든 이 사건으로 인해 자소궁의 수많은 전각 중 상당수가 소실되었다.

그중에는 도가전적과 무공 비급을 보관하는 만서각도 포함되어 있었다. 당연히 제법 많은 경전을 무당파는 영원히 잃어버려야만 했다.

소 잃고 외양간 고치는 격이나 무당파는 자소궁을 재건하며 만서각같이 중요한 도관을 다양한 곳에 분할할 필요성을 느꼈다. 혹시라도 다시 방화나 실화가 일어날 경우 피해를 최소화시키기 위함이었다.

그 결과 무당파의 일궁오원은 일전오궁으로 변화했다.

금전과 재건된 자소궁을 비롯한 오궁.

무당파의 주요 전각들은 무당산 곳곳에 분할되었다. 바야흐로 무당파의 돈질이 시작된 것이다.

돈질!

그 배후에는 천하에 두루 퍼져 있는 무당제자들과 속가, 방계들뿐 아니라 태조 홍무제 시절부터 끈끈한 관계를 맺어왔던 황궁의 지원 역시 포함되어 있었다.

전대 천하제일인인 허공 진인.

그 후 또다시 나타난 천하제일인 역시 무당파의 제자인 태극무검 진자운이었다.

양대에 걸친 천하제일의 명성은 어마어마한 금력을 무당파로 끌어들였다.

자고로 무당파 전성 시대가 왔다고 할 수 있었다.

당대의 천하제일인이 현 무당파를 완전히 개무시하고 있다는 점만 제외하면 말이다.

"하아, 어째서 그놈이란 말인고! 어째서!"

무당파에서 가장 깐깐한 성품을 지닌 사람, 집법원주 운현

자였다. 그는 근래 완성된 금전을 앞에 두고서 나직이 한숨을 내쉬었다.

청정을 근본으로 삼는 것이 도가다.

그런 곳에서도 무척이나 유명한 무당파에서 가장 깐깐한 성품을 지닌 집법원주의 입에서 막말이 흘러나왔다. 한숨이 흘러나왔다. 못내 화가 나서 견딜 수 없는 걸 억지로 참고 있는 것 같다.

그 모습을 곁에서 지켜보던 사형 운송자가 특유의 특징을 전혀 찾을 수 없는 얼굴로 웃음 지었다.

"운현 사제, 오늘은 힘들고 힘든 공사 끝에 드디어 금전이 완성된 날일세. 어째서 그리 인상을 찌푸리고 있는 겐가? 혹시 금전을 짓느라고 돈을 너무 많이 쓴 것이 화가 나는 것인가?"

"돈? 확실히 이번 공사로 들어간 재물이 적지 않소이다. 하지만 운송 사형, 본시 도사에게 있어 재물이란 신외지물에 불과한 법. 후세까지 본 파의 영광을 천하만방에 드러낼 금전을 짓는 데 들어간 재물을 아까워할 운현이 아니올시다."

"돈이 아니라? 그럼 뭐가 목석 같은 운현 사제를 이리 화나게 만든 것인가?"

"바로 저것입니다, 저것!"

운현자가 식지 하나를 곧추세워 금전 앞에 조각된 두 개의 석상을 가리켰다.

한 손에 검을 들고 먼 창공을 바라보고 있는 노선인과 빈손으로 크게 웃고 있는 청년 도사의 모습.

바로 당금의 무당파를 천하제일문파로 우뚝 서게 만든 태극검선 허공 진인과 태극무검 진자운의 동상이었다.

두 명의 천하제일인이 무당파의 존엄을 상징하는 금전의 대문 앞에 당당한 자태를 드러낸 채 지키고 섰다.

운송자는 눈을 한차례 꿈뻑거렸다.

'허어, 운현 사제가 본시 속이 좀 밴댕이 소갈머리란 건 익히 알고 있었지만 설마 아직까지 진 사제에게 감정을 품고 있을 줄이야! 진 사제가 어린 시절 다소 말썽을 심하게 부렸다곤 하나 세월이 그렇게나 많이 지났거늘…….'

운송자는 아무런 말도 하지 않았다. 그냥 눈만 꿈뻑거렸을 뿐이다.

그러나 그와 거의 오십 년 이상을 함께해 온 운현자다. 속마음을 읽지 못할 리 만무하다.

'으음, 무당파에서 가장 게으르고 아무짝에도 쓸모없는 운송 사형이 날 속이 좁다고 욕하고 있구나! 감히 날!'

운현자의 두 눈이 분노로 불타올랐다.

그를 분노케 한 대상이 진자운의 형상을 본뜬 조각상에서 눈앞의 운송자로 변했다. 이미 평소의 냉정 침착하던 모습은 어디 갔는지 찾을 길이 없다.

'이크!'

운송자가 앗, 뜨거라 하는 표정이 되었다.

이런 얼굴을 한 운현자가 얼마나 무서운지 수없이 많은 경험을 통해 잘 알고 있었다. 이런 땐 모른 척 외면하는 것이 상수였다.

"어이쿠, 소낙비님이 오시려는가?"

재빨리 딴청을 해 보인 운송자가 금전의 반대편으로 뛰어갔다.

신형을 날리는 수법은 무당비전 제운종.

하늘은 청명했다. 기상의 변덕이 막심한 무당산에선 꽤나 보기 힘든 맑은 날이었다.

"운송 사형!"

운현자가 벽력같이 노성을 터뜨리며 운송자의 뒤를 쫓았다. 어째서 그를 쫓아야 하는지는 중요치 않다. 일단 뒤따라서 제운종을 펼치고 볼 일이었다.

휘익!

휙휙휙!

삽시간에 무당산 금전의 반대편 산등성이에 도착한 두 명의 백발이 성성한 노도는 경쟁하듯 절정의 경공을 펼쳤다.

쫓고 쫓기는 모습이 무당산 중턱을 휘감고 도는 향로 모양의 구름과 어우러져 꽤나 그럴듯했다. 구름 위를 두 명의 노신선이 학처럼 노니는 듯한 모습이었다.

"허어, 어찌 나만 빼놓고서 두 사람만 저리 즐기고 있는고? 신선놀음이 따로 없잖은가 말야."

운송자와 운현자.

두 명의 노도를 바라보며 가볍게 혀를 찬 이는 촌로와 같은 행색의 무당 장문인 운룡 진인이었다.

그는 평상시처럼 자소궁의 원무전에 처박혀 있지 않고 바람이라도 쐴 겸 바깥으로 나왔다.

육대장로와 집법원주인 운현자, 전대 진무각주인 운진자 등이 중심이 되어 일으킨 근래 무당파의 대역사는 본시 그의 뜻이 아니었다.

압도적인 사제들의 압력에 굴복해 허락을 하긴 했지만, 되도록 끼어들고 싶지 않았다. 조금이라도 떨어져 있는 편이 마음이 편하다.

그래서 운룡 진인은 한동안 원무전 안에 꽉 틀어박혀서 움직이지 않았다.

사제들에겐 갑자기 중요한 깨달음의 조각을 하나 발견했기에 참오에 들어야 한다고 둘러댔다. 그리하는 게 편할 것 같아서였다.

운룡 진인의 예상은 틀리지 않았다.

장문 사형이 대도를 말하며 거진 절반쯤 은거하자 나머지 사제들은 알아서 행동했다. 각자 인맥과 능력들을 총동원해서 자금을 모으고, 황궁의 지원까지 받아서 완전히 새로운 무당파를 만들었다.

신무당(新武當).

지난 수백 년간 오로지 도학과 개인의 수양에만 힘쓰던 도사들의 청정도량 무당은 역사의 저편으로 사라졌다. 그 빈자리를 메운 건 황궁에서 파견된 동창의 환관이고, 온갖 세속의 명리에 물든 무림문파 무당이었다.

욱일승천의 기세!

지금에 이르러선 당당하게 말할 수 있다, 무당파가 당금 천하제일문파라고.

그런 때에 무당파는 매우 심하게 변질되어 가고 있었다. 찬란한 영광이 남긴 찌꺼기고, 부산물이었다.

까닥!

운룡 진인은 거기까지 생각하다 고개를 가로저었다. 자신이 너무 앞서 간다는 생각이 든 것이다. 아직 무당은 거기까지 세속에 물들진 않았다. 그렇다고 생각했다.

한데 그때였다.

스스슥!

두 무당 노도의 구름을 벗삼아 보인 절정의 제운종조차 웃음거리처럼 만들며 한 명의 청년이 검무봉 위에 모습을 드러냈다.

허공답보.

간단히 말해 아무것도 없는 빈 허공을 마치 계단 오르듯 걸어오는 걸 일컫는다. 초절정을 넘어 절대지경에 이르러야만 가능한 경공이나 실전에선 그다지 쓸모는 없다.

그냥 공중에서 천천히 걸을 뿐이다. 그 외에 다른 어떤 특징도 없다. 실전에서 쓸 일 따윈 있을 리 만무하다.

물론 멋지긴 하다.

청년이 허공답보를 이용해 검무봉에 도착하자 운룡 진인이 빙긋 입가에 미소를 담았다.

"진 사제의 공력이 이젠 이 사형조차 뛰어넘었구나! 허공답보가 완숙의 경지에 이르렀어!"

"장문 사형의 경지야 벌써 예전에 뛰어넘었지요. 사실 무당파의 장문인이라기엔 장문 사형의 무공이 그다지 뛰어난 편은 아니잖아요."

"허허헛, 내가 뛰어나지 않다라! 하긴 진 사제에 비교하면 내 무공의 조예란 건 참으로 조야하기 이를 데 없는 게지."

"아셨으면 됐습니다."

청년의 정체는 실로 오랜만에 무당파에 모습을 드러낸 진자운이다. 그는 평소와 전혀 다름없는 태도로 운룡 진인에게 대답하곤 한쪽 구석에 쭈그려 앉았다.

바람에 아무렇게나 휘날리는 장발에 매우 불량스런 자세.

대도의 외곽에서 가끔 볼 수 있는 동네 건달의 모습이다. 그들은 이렇게 쭈그리고 앉아 바닥에 침을 탁탁 뱉는다. 공포 분위기 조성이다.

그런 다음 지나가던 행인 중 대가 약해 보이는 자를 골라 살벌한 눈빛을 던진다.

알아서 통행세를 내란 뜻이다.

그러면 대가 약한 사람은 십중팔구 알아서 자신의 주머니를 턴다. 통행세에 대한 징수가 매우 정상적으로 이뤄지는 하나의 예시이다.

운룡 진인은 평생을 무당파에서 수도에 전념한 고인이다. 진정한 도사다. 진자운이 취해 보인 동네 건달의 불량스런 태도 따윌 접해봤을 리 만무하다.

잠시 진자운을 지그시 주시한 운룡 진인이 천천히 그에게 다가갔다.

유유히 흐르는 계류와 같은 움직임.

진자운의 표정은 여전하다. 변한 것이 없을뿐더러 다소 심드렁하기조차 하다.

"장문 사형, 조심하시는 게 좋겠습니다."

"무얼 조심해야 하는가?"

"근래 들어 종종 몸을 떠나 마음대로 이곳저곳을 돌아다니게 되셨지요? 그거 별로 안 좋은 겁니다. 자칫 잘못하면 그냥 골로 갑니다."

"과연! 진 사제 역시 영체를 다루게 되었군 그래?"

"그거 좋은 거 아니라니까요!"

진자운이 슬쩍 목소리를 높이자 운룡 진인이 촌로와 같은 얼굴에 물색없는 미소를 만들어냈다.

얼굴 전체를 이용한 웃음.

과거 천하에서 가장 강한 구주이십오성 중 오정에 속한 북검신도라 불릴 때의 그라면 결코 보일 수 없는 얼굴이다. 지금 진자운의 앞에 다가선 노도는 과거완 완전히 별개의 인물이라고 볼 수 있었다.

진자운은 운룡 진인이 변한 까닭을 안다. 그가 자신의 말을 듣고 갑자기 아이처럼 좋아하자 얼굴 한 켠에 심통스런 기색이 떠올랐다.

'쳇! 생각해 보니 장문 사형은 말 그대로 처자식 하나 딸리지 않은 순수 총각에 말코도사잖아! 이미 영체를 이루게 되었으니, 얼마 지나지 않아서 우화등선하겠구만.'

갑자기 심중에서 튀어나온 생각이다.

더불어 지극히 기분이 좋던 빛의 윤무 또한 떠오른다. 다시는 그같이 좋은 기분을 느낄 수 없다고 생각하니 슬며시 화가 난다.

"퉤!"

슬쩍 고개를 돌려 바닥에 침을 뱉은 진자운이 퉁명스레 말했다.

"그런데 근래 들어 무당파가 제법 돈을 많이 번 것 같습니다? 무당산 전역에서 들려오는 공사 소리에 동네 애들이 경기를 다 일으킬 지경이니."

"그게 다 진 사제 덕분이지."

"쳇, 그럼 뭔가 짭짤한 거라도 좀 나눠주시던가……."

"허허, 짭짤한 걸 나눠달라니! 진 사제처럼 욕심이 없는 인중도(人中道)에게 무당파가 줄 수 있는 게 무에 있겠는가? 오히려 진 사제가 우화등선하기 전에 뭔가 남겨준다면 고맙게 생각할 따름인 것을."

"우화등선 안 합니다!"

진자운은 딱 잘라 대답했다.

며칠 전 아들 진유성의 울음소리를 뿌리치지 못하고 코앞까지 다가온 우화등선을 포기했다.

이미 인간의 정(情) 속에 머물기로 하였다. 이제 와서 은근슬쩍 유혹하려 드는 운룡 진인의 꾐에 넘어갈 순 없었다. 그러지 않기로 마음먹었다.

운룡 진인의 얼굴에 슬쩍 애석한 기색이 스쳐 갔다.

그 또한 거진 반선의 경지에 도달한 자.

진자운이 경험하고, 이를 수 있었으며, 결국 포기한 것이 무언지 모를 리 없다.

지금의 단호한 대답이 어떤 고뇌와 번민을 거쳐 나온 것임을 잘 알기에 애석함의 농도는 짙었다.

그러나 그 또한 흐르는 물에 흘려 버릴 만한 도량이 운룡 진인에겐 있었다. 그는 곧 얼굴에 떠올라 있던 애석한 기색을 담담하게 바꿨다.

"진 사제가 그리 정했다면 그것 역시 나쁠 건 없을 테지. 하면 오늘은 어째서 이 사형을 찾은 것인가?"

"진작 그것부터 물었어야죠."

으르렁거리듯 말한 진자운이 시선을 무당산의 중턱 쪽으로 던졌다.

중건된 자소궁과 거의 비슷한 규모.

화려함에 있어선 오히려 더함이 있어 보이는 궁.

진자운의 시선이 향한 건 근래 들어 완공된 오궁 중 하나인 옥허궁이다.

운룡 진인이 진자운의 의중을 눈치 챘다.

"황궁에서 나온 귀인이 마음에 걸리는 겐가?"

"환관 주제에 근처 마을을 돌면서 온갖 패악은 다 저지르고 다니더군요."

"동창 제독태감의 측근 중 한 명이라고 하더군. 권세가 있는 자가 무당 같은 촌구석에 왔으니 화풀이라도 하고 싶은 게지."

"그 촌구석이 제가 살고 있는 마을이니 문제가 되는 것이겠지요."

"하면?"

"살짝 손 좀 봐줄까 합니다."

"나는 모른 척해야겠구만?"

"중간에 무림의 패악스런 대도적이 무당산 근처로 숨어들었다는 호들갑스런 소문 좀 내주시면 더 고맙겠죠."

"……."

운룡 진인은 진자운이 무슨 짓을 벌이려 하는지 대충 짐작할 수 있었다. 또한 그의 심계가 무척이나 깊다고 생각했다.

당금 황제와 동창의 명령을 받고 무당파로 온 귀인을 건드릴 만큼 간담이 크면서도 뒤탈이 없게끔 만들 정도로 철저하다.

'진 사제가 이차 정마대전을 사전에 종식시킨 건 천하제일의 무공을 가졌기 때문만은 아닐 테지…….'

내심 고개를 끄덕여 보인 운룡 진인이 입가에 흐릿한 미소를 담았다.

"진 사제가 알아서 하시게. 이 수양이 부족한 사형은 이제부터 다른 사제들을 불러 담소라도 나눠야 할 것 같으니."

"킥킥!"

진자운이 담소란 말을 살짝 강조하는 운룡 진인의 재치에 나직이 웃어 보였다.

처음 만났을 때완 비교되지 않을 정도로 재미있어졌달까?

나날이 귀여워지고 있는 장문 사형이다.

슥!

고개를 금전 쪽에 던진 진자운이 지나가는 말을 하듯 한마디 던졌다.

"그런데 장문 사형, 황제가 이렇게 무당파에 지극히 많은

우화등선도 어렵다! 43

관심을 보여줬는데 뭔가 한 가지쯤은 해주는 것도 좋지 않겠습니까?"

"무당에서 특별히 해달라고 한 것은 아니네만?"

"세상일이란 게 다 그렇고 그런 것 아니겠습니까? 뭐, 적당하게 황제 동상이라도 하나 만들어주는 것이 어떻겠습니까?"

"너무 속 보이잖는가?"

"얼굴은 황제의 형상으로 하고 설명하는 글귀에는 장삼봉 조사님이라고 붙이면 되지요."

"허!"

심히 뻔히 보이는 진자운의 제안에 운룡 진인이 입을 가볍게 벌렸다.

눈앞에 있는 소사제가 이미 반선의 경지에 든 사람임을 모른다면 속물이란 말을 입에 담을 수밖에 없었으리라.

진자운은 신경 쓰지 않았다.

슥슥!

이젠 자기가 할 말을 다 끝냈다는 듯 운룡 진인에게 손을 흔들어 보인 진자운이 슬쩍 신형을 날렸다. 슬슬 사람의 형상을 한 개자식 하나를 작살내러 가야 할 참이었다.

◆ 第二章 ◆

백 년간 채양보음한 절세미녀

백
년
간
채
양
보
음
한
절
세
미
녀

동창.

금의위와 더불어 당금 황제의 최측근이요, 관리 감찰 및 정보 수집의 최일선에 있는 권력 조직이다.

당연히 그곳에 속한 자들이 갖고 있는 권력은 무상.

특히 중앙 정부인 북경을 한참이나 벗어난 지방 관부에선 가히 신적인 위치로 군림할 수 있다. 무엇이든 자신이 하고 싶은 대로 할 수 있을 정도인 것이다.

그런 동창에서도 요직인 첩형에 속했던 왕식렴이 무당파를 관리하는 한직으로 좌천됐다. 매우 특별한 사연이 없을 리만무하다.

왕식렴은 십여 세 때 청운의 꿈을 안고서 스스로 거세를 했다. 대장부로 살아가는 것보다 환관으로 출세하여 천하를 오시하는 길을 선택했다. 그 길이야말로 자신이 나아갈 미래라는 확신을 가지고 있었다.

빠르게 흘러간 이십여 성상.

황궁에서 나오는 엄청난 양의 똥오줌이 든 요강을 치우는 가장 비천한 일을 하는 소태감으로 시작한 그는 비상한 처세와 운으로 동창의 첩형에까지 올랐다. 지독한 노력과 운이 함께했다 해도 결코 쉽지 않은 대출세였다.

그가 이 같은 출세를 이룬 데는 현재 동창의 제독태감을 맡고 있는 조양중의 절대적인 비호가 있었기 때문이다.

동창의 무력을 관장하는 제독태감, 동창과 십이감의 인사권을 관장하는 사례감의 수장인 사례태감, 황제의 어의를 대필하는 병필태감을 일러 환관들의 삼두마차라 한다. 왕식렴은 우연찮게 알게 된 조양중의 개인적 취미 생활을 철저히 이용해서 대운을 잡을 수 있었다.

하지만 얻는 것이 있다면 잃는 것 역시 있다.

조양중의 독특한 취미 생활이란 다름 아닌 남색이었다. 그것도 어린 소년이 취향이었다. 왕식렴은 출세를 위해 환관이 될 때 포기했던 것보다 더 큰 걸 잃어버려야만 했다.

그래서였을 것이다.

제독태감의 바로 아래 서열인 첩형에 올라 권력을 잡은 후 왕식렴은 그야말로 개차반 그 자체였다.

그는 상관인 조양중이 자신에게 했던 그대로를 부하들에게 베풀었고, 더욱 악독한 방법으로 자신의 욕심을 채웠다. 그가 상관 조양중과 다른 점은 성적인 취향뿐이었다. 북경성 내에서 그의 악명은 나날이 드높아져만 갔다.

한데 거칠 것이 없던 왕식렴의 인생에 똥을 밟는 일이 발생했다.

하북에 자리 잡은 유서 깊은 무가인 팽가.

오호단문도란 절학으로 무림보다는 황궁의 금의위에 깊숙한 관련을 맺고 있는 가문과 원한을 맺고 말았다. 고작해야 평상시와 같이 아무 생각 없이 저지른 도락의 대가였다.

'제기랄! 제기랄! 제기랄! 하필이면 사냥(?)을 하던 중 만났던 계집이 팽가의 자제와 혼약이 오고 가는 년이었을 줄이야! 똥을 밟아도 더럽게 밟았어!'

오후 늦게야 무당산 오궁 중 거처로 삼은 오룡궁을 벗어난 왕식렴은 전날의 일을 생각하며 눈살을 가볍게 찌푸렸다.

동창에서 출세가도를 달리던 터다.

사십이 채 되지 않은 나이에 첩형에 올랐으니, 몇 년만 더 신경을 쓰면 제독태감 역시 꿈만은 아니었다. 동창의 막강한 무력과 권력을 손에 넣을 수 있었다.

그런데 고작해야 한낮의 여흥으로 벌였던 일에 발목을 잡힐 줄이야!

왕식렴은 평상시 아무렇지도 않게 자행했던 퇴락한 고관 집을 털어먹는 사냥 때문에 궁벽한 무당산으로 쫓겨온 자신의 운수 나쁨에 분통이 터졌다.

재수없는 놈은 뒤로 자빠져도 코가 깨진다더니, 왕식렴이 딱 그 꼴이었다. 그가 어찌 십 년도 전에 병부시랑에서 물러난 여씨 집안의 여식이 팽가와 혼약을 맺었을 줄 알았겠는가.

팽가에서 길길이 날뛰며 금의위에 압력을 가하는 바람에 상관이자 애인인 조양중도 더 왕식렴을 비호할 수 없었다. 지금 그의 처지는 언제 다시 북경으로 복귀할 수 있을지조차 장담할 수 없는 지경이었다.

"썅!"

왕식렴은 답답한 마음에 소리를 버럭 질렀다. 나름 있는 힘껏 지른 고성이다.

그러나 평상시 무당 도사들의 중기 넘치는 기합 소리에 익숙해진 무당산중이다.

뾰로롱!

왕식렴의 절반쯤 악이 섞인 고성에도 불구하고 주변 나무 위에 다리를 걸친 새들은 나직이 우짖을 뿐 날갯짓조차 하지 않는다. 왕식렴의 현 상황을 말해주는 모습이었다.

물론 아무리 쫓기듯 북경을 빠져나왔다곤 하나 왕식렴은

동창의 첩형 중 하나이다. 제독태감 조양중의 총애 또한 아직 식지 않은 상황이다.

그를 쫓아 무당산으로 온 동창의 호위들이 얼른 종종걸음을 치며 다가왔다. 이유는 잘 모르겠으나 버럭버럭 성을 내고 있는 상관의 비위를 맞추기 위함이었다.

"대인, 산골의 거친 음식이 입에 맞지 않으시는 것입지요? 하긴 도사들이나 처먹는 음식이 대인의 입에 맞으실 리가 없지요. 지금 당장 속하들이 산밑의 마을로 내려가서 제대로 된 음식을 마련해 오겠습니다."

"음식만으로 되겠습니까? 좋은 술과 미희 역시 준비해야 하는 게 옳은 일입지요. 주변 현의 현감을 잡아다가 족치면 쉬울 일입니다."

"주변의 호족들과 사대부들 역시 마찬가집니다. 감히 그것들이 아직까지 무당산에 올라 인사를 오지 않았으니, 이참에 치도곤을 내도 열 번은 내야 할 줄로 압니다."

동창의 호위로 오래 살아남으려면 평상시 입이 무겁고 아첨을 잘해야만 한다. 무공이 뛰어난 건 기본에 불과했다. 당연히 왕식렴의 귓전을 파고든 소리는 하나같이 입 안의 혀와 같다.

'흥, 아첨만 일삼는 것들! 본시 무능한 것들이 아첨을 잘하곤 하지.'

내심 나직이 코웃음 치긴 했으나 왕식렴은 잔뜩 찌푸리고 있던 안색을 조금 풀었다.

그 역시 상관인 조양중에게 늘상 하곤 하는 아첨이다. 수하들의 아첨에 그리 쉽사리 넘어갈 리 없다. 하지만 이런 아첨을 들을 수 있다는 건 아직까지 그에게 권력이 남아 있다는 뜻이다. 기분이 나쁠 것까진 없다.

퍽!

가장 앞에 서서 허리를 조아리고 있던 호위를 발로 한차례 걷어찬 왕식렴이 무심한 표정으로 말했다.

"본관이 무당산에 온 지 벌써 한 달이 지났다. 여태까지 무당산으로 찾아오지 않은 자들이라면 무언가 믿는 구석이 있기 때문이 아니겠느냐?"

"그, 그게……."

"아직까지 그런 것도 조사하지 않았다는 것이냐!"

왕식렴의 목소리가 슬쩍 올라갔다. 화가 났다는 뜻이다. 호위들로선 대경하지 않을 수 없다. 이런 경우 빨리 왕식렴이 원하는 대답을 내놓지 않는다면 화가 자신들에게 미친다는 걸 잘 알고 있었다.

호위 중 최고참이 얼른 머리를 굴리곤 목소리를 높였다.

"이곳은 무당산입니다!"

왕식렴의 시선은 여전히 냉랭하다. 그래서 뭐 어쩌란 거냐는 뜻이 농후하다.

호위는 또다시 목소리를 높였다.

"무당산엔 무당파가 있습니다. 당금 천하제일문파지요. 그러니 아무래도 무당파의 배경을 믿고 그리 나대는 게 아닐는지요?"

"무당파의 배경을 믿는다?"

"그렇습니다. 그렇지 않고서야 어찌 그놈들이 감히 동창의 첩형이신 대인께 이런 무례를 범할 수 있겠습니까?"

"흥, 무당파의 위세가 대단하구나! 감히 주변의 호족들과 관리들마저 동창의 첩형인 날 무시할 줄이야!"

차가운 코웃음.

눈매를 가늘게 떠 보인 왕식렴이 갑자기 신형을 휭하니 돌려세웠다. 무당산에 부임한 이후 늘상 그랬다시피 마음속의 분노를 도락으로 풀기로 마음먹은 것이다.

'제기랄, 또 그 짓을 하러 가는구나!'

'거시기도 없는 환관이 밝히기는 더럽게 밝혀!'

'쯔쯧, 저러니 동창의 첩형씩이나 되는 인사가 무당산 같은 산간벽지로 쫓겨왔지!'

단숨에 저만치 앞서 걸어가기 시작한 왕식렴의 호리호리한 몸을 바라보며 내심 혀를 차던 호위들이 얼른 따라붙었다. 혹시라도 뒤처졌다간 무슨 꼴을 당할지 알 수 없다.

*　　　*　　　*

오랜만에 꽃단장을 한 담화연은 아름다웠다.

이십대 초반의 한창 물이 오른 나이에 처녀 적엔 다소 부족하던 색기까지 갖췄다. 이제 오랜만에 꽃단장까지 하고 보니 그 미색이 가히 경국지색이라 할 만했다.

살짝 상기된 얼굴.

봄꽃이라 해도 과언이 아닌 담화연의 안색은 좋지 못했다. 그녀는 상당히 기분이 안 좋은 상태였다. 얼마 전 들려온 개망나니에 관한 소문 때문이다.

'못된 놈! 감히 상공과 내가 은거한 무당산에서 부녀자들을 농락하고 다니다니! 내 이놈을 만나기만 하면 먼저 화려한 미모로 정신을 잃게 만든 후에 사지를 몽땅 부러뜨리고 말 테닷!'

담화연은 근래 장가촌까지 전해져 온 흉흉한 소문을 떠올리며 아랫입술을 살짝 깨물었다. 그리고 자연스레 발끝에 담겨진 강력한 기파!

퍽퍽퍽퍽퍽!

마음속의 분노가 형상화된 발길질의 위력은 놀라웠다.

강도 역시 대단하다.

금세 그녀가 내딛고 있던 산길 이곳저곳에 깊숙한 족인이 잔뜩 찍혔다. 웬만한 무림고수라 해도 이리 순식간에 단단한 산길에 족인을 찍기란 쉽지 않을 듯싶다.

한데, 한동안 계속될 듯하던 담화연의 화풀이가 갑자기 거

짓말처럼 멈췄다. 발길질에 실려 있던 살인적인 힘이 싹 종적을 감춰 버렸다.

그뿐만이 아니다.

빙그르르르!

담화연은 발바닥에 내력을 집중한 채 신형을 한 바퀴 돌렸다. 아니, 사실은 대여섯 바퀴 이상 돌았다. 방금 전 찍어놨던 발자국들을 싹 지워 버리기 위함이었다.

그녀는 성공했다.

거의 백여 개를 헤아리던 발자국들은 찍힐 때와 마찬가지로 순식간에 자취를 감춰 버렸다. 아예 처음부터 그런 것 따윈 존재하지 않았던 것 같다.

담화연은 그제야 돌기를 멈췄다.

그녀는 언제 얼굴 가득 분노를 뿜어냈냐는 듯 고개를 살포시 내려뜨렸다. 누가 보더라도 한 떨기 꽃이 활짝 피어난 것 같은 자태였다.

문득 마치 그녀가 그런 모습을 보이길 기다리고나 있었던 것처럼 산길 저편으로부터 일단의 사람들이 모습을 드러냈다.

곱상하게 생긴 백의 차림의 사내.

뒤따르는 회의경장 차림의 무사 십여 명.

그들은 한 달 전쯤부터 무당산 인근 마을을 돌며 온갖 행패를 다 부리고 다닌 인간말종들이었다. 담화연이 소문으로 전해 들은 인상착의와 거의 비슷하다.

반짝.

담화연의 눈에 이채가 담겼다.

'쳇, 앞서 걸어오는 녀석이나 뒤를 따르는 것들이나 그리 대단한 무공을 지닌 건 아니네. 기껏해야 일류 정도나 되려나?'

담화연은 비록 천마신교의 성녀이긴 하나 본래 무공이 그리 높지 않았다. 특별히 무공을 연마해야 할 필요성을 느끼지 못했기 때문이다.

하지만 현재는 과거의 그녀가 아니다.

진자운과 혼례를 올린 후 그녀는 상당히 공을 들여 무공을 수련했다.

연적!

청년 시절 아무런 거리낌 없이 바람을 피워대던 진자운과 관계 깊은 여인 중 한 명인 모용청려는 현 정파무림맹의 맹주였다. 무림 최강의 고수 중 한 명이다. 담화연으로선 그녀를 의식하지 않을 도리가 없었다.

그런 까닭으로 담화연의 무공 수위는 과거와는 비교조차 할 수 없을 정도로 상승해 있었다. 이미 절정의 경지조차 끝자락에 도달해 초절정의 벽을 두드리고 있을 정도였다.

당연히 왕식렴을 비롯한 동창의 인물들이 기껏해야 일류 수준의 무공을 익혔을 뿐이란 걸 한눈에 알아봤다. 마음이 움직이지 않을 수 없다.

'호오! 혹시 몰라서 미인계를 펼친 후에 처리하려 했는데, 그냥 손을 봐도 될 것 같은데? 그냥 쓸어버릴까?'

담화연은 진짜 진지하게 고민했다.

점차 그녀 쪽으로 다가오고 있는 왕식렴 일행은 그만큼 만만해 보였다. 그녀가 지금 당장 손을 쓰지 않는 건 남편이자 무공 사부라 할 수 있는 진자운에게 얻어들은 결코 적을 만만하게 보지 말라는 가르침 때문이었다.

그렇게 그녀가 고민에 빠져 있는 사이 왕식렴 일행이 다가왔다.

번뜩!

왕식렴은 갑자기 눈앞이 환해지는 걸 느꼈다. 내심 고민에 빠져 이맛살을 살짝 찌푸리고 있는 담화연의 모습이 천상에서 막 하강한 선녀처럼 보였다.

'헉! 저런 미인이 세상에 존재할 줄이야!'

왕식렴은 자신도 모르게 안색을 와락 일그러뜨렸다. 두 주먹을 꽈악 쥐어 보였다.

분함.

그는 난생처음으로 환관이 된 걸 격렬하게 후회했다. 상관인 조양중에게 몸을 내맡길 때조차 느끼지 않았던 감정의 폭포에 흠뻑 적셔져 버렸다.

왕식렴을 따르던 호위들 역시 눈이 없진 않다. 그들 역시 담화연의 화용월태를 봤다.

일시 압도적인 미모에 놀라 입이 딱 벌어진다.

그게 그들이 할 수 있는 전부였다.

그나마 가장 먼저 정신을 차린 건 호위들 중 최고참이자 왕식렴을 가장 오래 모신 자였다.

그는 왕식렴의 붉게 물든 얼굴을 눈으로 살핀 후 얼른 앞으로 나섰다.

'미인은 본시 노인과 권력자들의 몫이다! 이 정도 절세미인이라면 당연히 나한테까지 돌아오진 못한다. 왕 첩형에게 얼른 갖다 바쳐서 점수나 따고 보자!'

냉정한 판단이었다.

속이 쓰린 것은 별개의 문제였다.

그는 허리에 찬 패도의 도갑을 운율에 맞춰 몇 차례 두들기곤 담화연에게 천천히 걸어갔다. 일단 적당히 공포 분위기를 조성한 후 담화연을 낚아챌 작정이었다.

투둥!

퉁퉁퉁!

운율이 담긴 도갑 두들기는 소리는 담화연을 일깨웠다. 그녀는 참으로 뻔히 눈에 보이는 얼굴을 하고서 다가오고 있는 호위의 음흉한 표정을 지그시 바라봤다.

묘한 백치미가 느껴지는 모습.

호위는 가슴이 일순 크게 뛰는 걸 느꼈다. 미인이 많다는 북경성에서 꽤나 많은 계집질을 하고 다닌 그의 감정이 크게 격탕된 것이다.

화끈!

결국 얼굴이 잘 익은 홍시처럼 붉어진 호위의 앞으로 담화연이 천천히 다가왔다.

일 보.

그러나 순식간에 삼 장이나 되는 거리가 좁혀진다.

호위는 담화연이 바로 코앞까지 이를 때까지 전혀 정신을 차리지 못했다. 아예 자신에게 무슨 일이 벌어지는 줄도 몰랐다.

퍼억!

담화연의 발이 그의 안면을 살포시 밟아주었다.

"엇!"

왕식렴은 선임 호위가 나가떨어지는 모습을 본 순간, 평소의 냉철한 이성을 되찾았다.

악귀들이 모였다고 알려진 동창.

그곳의 첩형에 오른 자가 바보일 리 만무하다.

비록 제독태감인 조양중의 총애를 등에 업었다곤 하나 왕식렴의 능력은 다른 첩형들에 비해 결코 떨어지지 않았다. 오히려 심계를 쓰는 거나 잔혹한 일 처리에 있어선 한 수 위라고 할 수 있었다.

"살수다!"

왕식렴은 크게 소리를 지르곤 재빨리 신형을 뒤로 물렸다. 담화연이 진짜 살수라면 그 자신이 제일의 목표일 게 분명했다. 일단 뒤로 물러서서 기습에 대비하는 것이 우선이었다.

호위들 역시 멍청하지 않다.

그들은 선임 호위가 담화연의 발에 짓밟힌 것과 동시에 각자 병기를 빼 들었다. 뒤로 물러서는 왕식렴의 앞을 가로막는 것 역시 잊진 않았다.

차차차차착!

동창 소속의 무사들답게 호위들의 움직임은 일사불란했다.

그들은 왕식렴의 앞을 가로막아 선 것과 동시에 담화연에게 파고들었다.

번뜩이는 도광!

다섯 개나 되는 도광이 담화연의 섬세한 몸을 노린 채 파고들었다.

인정사정 봐주지 않는 악랄한 공격.

담화연의 입가에 빙긋 미소가 떠올랐다. 이 정도 공격쯤 예상치 못한 그녀가 아니다. 오히려 첫 선빵이 지나치게 쉽게 성공해서 서운함을 느꼈을 정도였다. 생각보다 빠른 적의 대응이 고맙기조차 하다.

'그래 봐야 기껏해야 일류 수준들!'

담화연이 선임 호위의 얼굴을 밟는 걸로 얻은 탄력을 한껏 발휘하며 공중으로 뛰어올랐다. 이미 다섯 개의 도광은 바로 코앞까지 이르러 있었다.

파파파파팍!

담화연은 각기 다른 각도를 보이며 파고든 다섯 개의 도광을 하나 남김없이 발로 걷어찼다. 발끝에 내경을 담아 도기성 광이 담겨 있던 다섯 자루 도의 공격을 분쇄해 버린 것이다.

"크윽!"

"케엑!"

가장 먼저 담화연을 공격했던 두 명의 호위가 입에서 피화 살을 터뜨리며 뒤로 나뒹굴었다.

뒤를 따랐던 세 명 역시 그리 좋은 상태는 아니다. 그들은 안색이 시퍼렇게 변한 채 신형을 크게 비틀거렸다. 역시 내상 을 입은 얼굴이다.

하지만 담화연의 공격은 그것으로 끝난 것이 아니었다.

휘릭!

역시 도를 걷어찬 탄력을 바탕으로 신형을 공중에서 회전 시킨 담화연의 쌍수에 흐릿한 백색 투명한 강기가 담겼다.

명옥통천공!

잠심연무의 기간 중 담화연이 특히 공을 많이 들였던 마공 이다. 기껏해야 일류 수준에 불과한 호위들이 받아낼 만한 성질의 위력일 리 만무하다.

"쿠웩!"

"우왁!"

"히헥!"

그나마 버티고 서 있던 나머지 세 명의 호위가 사방으로 튕겨져 날아갔다. 몸이 산산조각 부서지지 않은 것이 이상할 정도의 상세를 입었음은 물론이었다.

"어머!"

담화연은 자신의 단 일수로 인해 벌어진 일련의 모습에 다소 놀랐다.

명실상부한 당금 천하제일인.

태극검해의 전설을 이룬 태극무검 진자운이 낭군이자 무공 사부다.

그녀가 객관적으로 자신의 무공을 인증받을 만한 기회란 그리 많지 않았다. 사실 진자운과 혼인을 올린 이후엔 아예 없었다고 함이 옳았다.

그래서 한 떼의 일류 수준의 왈패들을 상대하러 나서며 열심히 꽃단장까지 했다. 혹시라도 자신의 무공이 떨어질 경우를 대비해 미인계를 펼치기 위함이었다.

그런데 결과는 눈앞과 같다.

담화연이 신기한 듯 얼마 전까지 열심히 빨래하고 밥을 짓던 자신의 양손을 바라봤다. 무리가 아니다.

그러나 그녀의 그 같은 모습조차 느닷없는 신위를 두 눈 크게 뜨고 지켜본 자들에겐 두려움으로 다가온다.

'마녀! 마녀로구나! 저리 손속이 맵다니!'

'어찌 무당파가 자리 잡은 무당산중에서 저런 마녀를 만날 수 있단 말인가!'

'얼굴은 선녀처럼 예쁜데, 손속은 흡사 지옥유부의 마귀나 찰보다 무섭구나!'

왕식렴의 앞을 가로막고 있던 호위들의 얼굴 가득 두려움과 공포의 기색이 떠올랐다.

상황은 불문가지.

남은 호위들에 왕식렴까지 가세한다 해도 눈앞의 예쁜 마녀를 이길 가능성은 전혀 없었다. 웬만하면 당장 신형을 돌려 달아나고 싶은데, 동창의 소속이란 자부심이 발을 붙잡는다.

그때 역시 다소 질린 기색을 짓고 있던 왕식렴이 갑자기 호위들을 제치고 앞으로 나섰다.

슥!

왕식렴은 동창의 첩형으로 당연히 호위들보다 무공이 높다.

당당한 절정고수이다.

그러나 그 역시 담화연과 비교하면 꽤나 손색이 있다. 기껏해야 그녀의 십초지적이 될까 말까 한 실력에 불과하다.

왕식렴 본인이 그 같은 사실은 가장 잘 안다.

담화연의 놀라운 무공을 접했을 때 그가 가장 먼저 한 생각은 호위들을 희생시키고 도망치는 거였다.

이곳은 무당산.

현재 거의 공사가 절반 이상 끝난 오궁 쪽으로 달아날 수만 있다면 무당파 고수들의 보호를 받을 수 있다. 눈앞의 아름다운 마녀의 추격을 그곳까지 뿌리칠 수 있다면 말이다.

왕식렴은 그 부분에서 내심 고개를 가로저었다.

얼핏 목도한 담화연의 신법.

왕식렴으로선 결코 흉내조차 낼 수 없을 정도의 수준이다. 기껏해야 일초양식조차 받아내지 못할 정도인 호위들이 전력으로 막는다 한들 몇 걸음이나 지체케 할 수 있을지 장담할 수 없다.

'흥, 게다가 이놈들은 이미 겁에 질린 상태다. 내가 도망가면 필시 사방으로 흩어지고 말 거야.'

냉정한 판단이었다.

왕식렴은 거세를 하고 황궁에 투신한 이후 늘상 그랬듯이 자기 자신만을 믿기로 마음먹었다.

"본관은 지엄하신 황상 폐하의 명을 받아 무당산에 부임한 동창의 첩형이다! 네가 감히 시해를 시도한다면 구족이 멸함을 모면할 수 없을 것이다!"

"동창의 첩… 형……?"

"그렇다! 본관은 지엄하신 황상 폐하의 충실한 신하이자 동창을 관장하는 제독태감과 사례태감님을 모시는 자다!"

"……."

담화연은 물론 동창이 어떤 곳이란 걸 안다.

왕식렴이 기세등등하여 소리친 동창 내부의 서열에 대해
선 잘 모르나 대충 짐작할 수 있었다. 고작해야 인근에서 제
법 힘 좀 쓰는 호족의 찌꺼기 정도로 생각했던 왕식렴 일행이
생각보다 대단한 위치란 걸 알게 되자 고민이 생겼다.

강물이 우물물을 넘보지 않는다!

서로 불간섭을 기본으로 하는 무림과 황궁 간의 관계를 우
회적으로 표현한 말이다.

이제 동창의 제법 대단한 관리를 건드린 셈이니 담화연이
취할 수 있는 선택은 두 가지밖엔 없었다.

싹 다 죽여서 입을 막거나, 여태까지의 일을 없었던 걸로
하고 도망가거나…….

'열 명이 넘는 인간들을 죽이는 건 숙녀가 할 만큼 고상한
일은 아니다!'

담화연은 바로 결정을 내렸다.

생긋.

선이 얇은 얼굴 가득 관료 특유의 위엄을 담느라 안간힘을
쓰고 있는 왕식렴에게 슬쩍 미소를 던진 담화연이 갑자기 신
형을 뒤로 뒤집었다.

휙!

한 번에 움직인 거리가 삼 장여.

그녀는 뒤도 돌아보지 않고 신형을 날려 도망갔다. 그리고 혹시라도 왕식렴이 추격이라도 해올까 봐 걱정이 된 그녀는 천리전음의 형식으로 청아하게 소리치기까지 했다.

"오호호호홋! 동창의 귀인들이 무당산에 있을 줄은 몰랐거늘, 기련마녀가 오늘 큰 실수를 했구나! 백 년 만에 기련산을 내려온 탓이니 귀인들은 용서하길 바란다!"

"기련마녀? 팽가에서 보낸 살수가 아니고……?"

왕식렴이 다소 멍청한 표정으로 담화연이 순간적으로 만들어낸 별호를 중얼거렸다.

동창의 주요 업무 중 하나가 무림 감찰이다.

첩형쯤 되면 웬만한 무림 중의 일은 모르는 게 그다지 많지 않다.

하지만 왕식렴은 여태까지 무림 중의 일은 그다지 크게 관여하지 않았다.

관리 감찰이 그의 주요 업무였다.

담화연이 급조해 낸 기련마녀란 별호가 낯선 건 무리가 아니었다. 그는 그녀를 팽가에서 자신을 죽이기 위해 보낸 살수라 생각하고 있었다.

*　　　*　　　*

진자운은 동창에서 온 왕식렴 일행을 완전히 홀딱 벗겨놓고 혼쭐을 내주기 위해 꽤나 많은 준비를 했다. 인원과 장비, 실행할 장소 등을 빠짐없이 물색하고 마련해 놓았다.

그는 무당파에서 가장 친한 진무각주 현음자를 꼬셔서 열 명이나 되는 칠성검수를 차출해 왔다. 왕식렴 일행을 습격해서 붙잡을 만큼 강한 무공을 지닌 수족이 필요했기 때문이다.

진자운이 원하든 원하지 않든 당금 무당파에 입문한 도사들에게 그의 성망은 가히 하늘이나 다름없었다.

특히 무당파의 미래라 할 수 있는 진무각의 칠성검수들은 가히 열광적으로 그를 따랐다. 수족으로 부리기엔 더할 나위 없이 쓸 만하단 뜻이다.

그리고 그는 모친 진가영의 고향인 진가촌의 촌장을 독대한 후 그곳을 일을 벌일 무대로 설정했다. 그동안 왕식렴 일행이 쏠고 다닌 구역을 조사해 보고 대충 며칠 내에 진가촌이 대상이 될 것임을 알 수 있었다.

진가촌을 텅 비게 만든 그는 칠성검수들을 분장시키고 백련정강으로 만든 보검 대신 몽둥이와 쇠스랑 등을 쥐어줬다. 동창의 자칭 귀인들을 습격해서 개박살 내는 자들은 무도한 산도적들이어야만 한다. 이 같은 준비는 당연했다.

그런데 갑자기 이 같은 준비가 무의미해졌다.

느닷없이 평상시처럼 오룡궁을 벗어나 산밑으로 내려오던

왕식렴 일행이 발길을 돌렸다. 도로 오룡궁으로 돌아가는 걸로 진자운을 바람맞혀 버린 것이다.

까닥!

진자운은 꽤나 그럴듯하게 산도적 흉내를 내고 있는 칠성검수들을 물끄러미 바라보다 고개를 한차례 옆으로 뉘어 보였다. 어째서 갑자기 자신의 계획이 완전히 뒤틀려 버렸는지 좀 생각해 봐야 할 것 같았다.

그때 멀리 장가촌 쪽에서 한 명의 선녀가 신형을 날려왔다.

진자운의 사랑스런 어부인이자 전 마교의 성녀인 담화연이 꽃단장까지 하고 모습을 드러냈다.

자못 뜻밖의 등장.

진자운은 갑자기 어째서 자신의 완벽한 계획이 꽤나 바람직하지 못한 쪽으로 뒤틀려 버렸는지 대충 짐작이 갔다. 무당산처럼 좁은(?) 동네에서 그의 예상을 벗어나게 만드는 불안 요소란 건 그리 많지 않은 게 분명하다.

"상고옹!"

담화연은 화사하게 웃으며 진자운에게 다가들었다.

그녀와 진자운 사이에 아무렇게나 도열해 있던 칠성검수들이 황황히 자리를 비켜주었다. 나이가 젊은 축에 속하는 몇몇은 도사 주제에 얼굴까지 붉히고 있다.

하긴 칠성검수쯤 되려면, 어려서 무당파에 입문한 후 줄곧 잠심연무를 거쳐야만 한다.

여인하곤 담을 쌓은 나날을 보낸 젊은 칠성검수들에게 있어 담화연의 미모는 지나칠 정도로 치명적이다. 잠시 넋을 잃었던 것이나 하늘 같은 진자운에 대한 호칭을 듣고 대경한 것을 탓할 바는 아니다.

담화연은 한걸음에 진자운의 곁으로 다가들더니 잔뜩 애교까지 부리며 품 안으로 파고들었다. 여전히 힐끔거리기를 멈추지 못하고 있던 젊은 칠성검수들의 시선 따윈 아예 의식조차 하지 않는 것 같다.

진자운 또한 주변의 시선에 구애받는 사람이 아니다.

그는 작은 고양이처럼 품 안으로 파고든 담화연을 아무렇지도 않게 보듬은 채 히죽 웃었다.

"그래, 무슨 일이 있었던 거지?"

"……."

한껏 교태로운 표정을 자아내고 있던 담화연의 안색이 얼핏 굳었다.

찰나간의 변모.

진자운은 굳이 시선을 던져 확인하지도 않고 담화연을 안은 양손에 살짝 힘을 주었다.

"오늘은 말야, 내가 오랜만에 사냥을 하기로 예정된 날이었거든. 그래서 꽤나 많은 준비를 해놨는데, 이상하게도 사냥감이 제 집으로 후다닥 도망쳐 버렸어. 참 이상한 일이지 않아?"

"그, 그게 뭐가…….""

"게다가 이상한 일은 또 있어. 요 며칠 유성이가 잠투정을 심하게 해서 제대로 세안도 하지 못하고, 틈만 나면 꾸벅거리며 졸던 내 예쁜 부인이 느닷없이 꽃단장을 한 거야. 지금 보니 처녀 시절이나 다름없이 예쁘군."

"정말요?"

진자운이 꽤나 많이 비꼬아 던진 수많은 단어들 중 담화연을 반응케 한 건 예쁘다는 말이었다. 진자운에게 그 같은 말을 듣는 건 참으로 오랜만의 일이었기 때문이다.

담화연이 갑자기 반색을 하며 눈을 반짝이자 진자운의 입이 가볍게 벌어졌다. 새삼 여자란 존재의 불가사의함에 작은 경이를 느낀다.

그래도 담화연은 포기하지 않았다.

그녀는 진자운의 옷자락마저 흔들어대며 기대의 눈빛을 더욱 빛냈다. 주변에 옹기종기 모여 있던 칠성검수들이 참지 못하고 진자운에게 고개를 끄덕이라고 속으로 소리를 질러댈 정도로 노골적인 모습이다.

진자운이 결국 목소리를 슬쩍 높였다.

"그래서 어떻게 된 거야!"

"……."

담화연은 대답하지 않았다. 더욱더 눈을 반짝거릴 뿐이다.

진자운이 결국 항복했다.

"내 부인은 천하에서 제일 미인이다! 하늘에서 실수로 떨어진 선녀다!"

"상공, 죄송해요. 제가 실수로 동창의 인물들을 건드렸어요."

"몇 명이나 박살 냈지?"

"여섯 명 정도… 랄까……."

"……."

진자운의 침묵에 담화연의 표정이 조심스러워졌다. 고개까지 살짝 숙여 보인다. 혼이 날까 겁내는 아이와 같다.

그녀가 용기를 내어 뒷말을 이었다.

"…그래도 동창인 걸 알고 임기응변을 발휘했어요. 그 동창의 첩형인가 하는 사람은 그저 기련산에서 놀러 온 사파의 기련마녀를 알 뿐이에요."

"기련마녀?"

"백 살이나 되는 나이의 노파지만, 오랫동안 채양보음을 한 탓에 젊음을 유지하고 있는 전대의 고수지요."

"그녀의 특징은 외양이 절세미녀란 거고?"

"부인할 수 없는 사실이죠."

"부인하고 싶은걸?"

"상공은 부인해도 돼요. 어차피 그 동창의 첩형이란 자는 그리 생각할 테니까요."

"지나칠 정도로 자신만만하군."

"상공에게 시집온 후 는 건 자신감뿐이랍니다."

"풋!"

어느새 부부 간의 만담이 되어버린 대화의 끝은 진자운의 나직한 웃음이었다. 담화연보다 그가 먼저 웃음을 터뜨리고 만 것이다.

담화연의 얼굴이 환하게 밝아졌다.

"웃었다! 웃었어!"

진자운이 얼른 입가에 매달린 미소를 거뒀다. 그는 짐짓 딱딱하게 얼굴까지 굳혔다.

"실소까지 웃음으로 칠 순 없다구."

"그런 법이 어딨어요?"

"여기 있지."

진자운은 슬쩍 손가락 하나를 뻗어 담화연의 이마를 한차례 튕겼다.

벌이다.

담화연은 흠칫 놀라 뒤로 한 걸음 물러선 후 고운 눈살을 찌푸려 보였다. 생각보다 진자운에게 얻어맞은 이마가 아프다.

"가정 폭력!"

"동창의 첩형 나으리한테 달려가서 고변이라도 하시던가."

"이익!"

담화연이 진자운의 품으로 다시 뛰어들었다. 양손을 꽈악 쥔 채로였다.

투다닥!

담화연이 진자운의 가슴을 마구 주먹으로 두들기며 소리쳤다.

"미워 죽겠어!"

"죽던가."

"이익! 이익!"

담화연의 입에서 분함에 겨운 소리가 흘러나왔다. 그러나 그녀의 얼굴에는 어느새 웃음이 감돌고 있었다.

이런 식으로 대충 동창 첩형을 건드린 일을 넘어갈 수 있다면 더할 나위 없이 좋다.

'진짜 잘 노는구나!'

'부럽다!'

여전히 촌스런 산도적 분장을 한 채인 칠성검수들의 입가에 한숨이 매달렸다.

자랑스런 무당파의 칠성검수.

관건의 예를 치른 후 단 한 번도 가져 본 적이 없던 본산제자로의 길이 이처럼 힘겹게 느껴진 적은 없었다. 향후 그들의 수행에 있어 커다란 시련으로 남을 것이 분명했다.

염장질.

이 정도면 가히 도에 이르렀다고 할 만하다.

힐끔.

진자운은 애교 섞인 미소를 띤 담화연을 품에 안은 채 시선을 슬쩍 무당오궁 중 하나인 오룡궁 쪽으로 던졌다.

'자, 그럼 백 살의 나이에 채양보음술을 적극적으로 이용해서 절세미모를 간직한 기련마녀에게 놀라 굴속으로 도망친 사냥감을 어찌해야 할까?

갑자기 무미건조하던 일상에 활력이 깃들었다고 해야 하려나?

진자운은 담화연의 등을 손으로 슬슬 쓰다듬으며 이를 드러냈다.

미소.

반선에 오른 자치곤 무척이나 얄궂은 표정이다.

                    *   *   *

진자운의 예상대로 왕식렴은 오룡궁으로 숨어든 후 한동안 꼼짝달싹도 하지 않았다.

기련산과 무당산 간의 거리는 수천 리에 달한다.

왕식렴이 아무리 무림의 일에 견식이 얕다곤 하나 도주하는 와중임에도 친절하게 천리전음까지 펼쳐서 밝힌 신분에 큰 신빙성을 느끼진 않는다.

그는 오히려 팽가에 대한 의심을 더욱 짙게 가졌다.

차도살인지계.

남의 칼을 빌려 사람을 죽인다는 계책에 자신이 당할 뻔했다는 것이 왕식렴이 내린 최종 결론이었다. 천하제일문파라 불리는 무당파까지 팽가의 마수는 뻗쳐 온 것이다.

그렇다면 무당파는 안전한 곳인가?

왕식렴이 아는바 하북팽가는 정파의 팔대세가에 속해 있다. 무당파가 속한 구파일방과는 무척이나 가까운 사이다. 몇 년 전 벌어졌던 정마대전에서도 함께 싸웠다고 한다.

'한데 그런 팽가가 무당파의 양해를 구하지 않고 차도살인 지계를 펼쳤다는 건 아무리 생각해도 석연치 않다. 무당파의 도사 놈들은 어쩌면 팽가와 묵계를 맺었을지도 몰라.'

권력과 탐욕에 집착한 만큼 삶에 대한 욕구 역시 크다.

왕식렴이 바로 그런 사람이었다.

그는 조정의 관리가 무당산에서 죽었을 경우 무당파가 책임을 져야 한다는 아주 기본적인 사실을 간과했다. 팽가의 살수에 두려움을 느낀 나머지 생각이 단순해진 것이다.

닷새 후.

왕식렴은 그동안의 칩거를 깨고 오룡궁을 나섰다. 그가 향한 곳은 과거 일궁으로 존재했던 자소궁.

무당파의 속셈을 확인하겠다는 일념으로 왕식렴의 눈은 파랗게 반짝이고 있었다.

북경을 쫓겨나듯 떠나온 후.

일부러 더욱 온몸으로 표출하던 거드름이 넘치던 모습 따윈 씻은 듯 사라졌다. 이번 행보에 자신의 소중하고 소중한 목숨이 달렸다고 생각한 까닭이었다.

◆ 第三章 ◆

사냥에 나선 자를 사냥한다

현 무당파를 이끄는 항렬은 운 자 항렬이다.

장문인과 육대장로, 오원의 원주 등이 모두 그러하다. 이에 이의를 제기할 무당제자들은 없다고 할 수 있다.

하지만 무당파의 요직 중 하나인 진무각은 사정이 다르다.

십 년 전 끝난 정마대전에서 돌아온 젊은 칠성검수의 수장, 현음자가 당대의 진무각주이다. 정마대전에서 수없이 많은 실전을 거치는 동안 일취월장한 무공과 실전 경험을 높이 산 중용이었다.

현음자의 이 같은 진무각주 취임은 무당파 내부에서도 많은 소란을 야기시켰다.

전 진무각주인 운진자와 운송자 등이 포함된 찬성파와 육대장로 중 절반과 집법원주 운현자가 포함된 반대파, 그 대립의 양상이 격렬했다.

진무각!

무당파가 당당하게 천하에 내보내는 칠성검수들을 양성하는 곳이었다. 무파로서의 무당파를 대표하는 얼굴이라 할 수 있었다.

전 진무각주인 운진자는 당당한 무당파 삼대고수 중 한 명이자 현음자의 사부인 운송자의 사형이었다. 운송자조차 감히 맡을 수 없었던 진무각이었다.

그런 그가 아직 정정한데, 느닷없이 아랫서열인 현음자에게 넘어갔다는 건 확실히 파격적인 인사이긴 했다. 반대파의 반대가 도를 넘을 정도로 격렬한 것도 무리는 아니었다.

그러나 본래 진무각주의 직위는 전대가 후대를 지목해서 전달하는 방식이었다.

무당파로 돌아온 현음자를 지켜본 운진자의 결심은 확고부동했다. 사부인 운송자는 그저 옆에서 난처한 표정을 지으며 몇 마디 거든 것뿐 한 일이 없었으나, 운진자는 계속 고집을 부려 결국 반대파들은 뜻을 거둬들일 수밖에 없었다.

당시 집법원주 운현자는 너무 분한 나머지 진무각이 위치한 자소궁을 떠났는데, 한동안 운진자와 내왕조차 하지 않았다. 무당파 제일의 꼬장꼬장함을 자랑하는 자존심에 큰 상처를 입었음이 분명했다.

그렇게 몇 개 성상이 빠르게 흘러갔고, 새로운 진무각주의 도호 뒤에 자(子) 자가 붙었다. 무당파의 현 자 항렬 중에선 처음 있는 일이었다.

현음자는 벌써 해가 중천에 올랐는데도 진무각의 상방에 틀어박혀 있었다.

지끈거리는 머리.

밤새 술을 폈다. 머리가 아픈 건 주독을 굳이 내공으로 없애지 않은 탓이니, 그냥 감수하는 게 옳다. 하지만 어느새 누워 있던 침상에서 굴러 떨어져 발 한 짝만을 걸치고 있는 모습이란 가관도 아니다.

대무당파의 진무각을 맡고 있는 사람의 현주소라기엔 문제가 있어도 한참 있어 보이는 모습이라고나 할까?

"끄응!"

현음자는 나직한 신음과 함께 눈을 떴다. 여전히 지끈거리는 머리를 생각하면 그냥 이 자세를 영원히 유지하고 싶다. 또 그럴 만한 위치도 된다. 진무각의 상방에 함부로 들어와서 현음자를 야단칠 사람이란 그리 많지 않기 때문이다.

'끌! 그런데 어째서 밖이 이리 시끄러운 게냐?'

현음자는 내심 혀를 차곤 내공을 움직였다.

단전으로부터 움직인 유유로운 기운이 단숨에 기경팔맥을

타고 오르더니, 전신의 세맥까지 쫘악 퍼져 나갔다. 도사 주제에 말술인 현음자의 몸속에 잠복해 있던 주독을 몰아내기 시작했다. 세속의 수많은 술꾼들이 본다면 입을 딱 벌리고 부러워할 정도로 간단하게 숙취에서 벗어나는 방법이다.

휘릭!

현음자는 내공으로 숙취를 해소시키자마자 자리를 박차고 일어섰다.

파파파파팟!

신형을 일으킨 현음자의 주변으로 칼날과 같은 기운이 회오리처럼 일어났다.

절정에 이른 면장공력!

현음자의 손끝에서 일어난 기운이 얼마 전까지 형편없을 정도로 구겨져 있던 도관과 도복을 깔끔하게 정리했다. 부드러운 기운으로 옷감을 늘어뜨리고, 추풍과 같이 날카로운 경기로 쭈욱 훑어 내렸다. 현음자가 진무각주에 오른 후 가장 먼저 연마한 절세의 변장신공이었다.

타탁!

현음자는 끝으로 발끝을 한차례 털어 보였다. 미세 먼지를 털어내는 것과 동시에 빳빳하게 날이 선 의관의 줄을 일렬로 만들었다.

그때였다.

상방의 문 바깥쪽으로부터 조심스런 목소리 하나가 들려

왔다.

"기침하셨습니까?"

"어! 이 꼭두새벽부터 진무각을 찾은 자가 누구더냐?"

현음자의 태연한 반문에 잠시 문밖에 선 자가 침묵했다. 꼭
두새벽은커녕 정오를 훌쩍 넘긴 시각이다. 조금쯤 당황한 것
도 무리는 아니다.

그래도 목소리의 주인은 현음자를 꽤나 오랫동안 모셨다.
그의 편의를 뒤에서 챙겨주는 당번이었다. 금세 본연의 임무
를 떠올린 그가 말했다.

"오룡궁의 귀인이 찾아왔습니다."

"그 환관새끼 말이냐?"

"그, 그렇습니다."

"그놈이 왜 진무각에 찾아왔는데? 아니, 됐다! 어차피 취기
도 가셨으니, 내가 나가서 알아보마."

말을 마치자마자 현음자의 신형이 흐릿한 분영을 일으켰다.

덜컥! 쾅!

상방의 방문이 열렸다가 요란한 소리를 내며 닫혔다. 이미
현음자는 진무각 내부에 만들어진 기다란 복도 저편으로 신
형을 날려가고 있었다.

"하! 유운신법을 이리 비좁은 공간에서 저만치나 펼쳐 낼
수 있다니!"

지난 삼 년간 현음자의 당번을 맡고 있는 청풍이 탄성과 함

께 고개를 가로저었다.

친우인 진자운에게 자소단을 얻어먹은 후 잠심연무하길 십수 년!

몇 년 전 결국 신분의 벽을 뛰어넘어 칠성검수에까지 오른 청풍이다. 어찌 보면 입지전적인 인물이라 할 수 있을 터이나 지금 본 현음자의 무공 경지란 참으로 드높다. 현음자의 나이에 이른다 해도 과연 자신이 저 정도의 무공을 쌓을 수 있을진 미지수였다.

무당 사상 최연소의 진무각주.

어찌 보면 현음자는 생각 이상의 괴물이라 할 수 있었다.

오룡궁을 나선 왕식렴은 자소궁에 이르자마자 곧바로 진무각으로 향했다.

무당파로의 부임이 결정된 후 가장 먼저 한 일!

혹시 팽가를 비롯해 자신에게 원한을 맺은 자들 중 누군가가 살수를 고용하거나 원한을 갚으러 올 경우 안전을 도모할 장소의 물색이었다.

무당파의 명성이 천하를 떠르르 울리고 있는 상황이라곤 하나 왕식렴의 입장에선 기껏해야 초야의 도사 패거리들에 불과했다. 무당파의 명성에 겁을 먹고 원수들이 자신을 그냥 내버려 두리라 마음을 푹 놓고만 있을 순 없었다.

그런 그가 주목한 곳이 진무각이다.

무당파에서 가장 젊고 강해 보이는 도사들이 잔뜩 모여 있는 장소!

그들 전부가 달려든다 해도 백발 성성한 촌로와 같은 현 장문인 운룡 진인을 당해내지 못한다는 사실을 왕식렴은 몰랐다. 사실 지난바 무공에 한계가 있는 그였다. 백만 개의 고봉 중 가장 높은 봉우리에 올라 창천만을 바라보는 운룡 진인의 무공 경지를 이해할 수 있을 리 없다.

결국 지난번의 사태로 겁을 집어먹은 왕식렴은 궁리 끝에 진무각으로 달려왔다. 진무각주인 현음자에게 겉보기에도 강해 보이는 칠성검수들을 호위로 붙여줄 것을 요구하기 위함이었다.

툭툭!

왕식렴은 진무각 앞의 너른 연무장의 한 켠에 서서 신경질적으로 바닥의 청석을 발끝으로 찍어댔다.

오룡궁에서 자소궁으로 향하는 그리 길지 않은 소로.

몸이 성한 호위무사들 전부를 이끌고 왔음에도 불구하고 왕식렴은 크게 가슴이 벌렁거렸다. 한 번 죽음의 공포와 직면하고 나자 마음을 안정시키기가 그리 쉽지 않다.

왕식렴의 주변에 늘어서 있던 호위 중 하나가 그 같은 왕식렴의 행동을 오인했다. 그가 평소처럼 오만하게 신경질을 부리고 있다고 착각한 것이다.

'지난번에 기련마녀란 계집한테 선임이 박살 났으니, 지금

이야말로 내가 선임에 오를 기회다! 그동안 계속 기회를 엿봤는데, 이제야 때가 됐구나!'

관부나 황궁에서 출세하기 위해선 지난바 실력보다는 눈치가 빠르고 아첨을 잘해야 한다.

호위는 그 같은 사실을 잘 알고 있었다.

그는 재빨리 왕식렴의 안색을 살피곤 신형을 날려 갑자기 진무각 안쪽에서 모습을 드러낸 장년 도사의 앞을 가로막아 섰다. 왕식렴을 대신해 한차례 꾸짖음을 내리려는 게 그의 의도였다.

"이 무례한 도사 놈! 어찌 첩형 대인을 이토록 오랫동안 기다리시게 한단 말이냐!"

'첩형 대인?'

진무각 안쪽에서 모습을 드러낸 장년 도사는 다름 아닌 진무각주 현음자였다. 그는 그동안 공식적으로 자소궁이나 진무각을 벗어나 본 적이 없었다. 진무각에 전해지는 전통이 그러했기 때문이다.

덕분에 왕식렴이나 그를 따르는 호위들은 현음자를 본 적이 없었다. 그가 진무각을 벗어나자마자 펼쳤던 유운신법을 거둬들였기에 진재절학의 빼어남 역시 알아보지 못했다. 대뜸 목소리를 높인 호위의 얼굴은 사뭇 까칠했다.

그러나 현음자는 진무각 안에선 신이나 다름없다. 칠성검수들은 그의 그림자만 봐도 온몸을 부들거리며 떤다. 자칫 비위라도 건드렸다간 후환이 무궁무진하다는 걸 알고 있기 때문이다.

휘릭!

현음자는 평생 처음 들어보는 관직명을 찰나간 되뇌인 것과 동시에 수장을 가볍게 날렸다.

진천철장.

무당파의 장공 중 가장 부드럽지 못하다. 앞을 향하고 있던 장심이 한 바퀴 회전을 일으킨 것과 동시였다. 현음자를 향해 두 눈을 잔뜩 부라리고 있던 호위의 신형이 반대편으로 메다꽂히듯 날아갔다.

"으아악!"

호위는 족히 삼 장은 될 듯한 거리를 날아갔다. 일류고수급인 주제에 낙법조차 하지 못했다. 진천철장에 담긴 기운에 내공이 눌린 까닭이다.

현음자는 호위 쪽에 시선 한 번 던지지 않았다.

그는 사내라기엔 지나칠 정도로 새하얀 얼굴에 주홍빛 입술을 한 왕식렴을 바라봤다.

절로 찌푸려지는 인상.

그냥 생긴 모습만으로도 왕식렴은 현음자의 마음에 들지 않았다. 환관이란 거 이전에 생리적인 거부감이 인다.

그때 왕식렴의 좌우에 늘어서 있던 나머지 호위들이 움직임을 보였다.

스슥! 스스슥!

벌써 도를 반쯤 빼 든 호위들의 흉포한 얼굴 이면엔 진한 두려움이 담겨 있었다. 그들은 눈앞의 현음자가 전날 만났던 기련마녀와 비교해 결코 떨어지지 않는 고수란 걸 본능적으로 느꼈다. 두려움이 없을 수 없다.

'제기랄, 세상에 왜 이렇게 고수가 많아!'

'북경에선 이렇지 않았는데…….'

'오늘 여기서 죽는 거야? 그런 거야!'

호위들의 표정은 착잡했다. 그때 현음자를 찬찬히 살피고 있던 왕식렴이 입가에 흐릿한 미소를 만들어냈다.

"진무각이야말로 무당파의 용담호혈이라고 하더니, 과연 대단한 고수가 있었구나! 하지만 본관의 관직명을 들었으면서도 손을 썼다는 건 황상 폐하의 성은을 받은 무당파가 반역을 획책하겠다는 의미로 받아들여도 되는 것인가?"

왕식렴이 나서자 호위들의 안색이 눈에 띌 정도로 밝아졌다. 전날 무시무시하게 손을 썼던 기련마녀 역시 왕식렴이 정체를 밝히고 협박하자 꽁지에 불붙은 것마냥 도망갔다. 무당파의 고수 역시 다를 바는 없을 게 분명했다.

후비적!

왕식렴의 당당한 말은 소지로 귀를 후비는 동작으로 돌아왔다.

애초에 조정의 관직명이나 위계질서에 대해 아는 바가 전무한 현음자다. 특히 환관에 대해서 아는 거라곤 과거 후한의 십상시라는 찢어 죽일 것들로 인해 나라가 도탄에 빠졌다는 정도의 지식밖엔 없다. 그도 삼국지연의 정도는 재미 삼아 읽은 적이 있었다.

귀를 후비길 끝마친 현음자가 고개를 살짝 옆으로 까닥거렸다.

"본래 죽은 자는 말이 없다고 하더구려. 하긴 땅속에 주둥이까지 파묻히고 보면, 입을 열기가 좀 곽곽하기도 하겠소만."

왕식렴의 얼굴에 슬쩍 청기가 스쳐 갔다.

"본관을 협박하는 것이냐?"

"협박은 방금 그쪽에서 먼저 한 것 같은데? 이곳은 무당파이고 진무각이오!"

"이놈! 무당파가 정녕 멸문을 당해야 제정신을 차릴 위인이로구나!"

현음자가 슬쩍 목소리를 높이자 왕식렴이 버럭 노성을 터뜨렸다. 어떻게든 눈앞의 현음자를 굴복시켜야만 자신의 뜻을 이룰 수 있다는 판단이었다.

현음자는 나직이 냉소할 뿐이다.

"본래 세상의 모든 것이 생사필멸이 있는 법. 본 파 역시 영원불멸하리라곤 보지 않지만, 느닷없이 멸문을 당할 것 같진 않구려."

"이, 이놈이!"

"아아, 됐구. 이곳은 진무각이고 빈도는 이곳의 책임자인 현음자요. 갑자기 이곳을 찾은 이유나 말하도록 하시오. 곧 아이들 교육에 들어가야 하니까."

"……."

왕식렴은 현음자가 보기 드문 순수 꼴통이란 걸 눈치 챘다. 동창에서 관리 감찰을 맡았던 터라 고문이나 추궁 따월 많이 해봤다.

대개는 겉가죽을 몽땅 벗기고, 살과 뼈를 분리시키고, 피똥을 질질 싸게 만들면 원하는 대답을 얻을 수 있다. 예외는 그다지 많지 않았다. 인간의 몸이란 그만큼 나약하다.

여기서 문제는 가끔 걸리곤 하던 꼴통이었다. 지금 눈앞의 현음자처럼 말귀가 완전히 막혔을뿐더러, 오만하고 자존심이 강해 온몸이 부서져도 타협하지 않는 종자들이다.

차라리 죽으면 죽었지 타협하지 않는다!

꼴통들이 보이는 전형적인 모습이다. 그들은 회유가 되지 않을뿐더러 말귀도 통하지 않는다. 자신이 믿고 있는 신념에만 충실했다.

왕식렴은 그런 꼴통이 필요했다. 당연히 다루는 방법 역시 알고 있었다.

'이 같은 꼴통들은 살살 꾀기만 하면 내 주머니 속의 물건처럼 아주 요긴하게 사용할 수 있다. 필시 이자는 정치적으로 중심에 있을 수 없는 성정이니 무당파 내부에서 팽가와 어떤 교감을 나눴다 해도 확실히 알고 있진 않을 것이다. 만약 그 랬다면 방금 전 그같이 어리석고 막무가내로 행동하진 않았 을 테지.'

재빨리 염두를 굴린 왕식렴이 얼굴 표정을 바꿨다.

선이 얇은 얼굴, 전체로 퍼져 나가는 미소.

언제 자신의 직위를 내세우며 살벌하게 협박했냐는 듯 왕 식렴은 현음자에게 환한 웃음을 보이며 갑자기 박수를 쳤다. 고개 역시 끄덕거렸다.

"하하하, 과연 당금 천하제일이라 불리는 무당파의 최고 고수다운 위용이구려!"

'뭐 하자는 지랄이냐?'

현음자가 생뚱맞다는 표정을 왕식렴에게 던졌다. 갑자기 사람이 완전히 달라진 듯 구는 그의 행동 양식을 당최 이해하 기 힘들었기 때문이다.

하긴 그가 어찌 천하에서 가장 음모가 중첩되는 황궁과 동 창에서 잔뼈가 굵은 왕식렴의 심사를 이해할 수 있으랴. 그냥 멀뚱한 표정이 됐을 뿐이다.

왕식렴이 박수를 멈추고 안색을 진지하게 바꿨다.

"본관은 오늘 도장을 보고 크게 안심했소이다. 잠시 도장 의 실력을 의심했던 점 용서해 주시기 바라오."

"빈도의 뭘 의심했다는 것이오?"

"도장이 과연 본관을 악도들로부터 지켜줄 수 있을 것인지 궁금했던 것이오. 그런데 지금 도장을 보니 본관이 큰 결례를 범한 것 같소이다."

"뭐, 그렇게까지 말할 건 없고……."

"아니오. 본관이 큰 결례를 범했으니 용서해 주시기 바라오! 이렇게 사과를 드리겠소이다!"

두 차례나 용서란 말을 강조한 왕식렴이 허리까지 크게 숙여 보였다. 귀신이 산다고 알려진 동창에서도 고위직인 첩형이 그의 신분이다. 일반 평민에게 허리를 숙인다는 건 가히 파격적인 일이라 할 수 있었다.

현음자가 얼른 반례를 해 보였다. 그 역시 갑자기 더러운 성질이 폭발했을 뿐 황궁의 고위 관리와 일부러 척을 질 생각까진 없었다.

"뭐, 빈도 역시 결례를 범했소이다. 귀인께서 진무각에 오셨으니 필시 연유가 있었을 터인데… 있는 것이겠지요?"

"물론입니다."

"그럼 안으로 들어서 쓴 차라도 한잔하도록 하시지요."

현음자가 흡사 진짜 진인이나 군자라도 된 것처럼 점잖게 말했다.

'역시 꼴통!'

왕식렴이 내심 조그맣게 미소 지었다.

　　　　　*　　　　　*　　　　　*

　진자운은 며칠간 새롭게 건설된 무당파의 오궁 중 하나인 오룡궁 주변을 떠나지 않았다.

　물론 그의 목표는 왕식렴이었다.

　애처인 담화연이 기련마녀 노릇을 한 탓에 오룡궁 안으로 숨어들어 가버린 왕식렴은 꼼짝달싹도 하지 않았다. 그가 밖으로 튀어나오기만을 기다려야 하는 진자운으로선 좀이 쑤시지 않을 수 없다.

　진자운은 낮 동안 오룡궁을 살피고, 밤이 되면 몰래 자소궁으로 향했다. 진무각주가 된 후 소원해진 사질 현음자와 놀기 위해서였다.

　진자운과 현음자는 무당파에 입문할 때부터 깊은 인연이 있었다. 배분이나 나이를 떠난 친구였다.

　당연히 요 며칠 진자운과 현음자는 밤마다 고주망태가 될 정도로 술을 펐다. 현음자는 진자운을 만난 핑계를 대고서 몇 년간 입에도 대지 않았던 술독에 도로 빠지길 주저치 않았다. 특별히 망설일 까닭 따윈 없었다.

　그렇게 닷새가 훌쩍 지나갔다.

　새벽까지 이어진 술자리에도 불구하고 진자운은 말짱했다. 지난 몇 년간 술을 쉬었던 탓인지 현음자는 이제 진자운의 적수가 될 수 없었다.

까닥!

진자운은 가지가 흐드러지게 늘어져 있는 나무 위에 누워 고개를 슬쩍슬쩍 움직였다. 청명한 하늘을 오락가락하고 있는 한 마리 새를 좇는 그의 시선은 텅 빈 듯 고요하면서도 격류와 같은 다변함을 느끼게 한다.

진자운 자신의 본질을 투영하는 듯한 모습.

문득 하늘의 이곳저곳을 아무렇게나 노닐고 있던 새가 시야 저편으로 모습을 감췄다. 진자운의 입가에 히죽 미소가 떠올랐다.

"재밌군. 하필이면 내 사냥감이 위험을 피해 찾아간 곳이 진무각이라니."

진자운은 시선조차 돌리지 않고서 의념을 자소궁의 진무각 쪽으로 향했다. 그때 왕식렴은 한참 현음자를 앞에 두고 동창에서 배워 익힌 교언영색(간교한 말로 치장하여 사람을 속이는 말)을 마음껏 발휘하고 있었다. 어째서 팽가와 기련마녀의 살수로부터 현음자와 진무각의 칠성검수들이 자신을 보호해야 하는지를 갈파했다.

하지만 그가 어찌 상상인들 할 수 있었으랴!

진자운과 현음자는 이미 지난 오 일간의 술자리에서 교감을 나눈 상태였다. 그가 진무각에 찾아간 것은 늑대를 피해 호랑이의 아가리 속으로 기어들어 간 것이나 다름없는 일이었다. 사실 그보다 더 나쁜 상태라고 할 수 있었다.

건들건들…….

하늘을 향해 꼬여진 진자운의 발끝이 흡사 버들가지라도 된 것처럼 이리저리 흔들렸다.

*   *   *

왕식렴은 현음자에게 팽가와 금의위, 기린마녀의 살수에 관한 얘기를 적절히 윤색해서 전했다.

자신이 범한 잘못은 과감하게 삭제하고 요점만을 대충 설명하는 방식을 취했다. 혹시라도 도사인 현음자가 선악을 들어서 부탁을 들어주지 않을 것을 두려워한 조치였다.

설명이 끝나자 현음자가 귀를 소지로 후비며 말했다.

"뭐, 그렇게 귀인께서 불안하시다니, 내 아이들 몇을 호위로 붙여주도록 하겠소이다. 그럼 됐지요?"

"그걸로 부족합니다."

"내 아이들은 칠성검수요. 그런데도 부족하다는 거요?"

"그렇소. 본관은 도장께서 직접 호위를 맡아주길 바라오."

"내가 직접?"

현음자의 눈살이 절로 찌푸려졌다.

왕식렴의 교언영색은 그에게 충분할 정도로 먹혔다. 그래서 큰마음을 먹고 칠성검수 몇 명을 내주겠다고 했는데, 왕식렴은 몇 술을 더 뜬다. 천하의 진무각주에게 직접 호위를 맡아달라고 매달리는 것이다.

왕식렴은 눈치가 빠르다.

현음자가 눈살을 찌푸리자마자 얼른 목소리를 낮춰서 말했다.

"본관은 예의가 없는 사람이 아닙니다. 도장께서 이번에 본관의 부탁을 들어주시면 후일 반드시 크게 보답하겠소이다."

"보답 따위가 문제가 아니라……."

"도장께서 술을 꽤 좋아하신다고 들었소이다. 본래 우리 관리들도 술을 좋아하지요. 그래서 본래 해서는 안 되는 일 역시 조금 하게 되었소이다."

"본래 해서는 안 되는 일?"

"황상 폐하를 위해 천하에서 진상된 미주 중 일부분을 빼돌려 개인적으로 보관하고 있는데, 하나같이 그 맛과 향이 최고라 할 수 있소이다."

"화, 황상 폐하의 미주……."

현음자는 자신도 모르게 침을 꿀꺽 삼켰다.

타고난 술꾼.

도사가 되지 않았다면 필경 두주불사하는 시선 이백처럼 한세상을 살았을 게 분명한 현음자다. 평생 한 번 마셔볼까 말까 하다고 알려진 황제의 술이란 것에 심하게 마음이 땡기지 않을 수 없다.

왕식렴이 쐐기를 박듯 말했다.

"내 도장의 주량이 얼마나 되는진 모르겠지만, 평생 술 걱정은 하지 않아도 될 정도를 드리도록 하겠소이다. 그러니 도장께서 도와주시기 바라오."

"허헛!"

현음자는 자신도 모르게 웃음을 터뜨렸다. 평생 마셔도 될 술통의 개수를 떠올리자 자연스레 그리되었다. 그리고 문득 든 생각 하나.

'그냥 진 사숙을 배신해 버릴까?'

오늘 새벽까지 함께 술을 마신 사이다. 배신이란 있을 수 없는 일임에도 현음자는 일순 강렬한 충동을 느꼈다. 그만큼 왕식렴이 내건 조건은 더할 나위 없이 좋았다.

그러나 곧 현음자의 뇌리로 진자운의 무시무시한 성격이 떠올랐다.

한 번 찍으면 결코 포기하지 않는 더러운 성격!

진자운의 진정한 무서운 점은 세간에서 천하제일이라 떠받드는 무공보다 집요함과 악랄한 성격에 있었다.

비록 현음자가 도사답지 않게 엄청난 성격을 지녔다곤 하나 결코 진자운의 상대가 될 순 없었다. 그냥 깨끗이 마음을 비우고 포기하는 편이 옳았다.

'그래도 참 아깝긴 하구만.'

다시 한차례 마른침을 삼킨 현음자가 천천히 고개를 끄덕였다.

"그렇게까지 귀인이 말하시니, 빈도가 한번 힘을 써보도록 하겠소이다."

"도장, 감사합니다!"

왕식렴이 창백한 안색을 활짝 펴고서 얼른 손을 뻗어 현음자의 손을 잡았다.

움찔!

왕식렴의 하얀 손이 닿자 현음자의 온몸 근육들이 일제히 불끈거렸다. 왕식렴의 손가락이 스친 곳으로부터 스멀거리며 송충이 한 마리가 기어오르는 것만 같다.

현음자는 당장 주먹을 뻗어 왕식렴의 면상을 날리고 싶은 걸 억지로 참았다. 만약 왕식렴이 곧바로 손을 떼지 않았다면, 결국 끝까지 참지 못했을 터였다.

왕식렴은 그것도 모르고 이를 드러내며 웃었다. 그는 현음자의 내심 따윈 짐작조차 하지 못했다. 사실 짐작하지 않는 편이 정신 건강을 위해 훨씬 좋을 터였다.

*　　　　*　　　　*

한 달이 빠르게 지나갔다.

그동안 왕식렴은 거처인 오룡궁과 자소궁 사이만을 오고 갔다. 현음자를 새로운 호위로 삼은 이후에도 결코 마음을 놓지 않았다. 그가 복마전이라 할 수 있는 황궁과 동창에서 살아남았을뿐더러 출세할 수 있었던 건 이 같은 세심함이 있었기 때문이다.

그래도 사람의 본성이란 게 그리 쉽게 변하진 않는다.

특히 왕식렴처럼 자신의 권세를 이용해서 온갖 더러운 짓을 아무렇지 않게 행했던 자들의 경우엔 더욱 그렇다. 권력으로부터 파생된 특권이란 마약과 같아 한 번 중독되면 결코 빠져나오지 못하는 속성이 있었다.

와장창!

왕식렴은 아침에 일어나자마자 인상을 왕창 쓰고 방 안의 물건을 모조리 박살 냈다.

주먹으로 부수고 발로 걷어찼다.

내력이 담긴 권각이 휩쓸고 지나간 자리는 흡사 작은 용권풍이라도 발생했던 것 같다. 그 정도로 갑자기 시작된 왕식렴의 발작은 광포했다.

그의 방 안에서 일어난 소란에 놀라 달려온 호위들의 얼굴에 질린 기색들이 스쳐 갔다.

난장판이 된 방 안의 한가운데.

홀로 숨을 식식거리고 있는 왕식렴의 모습은 흡사 요괴처럼 보인다. 꽤나 오래 그를 따른 자들조차 지금과 같은 모습은 본 적이 없었다.

"헉헉헉헉헉헉……!"

거의 절정의 경지까지 무공을 연마한 왕식렴이다. 아무리 방 안을 완전히 난장판으로 만들 정도로 난리를 피웠다지만 이리 거친 호흡을 토해낼 까닭이 없다.

그 같은 사실을 가장 먼저 눈치 챈 사람은 전날 현음자의 앞을 가로막았다가 치도곤을 당했던 호위다. 그는 재빨리 종종걸음으로 왕식렴에게 다가가 조심스런 표정으로 말했다.

"첩형 대인, 이미 한 달이 훌쩍 지났습니다. 속하가 들어보니, 전날 무당산 부근에 사파의 무리가 출몰해서 무당파 고수들이 대대적으로 주변 정리에 들어갔다고 합니다."

"주, 주변 정리?"

"예, 무당파는 명문정파이니 사파의 무리들이 무당산 부근에서 날뛰도록 그냥 두고 볼 리 없지 않겠습니까? 지난 보름 동안 무당파 고수들이 무당산 곳곳을 돌며 순찰을 강화했다니 이제 첩형 대인께선 더 이상 걱정할 필요가 없다고 사료됩니다."

"그러니까 네 말은 전날 본관의 목숨을 노렸던 기련마녀란 계집이 우연찮게 무당산에 들른 사파 무리 중 하나라는 것이냐?"

"이미 무당파 내외에선 소문이 파다합니다. 그래서 속하가 조금 알아봤습니다."

"훅!"

일순 왕식렴의 입에 담겨 있던 헐떡거림이 자취를 감췄다. 호흡 역시 정상적으로 돌아왔다. 갑자기 당장이라도 폭발할 듯하던 광기가 안정되었다.

"그렇다면 그동안 내 뒤를 지켜울 정도로 따라다녔던 현음자란 냄새나는 도사 녀석이 더 이상 필요치 않게 되었단 말이군. 그렇지 않느냐?"

느닷없는 질문이다.

호위는 갑작스레 이런 질문을 받으리라곤 상상도 못했다. 그래도 왕식렴에게 잘 보일 기회였다. 대답을 뒤로 미룰 순 없었다.

잠시 염두를 굴린 후 호위가 말했다.

"진무각주는 대단한 고수입니다. 비록 첩형 대인께 몇 차례 무례를 범하긴 했으나 만일을 모르니 계속 곁에 두시는 편이 낫지 않겠습니까?"

"당연하다. 하지만 그를 데리고 사냥을 나갈 순 없다."

"속하가 오늘 밤 술 한 병을 들고 진무각주에게 찾아가겠습니다. 첩형 대인께서는 그사이에 잠시 밤사냥을 다녀오시면 될 줄로 압니다."

입 안의 혀와 같이 간살스런 말이다.

왕식렴은 갑작스레 눈앞의 호위에 대한 궁금증이 생겨났다.

"자네의 이름이 어찌 되지?"

'드디어!'

내심 크게 소리친 호위가 얼른 허리를 접어 보이며 대답했다.

"속하 동창 지밀대에서 전임해 온 강무균이라 하옵니다."

"지밀대? 거기라면 무림문파에 관한 관리 감찰을 맡고 있는 곳이 아니냐?"

"그렇습니다."

"지밀대에 속한 자들은 하나같이 범상치 않은 인재들이라고 들었다. 한데 어째서 갑자기 본관의 호위를 맡게 된 것이냐?"

"지밀대에 속해 대무림문파 정보 조작조로 활동하던 중 몇 가지 실수를 저질렀습니다."

"흥, 그래서 중앙에서 좌천된 본관의 호위대에 끼게 된 것이군."

왕식렴이 나직이 냉소한 후 말을 이었다.

"앞으로 자네가 내 호위대의 대장을 맡게나."

"속하는 지밀대에 속했긴 하나 무공보다는 정보 조작의 임무에 능한 터라……."

"어차피 다른 녀석들도 자네보다 그다지 낫다곤 할 수 없으니 상관없어. 그냥 맡아."

"그럼 감사히!"

새롭게 동창 첩형 왕식렴의 오른팔이 된 강무균이 다시 허리를 접어 보였다. 바닥을 향한 그의 시선이 일순 묘한 광채를 발했다.

"그럼 오늘 밤 부탁하겠네."

왕식렴이 슬쩍 손을 뻗어 강무균의 어깨를 한차례 두들겼다.

그날 밤.

강무균이 술 한 병을 들고 진무각으로 향한 사이 왕식렴이 몸이 성한 호위 다섯을 끌고 오룡궁을 벗어났다.

황궁에서 나온 귀인.

윗전으로부터 그저 본체만체하라 명을 받은 무당제자들은 왕식렴 일행의 야행을 그저 멀뚱히 바라볼 뿐이었다. 어차피 그들의 손이 닿지 않는 곳에 존재하는 사람들이었기 때문이다.

오룡궁에서 한참이나 떨어진 산밑으로 향하는 소로로 들어선 왕식렴이 슬쩍 고개를 들어 야천을 바라봤다.

그믐이 그리 멀지 않은 때.

달빛은 흐릿하기만 하다.

밤사냥을 벌이기엔 그야말로 적기라 생각한 왕식렴이 미리 준비해 놓은 야행복으로 갈아입고서 이를 드러냈다.

"흐흐, 그럼 가볼까?"

왕식렴의 악의적인 즐거움이 가득한 미소를 접한 호위들이 역시 입을 크게 벌리고 웃음 지었다. 한 달이 훌쩍 넘도록 참고 참았던 욕정과 폭력 욕구를 오늘 몽땅 풀 걸 생각하니 그저 즐겁기만 했다.

잠시 후 왕식렴 일행은 산길을 바삐 내려가기 시작했다.

목적지는 과거와 달랐다.

진가촌 쪽이 아니라 장가촌이 있는 방면.

당금 천하제일인이 평범한 초가를 짓고서 안빈낙도하고 있는 곳이었다.

＊　　　　＊　　　　＊

진자운은 살짝 어이가 없었다.

지난 한 달여간 계속 노리고 있던 왕식렴 일행이다. 사질이자 진무각주인 현음자를 붙여놓고 이제나저제나 무당파를 떠나길 기다리고 있었다. 언제가 됐든 반드시 붙잡았다가 인근을 돌며 벌인 행패에 대한 죗값을 톡톡히 받아낼 셈이었다.

그렇다 해도 진자운이 그 일에 크게 관심을 둔 건 아니었다. 사실 왕식렴이 한 달이나 오룡궁에 틀어박혀 있자 근래 들어선 절반쯤 잊고 있었다. 현음자가 그의 곁에 붙은 후 관심의 정도가 다소 엷어진 까닭이 컸다.

하루가 다르게 부쩍부쩍 자라나는 아들.

한 달이 넘도록 꽃단장을 계속하며 애교를 떠는 예쁜 마누라.

근래 들어 의부인 장철용과 사이가 조금 틀어진 모친의 신세한탄까지.

한집안의 가장인 그가 챙기고 신경 써야 할 일은 꽤나 많았다.

물론 그가 근래 들어 가장 크게 관심을 가진 건 진무각에 유입되기 시작한 맛 좋은 술이었다.

왕식렴은 현음자에게 잘 보이기 위해 계속 사재를 털어 진무각에 고급의 미주를 보내줬는데, 그걸 몰래몰래 훔쳐 먹는 재미가 쏠쏠치 않았다.

어차피 현음자에게 그 같은 미주가 생긴 건 진자운의 덕이 크니, 조금쯤 나눠 마신다 한들 문제될 건 없었다. 우선 현음자 본인이 자신의 술이 계속 축나고 있다는 걸 인식하지 못하고 있었다.

오늘 밤 역시 크게 다르지 않았다.

제집처럼 익숙하게 진무각에 숨어든 진자운은 술 한 동이를 옆구리에 끼고서 빠져나오다가 눈에 이채를 담았다. 수중에 꽤나 고급으로 보이는 술병을 든 채 진무각으로 걸어오는 현음자의 모습을 봤기 때문이다.

'이 늦은 밤에 어찌 현음 사질이 나갔다 오는가? 게다가 손에 들린 술병은 또 웬 거고?'

의심이 인 순간 진자운이 바람같이 움직였다.

휘익.

마른하늘에 날벼락!

현음자가 불현듯 떠올린 생각이다.

그도 그럴 것이 그는 진무각으로 향하는 청석길을 흥얼거리며 걷던 중 두 눈에서 불똥이 튀는 걸 느끼고 뒤로 엎어졌다. 당당한 진무각주이자 무당 현 자 항렬 중 최강의 고수란 대명이 무색해지는 순간이다.

현음자는 그래도 자신의 본능에 충실했다.

쫘악!

그는 정신이 하나도 없는 상황 속에서도 손에 쥐고 있던 술병을 재빨리 품 안으로 끌어당겼다. 혹시라도 술병이 깨져 버리면 곤란했기 때문이다.

"못 말리는 술꾼 녀석!"

진자운은 현음자의 바로 코앞에 떨어져 내린 후 나직이 혀를 찼다. 현음자의 행태가 참으로 가관이란 생각이 들었다.

현음자는 비로소 자신을 습격한 사람이 누군지 알아봤다.

그는 가슴팍에 놓인 술병의 온전함을 진심으로 기뻐하며 진자운에게 소리쳤다.

"진 사숙, 그 술동이는 어디서 난 것이오?"

"알면서 뭘 묻냐?"

진자운이 발끝을 움직여 현음자의 가슴팍을 한차례 건드렸다.

톡.

소리가 작은 만큼 기력 역시 그다지 들어가지 않았다. 딱 막힌 경혈을 풀어주고 기의 운행을 원활히 할 수 있을 만큼 정도다. 현음자에겐 그것으로 충분했다.

슥.

현음자가 재빨리 자리에서 일어섰다.

고수답다.

진자운은 칭찬을 던지는 대신 퉁명스레 말했다.

"너! 오룡궁 다녀왔지? 이 고급 술은 뇌물이냐?"

"진 사숙, 뇌물이라니, 그 무슨 말도 안 되는 소리를 하는 것이오! 어찌 당당한 진무각주인 이 현음이 뇌물 따위를 받을 수 있겠소이까?"

"그럼 뭔데?"

"이 술은 우의의 뜻으로다가 강 호위가 빈도에게 준 것이오."

"강 호위? 이젠 그 개 같은 환관새끼의 호위하고도 통성명하고 지내게 되었냐?"

"강 호위하곤 오늘 하게 되었소이다. 육선문(관부의 인물을 무림인들이 일컫는 은어)에 속한 자치고는 꽤나 성격이 화통하더구려. 후일 그 환관새끼를 잡아다가 족칠 때도 강 호위는 좀 봐주도록 합시다."

'이 술밖에 모르는 작자가 단단히 넘어갔구만.'

내심 고개를 흔든 진자운이 말했다.

"그럼 그 강 호위가 오늘 밤 오룡궁 주변을 기웃거리고 있던 현음 사질한테 고급 술병을 건네주며 통성명까지 한 것이군?"

"그렇소이다. 그는 제게 밤이슬 맞으며 고생하지 말고 일찍 들어가서 쉬라고 하더군요."

"앞으로 그 환관새끼가 움직일 일이 있으면 자신이 소식을 전해주겠다고도 하고 말이지?"

"그, 그렇소이다만… 그걸 어찌 진 사숙이……?"

"나 같아도 너같이 술 좋아하고 게으른 도사 녀석을 구워삶으려면 그리했을 테니까."

"……."

현음자의 안색이 슬쩍 일그러졌다. 진자운의 말을 듣는 동안 뭔가 자신이 큰 실수를 했다는 생각이 들었다. 다만 아직 그게 뭔지를 파악하지 못했을 따름이다.

진자운이 대신 설명해 줬다.

"그 환관새끼는 권력을 가진 변태야. 그것도 병적인 수준이야. 무당파에 부임한 후 얼마 안 돼서 저지른 개 같은 짓거리들을 살펴보면 딱 답이 나와. 그런 녀석이 한 달이 꼬박 지나도록 오룡궁에 틀어박혀 움직이지 못했어. 지금쯤이면 슬슬 몸을 풀고 싶어지지 않았을까?"

"그렇지만 그 환관 녀석은 무척 겁을 내고 있었는데……."

"내가 한동안 명줄을 붙여뒀더니 간이 배 밖으로 튀어나온 게지."

단순 명쾌한 결론과 함께 진자운의 발끝이 다시 움직였다.

번개가 무색할 빠르기.

이번에는 기습이 아닌지라 충분히 대비하고 있었음에도 현음자는 또다시 바닥에 나뒹굴었다. 진자운의 움직임은 이미 현음자 정도의 고수가 막아내기엔 불가능했다. 두 사람 간의 무공 격차는 해가 갈수록 늘어나 이젠 어디까지 벌어졌는지조차 파악하기 힘들었다.

"제기랄, 저런 새끼를 믿고 내가 여태까지 마음을 턱 놓고 있었으니!"

진자운이 이번에도 술병을 가슴팍에 꼬옥 품고 자빠진 현음자를 꼬나보고 재빨리 정신을 모았다.

반선에 오른 자만이 할 수 있는 의념의 집중.

그의 예상대로 왕식렴을 비롯한 호위들의 기는 오룡궁을 떠난 지 오래였다. 지금쯤 무당산 기슭에 위치한 마을 하나를 지옥으로 만들기 위해 신이 나서 달려가고 있을 터였다. 여태까지 일상적으로 해왔던 것처럼 말이다.

'그렇게는 안 되지!'

진자운의 신형이 순식간에 진무각 앞에서 사라졌다.

그믐이 가까운 어둔 밤.

몰래 밤사냥을 떠난 자를 사냥하기 위해서였다.

◆ 第四章 ◆

그럼 옛 친구나 만나러 가 볼까?

왕식렴이 향한 장가촌은 조그만 씨족 공동체이다.

대개가 장씨 성을 가졌는데, 특이하게 몇 명의 다른 성씨가 있다. 과거 무림 중에 엄청난 대사건을 일으켰던 당사자인 진자운 일족이 바로 그들이었다.

느닷없이 터져 나온 비명성과 훤해진 바깥의 광경.

진자운의 모친인 진가영과 장철용 사이에서 태어난 장자경은 자신도 모르게 자리에서 벌떡 일어섰다.

뒤늦게 고향으로 돌아온 동복 형, 진자운에게 받은 무공의 가르침.

내공을 익히기엔 다소 늦은 나이에 시작한지라 장자경의

무위는 그리 대단치 못했다. 거의 육칠 년간 몸속에 쌓인 탁기를 제거하는 심결과 약간의 외공을 전수받았을 뿐이라 사실 무위란 표현을 쓰는 자체가 이상할 정도다.

그래도 장자경에겐 그것만으로 족했다.

어렸을 때부터 부친 장철용에게 가업인 대장간 일을 배운 그는 기골이 장대했다. 성격 나쁜 모친 진가영에게 수시로 얻어맞아서 맷집 역시 꽤나 단련되어 있었다.

진자운에게 기본 내공의 심결을 전수받고 외공을 연마하자 곧 몸이 강철같이 변했다. 일종의 선천외가기공의 기본을 닦게 된 것이다.

진자운은 그 같은 동생의 성취를 보고 무식하게 생긴 놈이 무식하게 성장한다고 나직이 혀를 찼다. 내가기공의 원조라 할 수 있는 무당파 제자인 진자운에게 있어 동생 장자경의 외문기공에 대한 소질은 그리 탐탁지 않았음이 분명하다.

어쨌든 장자경의 선천외가기공은 나날이 발전했고, 지금에 이르러선 웬만한 도검 따윈 근육의 힘만으로 튕겨낼 수 있을 정도가 되었다. 산골 마을인 장가촌에선 손꼽히는 장사이자 무인이었다.

그런 장자경이 장가촌이 생긴 이후 가장 큰 소란을 온몸으로 느꼈다. 그냥 가만히 방 안에 처박혀 있을 수 있을 리 만무하다. 벌써 그는 자리를 박차고 집 밖으로 뛰어나가고 있었다.

쾅!

격한 문 닫히는 소리에 건넌방에 있던 모친 진가영이 놀라 소리 질렀다.

"자경아!"

"엄니, 내 잠시만 다녀올게요!"

장자경은 경황 중에도 건넌방을 향해 허리를 꾸벅 숙여 보이는 걸 잊지 않았다.

매운 회초리에서 효자가 난다고 했다.

장자경은 진자운과는 다르게 꽤나 바르게 자란 효자였다.

평소 같으면 모친 진가영이 부르는데 얼른 달려가지 않을 성격이 아니다. 꼭 진가영에게 당하는 치도곤이 두려워서라기보다는 성격이 부친을 닮아 순후한 탓이었다.

진가영 또한 그걸 알고 있었다.

그래서 걱정이 됐다. 어느새 자신의 두 배가 훨씬 넘게 성장한 둘째 아들이 잘못될까 봐 두려웠다.

"자경아, 당장 돌아오지 않으면 죽을 줄 알아! 이놈, 자경아! 어미 말을 안 들을 작정이냐!"

'죄송해요, 엄니!'

진가영의 외침을 장자경은 결국 외면했다. 그의 평생에 처음 있는 일이었다.

장가촌의 이곳저곳에선 불길이 마구 치솟고 있었다.

방화.

누군가 고의로 불을 질렀다. 그렇지 않고선 이리 빠르게 불길이 번질 리 만무했다.

당연히 장가촌 사람들은 일제히 불을 끄기 위해 뛰어나왔다.

삶의 터전을 지켜야만 했다.

하지만 그거야말로 장가촌에 동시다발적으로 방화를 저지른 자들이 원하던 결과였다.

"하나, 둘, 셋, 넷, 다섯… 어이쿠! 저 계집은 패나 그럴듯하잖아!"

"크헤헤, 정말 생각했던 것보다 괜찮은 계집들이 많구나! 많아!"

왕식렴의 명에 의해 장가촌 곳곳에 불을 지른 자들.

호위들은 손에 손에 방화의 주원인인 횃불을 들고서 환호작약했다. 깜짝 놀라 겉옷조차 제대로 걸치지 못하고 뛰어나온 촌민들을 보며 즐거워하는 것이다.

하긴 촌민들 중 절반이 여자다.

그중 제법 미색을 갖추거나 앳된 여자들도 다수 있었다. 이제부터 시작될 사냥을 떠올리며 즐거워하는 것도 무리는 아니었다.

왕식렴이 문득 얇은 입술꼬리를 슬쩍 치켜올렸다.

"저년!"

그의 손가락이 가리킨 건 불이 난 집에서 방금 뛰어나온 십오륙 세 정도 되어 보이는 소녀였다.

작고 연약해 보이는 외모.

산골 출신치고는 피부 역시 제법 희다.

'역시 어린 취향!'

'제법 예쁘게 생긴 계집인데, 안됐구만. 왕 첩형 같은 변태 환관에게 걸리다니.'

호위들은 속으로 중얼거리곤 얼른 소녀에게 달려들었다.

"악!"

소녀가 놀라 비명을 질렀다. 시커먼 사내들이 득달같이 달려들어 손목을 낚아채자 고통과 두려움에 온몸이 덜덜 떨린다.

그러자 소녀의 부친과 모친으로 보이는 부부가 호위들에게 달려들었다. 호위들의 신법만으로도 무공을 연마한 자들임을 눈치 챘지만, 귀한 딸을 두 눈 뜨고 빼앗길 순 없다.

"이놈들!"

"내 딸을 놔줘라!"

부부가 달려들자 호위들은 희희덕거리며 아무렇게나 권각을 날렸다.

아무런 힘도 쓰지 못하고 나뒹구는 부부.

일류고수인 호위들에게 무공을 익히지 못한 부부를 두들겨 패는 건 손으로 파리를 쫓는 것보다 쉽다.

소녀의 입에서 다시 비명이 터져 나왔다.

두 눈에선 눈물이 줄줄 흘러나왔다.

호위들은 이 같은 모습에 극히 익숙한 듯 대소하며 소녀를 잡아끌었다. 왕식렴은 나머지 호위들에 의해 곳곳에서 벌어진 그 같은 지옥도를 바라보며 즐거워했다.

한데 그때였다.

마을 외곽 쪽에서 쿵쿵거리는 소리가 들리더니, 한 명의 거한이 모습을 드러냈다.

족히 칠 척은 되어 보이는 장대한 몸집.

얼굴에 검은빛이 감도는 이십 세가량의 청년은 모친 진가영의 만류를 뿌리치고 달려온 장자경이었다.

그는 눈앞에서 벌어지고 있는 지옥도를 살핀 후 굵직한 입술을 꾹 다물었다.

자연스레 온몸의 근육 전체로 휘몰아치고 흘러내린 약동.

적절한 긴장과 분노는 오히려 지닌바 무위를 극한까지 쏟아내는 데 활력소가 된다. 특히 장자경처럼 태어난 이후 단 한 번도 다른 사람과 실전을 경험해 보지 못한 초출 무사에겐 더욱 그렇다.

휘익!

장자경은 소리조차 내지 않고 가장 가까운 곳에서 부녀자들을 농락하고 있던 호위에게 달려들었다.

육중한 몸 전체로 날린 몸통 공격!

범상치 않은 장자경의 등장에 조금 긴장하고 있던 호위가 대뜸 수장을 앞으로 내뻗었다. 장력을 일으켜 장자경의 무식한 육탄돌격을 막으려 한 것이다.

　평!

　장자경의 몸에서 뭔가가 터져 나가는 소리가 일었다. 호위의 장력을 몸으로 받아냈으니 당연하다. 그러나 그의 육탄돌격은 멈추지 않았다. 오히려 더욱 속도가 빨라졌다.

　"뭐, 이런 거지 같은⋯⋯."

　장력을 발출하고 득의의 표정을 짓던 호위의 얼굴이 새파랗게 질렸다. 그는 당황성조차 끝까지 내뱉지 못했다. 장자경의 육탄돌격에 몸이 걸레처럼 변해 날아가 버렸기 때문이다.

　퍼득!

　바닥에 호위가 넙죽 네 활개를 치며 뻗었다. 장자경은 그쪽을 바라보지도 않고 신형을 돌려세웠다. 그의 시선에 종종 대장간에 호미나 낫 같은 걸 맡기러 오곤 하던 소녀의 겁에 질린 얼굴이 보였다.

　"그 손 놔라!"

　장자경은 노호가 울부짖는 것 같은 고함과 함께 소녀를 강철 같은 손으로 붙잡고 있던 호위들에게 달려들었다. 한차례 몸통 공격으로 생각 이상의 성공을 거둔 탓에 발걸음이 가볍다. 자신감 역시 충만한 상태였다.

　문제는 소녀를 붙잡고 있던 호위들이 이미 장자경의 장력이 소용없는 무식한 육체를 목도했다는 것이다.

게다가 그들은 일류고수이며 실전 경험 역시 적지 않다.

스슥!

스스슥!

소녀를 재빨리 점혈해 뒤로 내던진 호위들이 거의 동시에 발도를 하고서 움직였다.

좌우!

번뜩이는 도광이 순식간에 장자경의 양쪽 옆구리 사이로 파고들었다. 일류고수다운 단호하면서도 빠른 일격!

장자경의 신형이 달리던 기세를 늦추며 크게 휘청거렸다.

쌍도의 일격을 당한 옆구리에선 어느새 흐릿한 피보라가 번져 나오고 있었다.

강철 같은 육체.

도기를 다루는 일류고수의 공격까지 완벽하게 막아낼 수 있을 단계는 아니었다.

그래도 장자경은 포기하지 않았다. 그는 잠시 신형을 휘청거렸을 뿐 다시 발끝에 힘을 주고 속도를 올렸다. 마혈이 점혈되어 바닥에 쓰러진 소녀의 눈물 가득한 얼굴이 어느새 보일 정도가 되었다.

'조금만! 조금만 더!'

장자경은 가빠지려는 호흡을 억지로 참았다.

손을 내뻗었다.

조금만 더 뻗으면 소녀를 구해낼 수 있을 것 같다. 조금쯤 몸이 고통스럽다고 포기할 순 없었다.

한데, 갑자기 그의 두 눈에서 불똥이 번쩍 하고 일었다. 약동하는 근육의 힘을 폭발시키며 움직이던 몸의 기능 역시 마찬가지다.

'무슨?'

장자경은 소녀를 바로 코앞에 놔둔 채 동작을 멈췄다. 한쪽 무릎이 자연스럽게 꿇려진다.

그때 소녀의 바로 앞에 왕식렴이 떨어져 내렸다. 그는 느긋하게 구경하던 중 장자경을 막기 위해 친히 신형을 날려 손을 쓴 것이다.

"허! 본관의 최심장을 맞고도 버텨? 진짜 몸 하나는 미련할 정도로 단단한 놈이구나!"

왕식렴이 다시 수장을 들어올렸다.

장심을 중심으로 회색빛 기류를 담은 채 소용돌이치고 있는 최심장의 기운.

첫 번째 일장으로 장자경을 죽이지 못한 것에 상당한 짜증을 느낀 왕식렴은 최심장의 위력을 두 배로 끌어올렸다. 이제 그가 수장을 앞으로 내뻗기만 하면 장자경은 꼼짝없이 목숨을 잃어야 할 터였다. 이미 한쪽 무릎을 꿇은 장자경에겐 더 이상 항거할 능력 따윈 남지 못한 것처럼 보였다.

'과연 그럴 것인가?'

진자운은 품에 담화연을 안은 채 장가촌 전체가 내려다보이는 커다란 노송 위에 서 있었다. 신형을 꼿꼿이 세운 그의 얼굴엔 자못 흥미진진한 기색이 가득하다.

그가 장가촌에 도착한 건 왕식렴 일행이 분탕질을 치고 얼마 지나지 않아서였다. 당장 손을 써야 하건만 하필이면 그때 동생 장자경이 모습을 드러냈다.

무식한 들소 같은 기운을 잔뜩 내뿜으며 나타난 동생.

평소 덩치는 산만 한 주제에 심약해서 제대로 된 자기 주장 따윈 아예 가져 본 적도 없는 장자경이다. 그래서 무공 역시 적당한 정도만 가르쳤는데, 오늘 이리 변모된 모습을 보이니 관심이 가지 않을 수 없었다.

진자운은 그저 기본적인 내공심법과 천생의 신력으로 독특한 외문기공만을 연성한 그가 어떻게 왕식렴 일행을 상대할지 궁금했다.

어차피 그에게 있어 왕식렴 일행은 이미 지옥명부에 이름을 올려놓은 상태였다.

조금쯤 심약한 동생 장자경이 귀중한 첫 번째 실전 경험을 쌓는 걸 기다려 준다 한들 나쁠 건 없어 보였다.

물론 이건 어디까지나 진자운만의 입장이었다.

버둥! 버둥!

장자경이 위기에 빠지자 애가 닳아 연신 몸을 뒤틀어대기 시작한 담화연의 안색은 당황감으로 가득했다. 진자운에겐 그저 아무렇게나 다뤄도 상관없는 동생이나 그녀에겐 도련님이다.

시어머니 진가영의 부탁을 받고 장자경의 뒤를 쫓아온 터에 진자운의 방해를 받아 장자경이 부상까지 당하자 정신이 하나도 없었다.

"상공, 저러다 도련님이 크게 다치기라도 하면 어쩌려고 그래요!"

"목소리 낮추고. 우린 지금 숨어서 구경하는 입장이라구."

"지금 목소리 낮추게 생겼어욧!"

담화연의 목소리가 조금 더 뾰족해졌다. 평상시 진자운이 얄미웠던 적이 없었던 건 아니나 지금은 그 강도가 열 배쯤은 되는 것 같다.

쪽!

진자운은 대답 대신 담화연의 볼에 입을 맞췄다. 그리고 귓가에 슬며시 흘린 중얼거림.

"자경이가 이룬 선천외가기공은 저 정도 장력에 꺾일 만큼 약하지 않아. 그러니까 조금 더 지켜보자구."

"그럼 어째서 무릎까지 꿇은 건데요?"

"저놈은 아직도 자기가 가진 힘을 충분히 다룰 줄 모르거든. 한 번도 실전을 경험해 보지 못한 데다 누구한테 맞아서 아팠던 적이 없으니까 엄살을 부리는 거야."

"저게 엄살이라고요?"

"응."

진자운이 태연스레 고개를 끄덕였다.

장자경은 바닥에 무릎을 꿇고서야 가까스로 정신을 찾았다.

핑핑 도는 머리.

다리는 후들거리고 최심장에 얻어맞은 자리는 화끈거린다. 울컥거리며 식도에서 치솟아오르는 뜨거운 기운을 당장이라도 토해 버리고 싶다.

장자경은 한 번도 내상을 경험해 본 적이 없다.

사파 쪽의 유명한 내가중수법 중 하나인 최심장에 내식이 뒤틀린 것을 이해하기 힘들었다. 어째서 이렇게 고통스러운지 짐작조차 할 수 없었다.

"우왁!"

장자경의 입에서 한 덩이 토사물이 터져 나왔다.

저녁 밥상에 차려져 나왔던 종류를 짐작케 하는 광경이다.

막 장자경의 머리로 최심장을 쏟아내려던 왕식렴의 눈에 이채가 떠올랐다.

'핏덩이가 아니라 기껏해야 토사물?'

최심장은 내가중수법이다.

외가 쪽에서 유명한 십삼태보횡련이나 철포삼, 금종조 따월 극한까지 연마했다 해도 내기의 침습을 막아내긴 힘들다. 겉가죽이 강철 같다 해도 전혀 소용이 없다. 내상을 입던가 경맥이 손상되어 피를 폭포수처럼 내뿜어야 정상이다. 강력한 내공으로 내부를 보호하지 못하는 한 그렇다.

그런데 장자경은 고작해야 토사물을 쏟아냈을 뿐이다. 그가 쏟아낸 토사물엔 핏자국 하나 보이지 않았다. 참으로 이상한 일이다.

왕식렴은 그 같은 이변을 쉽사리 지나치지 않았다.

그는 막 끌어올렸던 최심장 공력을 재빨리 거둬들였다. 혹여 두 배나 위력을 강화시킨 최심장으로도 장자경을 죽이지 못할 수도 있다는 판단이었다.

대신 그의 허리가 가볍게 비틀렸다.

발검술의 변형 자세다.

검은?

왕식렴의 허리춤에 요대를 대신하고 있던 연검이 뱀의 현란한 혓바닥처럼 출렁거리며 모습을 드러냈다. 한쪽 무릎을 꿇은 장자경을 노렸다.

그러나 장자경은 왕식렴이 우려한 바대로 정신을 차리자마자 다시 신형을 움직였다. 꿇었던 무릎에 힘을 주고 신형을 팅겨 일으키더니, 놀랍게도 왕식렴을 공격해 들어갔다.

쉬악!

이번에는 무식하게 몸 전체를 날린 몸통 공격이 아니었다.

단 한 번도 사람을 향한 적이 없었던 무쇠 주먹을 전력으로 내뻗었다. 전신의 체중을 실어서.

권풍으로 인해 소리가 인다.

담겨 있는 위력이 결코 낮지 않음을 뜻한다.

"건방진 놈!"

왕식렴은 차게 눈을 빛내며 수중의 연검을 휘둘렀다. 그가 전날 북경에서 관리 감찰을 하던 중 얻은 천사요검. 쇠를 무 자르듯 할 수 있는 보검이다.

촤라라라락!

장자경의 얼굴 전체로 핏물이 튀었다. 도기가 담긴 강도의 일격에도 기껏해야 겉가죽만 조금 베었을 뿐인 강철 같은 육체가 난자당했다. 왕식렴의 공격을 애초부터 피할 생각이 없었던 탓에 당한 상처였다.

'피하지 않아?'

장자경의 주먹은 한 치의 흔들림도 없이 곧장 왕식렴의 얼굴로 향했다. 왕식렴이 다시 천사요검을 떨쳐 냈다. 이번엔 허초가 대부분이던 첫 번째 초식과 달리 살기가 깃든 실초다. 그러나 장자경은 이번에도 그 공격을 몸으로 받아냈다.

쉬악!

장자경의 신형이 크게 휘청거렸다. 어깨 어림쯤에 천사요검이 박혔다. 고통이 장난이 아니다. 그래도 그의 무식하게 큰 주먹은 변함없이 왕식렴을 노렸다.

"뭐, 이런 개 같은!"

왕식렴이 장자경의 어깨를 꿰뚫은 천사요검을 빼내려다 황급히 신형을 옆으로 뒤틀었다. 그러나 처음부터 초지일관했던 장자경의 주먹은 이미 그의 코앞에 이르러 있었다. 피할 수 없게 되었다.

쾅!

장자경의 주먹이 왕식렴의 어깨를 때렸다. 본래 얼굴을 노렸으나 왕식렴이 재빨리 신형을 이동시킨 탓에 타격점이 변했다. 그래도 위력은 충분했다.

"크윽!"

왕식렴의 신형이 천사요검과 함께 일 장 밖으로 나뒹굴었다. 장자경을 얕잡아보고 내가기공을 일으켜 몸을 보호하지 않은 벌이었다.

"대인!"

"대인!"

왕식렴이 나선 걸 보고 수수방관하던 호위들이 놀라서 소리를 질렀다. 그들은 일제히 장자경에게 신형을 날렸다. 그를 합공으로 찢어 죽인 후 왕식렴에게 용서를 빌어야만 조금이라도 죄를 면할 수 있단 판단이었다.

그러나 그들은 장자경에게 달려들지 못했다.

갑자기 앞으로 나아가기 위해 지축을 박찼던 그들의 신형이 공중 위로 떠올랐다. 힘의 방향이 완전히 다른 쪽으로 바뀌어 버린 것이다.

"엥?"

"엉?"

힘의 방향을 자유자재로 바꾸는 무공.

천하에 그런 게 마구 널리진 않았다. 극히 적은 신공절학에나 포함되어 있다. 그리고 그 신공절학들 중 가장 유명한 것은 다름 아닌 무당파의 절학이다.

이화접목!

다른 꽃에 나무를 접붙인다.

즉, 상대방의 힘을 자신이 의도한 방향으로 왜곡시킬 수 있는 절학이다. 이는 내가기공의 요체 중 하나인 사량발천근을 발전시킨 것인데, 실전에서 사용하기 위해선 상대방보다 몇 수준 위의 무공을 지녀야만 했다.

당연히 이 같은 광경을 연출한 사람은 진자운이었다. 그는 동생 장자경이 왕식렴의 천사요검에 상처를 입자마자 신형을 날려 호위들을 제압했다.

허부적! 허부적!

공중으로 뛰어오른 채 호위들은 열심히 버둥거렸다. 어쩌다 자신들이 이런 꼴이 되었는지 생각하기보단 일단 지금의 상태에서 벗어나고자 노력했다. 그게 그들이 지금 할 수 있는 최선이었다.

그 꼴은 꽤나 우스웠다.

어찌나 우스웠던지 방금 전까지 무척 험한 꼴을 당했던 장가촌 사람들 중 몇이 키득거리며 웃음을 터뜨렸다. 더 이상 지옥의 악귀나찰 같던 그들이 두렵지 않았다.

그때 진자운이 손을 한차례 털어 보였다.

휘릭!

공중에서 죽도록 버둥거리던 호위들이 보이지 않는 거인에게 내쳐진 듯 땅바닥 위로 나뒹굴었다.

그들은 이미 죽기 살기로 쏟아냈던 힘 전부를 공중에 떠 있는 데 소진한 탓에 낙법은커녕 몸을 유연하게 만드는 것조차 불가능했다.

땅바닥에 나뒹군 것과 동시에 온몸의 뼈가 모조리 부러지고 근육 역시 박살 났다. 한 떼의 일류고수들이 폐인이 되어 버린 것이다.

슥.

진자운은 그들 쪽은 쳐다보지도 않고 장자경에게 다가갔다. 온몸이 피투성이가 된 자신보다 훨씬 덩치가 좋은 동생이 아직 살아 있는지 확인하기 위함이었다.

툭!

"아직 살아 있냐?"

장자경의 어깨에 손을 대며 진자운은 평상시와 조금도 다르지 않게 말했다. 동생 장자경이 이만한 상처로 죽을 리 없다는 확신을 가지고 있었기 때문이다.

한데 그게 불만이었던 것일까?

"왁!"

장자경이 갑자기 신형을 돌리더니, 형 진자운에게 노호와 같이 달려들었다.

의지로 성공시킨 일격!

자신보다 몇 수준 위의 고수인 왕식렴에게 일격을 먹인 후 장자경은 거의 의식을 잃어버린 상황이었다. 느닷없이 진자운이 어깨에 손을 대자 이미 활짝 개방되어 버린 투쟁 본능이 제멋대로 움직였다. 감히 하늘같이 여기던 진자운에게 덤비는 있을 수 없는 행동에 돌입한 것이다.

퍽!

응징은 곧바로 이뤄졌다.

진자운은 장자경이 피투성이인 것에 개의치 않고 주먹을 휘둘러 거대한 덩치를 바닥에 자빠뜨렸다. 어차피 전혀 걱정을 하진 않았지만, 자신에게 덤벼들 정도로 건강하다. 특별히 상처를 치료해 줄 마음마저 싹 사라진다.

"상공, 뭐 하는 짓이에욧!"

깜짝 놀란 건 진자운을 쫓아 뒤늦게 달려온 담화연이다. 그녀는 진자운에 의해 바닥에 패대기쳐진 장자경에게 황급히 달려들었다.

줄줄줄줄…….

바닥에 얼굴을 처박은 장자경은 이제 피를 하염없이 쏟아내고 있었다. 아예 몸속의 둑이라도 터진 것 같다.

담화연은 장자경의 상처 부근의 혈도를 골라 점혈한 후 치마를 찢었다. 딱히 지혈에 쓸 만한 물건이 없기에 급한 대로 치마를 사용하기로 마음먹은 것이다.

"휘이!"

진자운이 그 모습을 보고 나직이 휘파람을 불었다. 치마를 찢자 살짝 드러난 담화연의 늘씬한 다리를 그의 시선이 놀리 듯 바라본다.

"짐승 같으니라구!"

담화연은 살짝 진자운을 흘겨보곤, 곧바로 장자경 쪽에 신경을 집중했다. 어떻게든 시어머니인 진가영이 오기 전에 응급처치라도 끝내야만 한다. 지금 이 무참한 꼴을 한 장자경을 진가영에게 그냥 보여줄 순 없었다.

진자운은 장자경을 담화연에게 맡기곤 시선을 왕식렴에게 던졌다. 정확히 말해 장자경에게 일격을 당해 왕식렴이 나뒹굴었던 장소를 더듬어갔다. 그곳에 이미 왕식렴은 존재치 않았기 때문이다.

휘이이잉!

때마침 불어온 야풍.

왕식렴은 얌전히 무릎 꿇고 엎드린 채 진자운의 응징을 받기를 거부했다. 자신의 수하들을 몽땅 내버리고 혼자 도망쳐 버렸다.

"거, 생각했던 것보다 재밌는 놈일세."

진자운이 히죽 웃어 보였다.

$$* \qquad * \qquad *$$

왕식렴은 장자경에게 불의의 일격을 허용한 후 불같이 화
가 났다.

탈구가 되어버린 좌측 어깨.

내기를 모아 호체진기를 일으키지 않은 탓이다.

하지만 왕식렴은 무공이 절정 언저리에 이른 자답게 금세
내기를 움직여 정상적인 위치를 벗어난 어깨뼈를 바로 맞췄
다. 사실 눈 깜짝할 새 그리했다.

당연히 그 후 그가 할 일은 자신에게 굴욕을 안겨준 장자경
을 부숴 버리는 것이었다. 반드시 그리할 참이었다.

그런데 그때 느닷없이 왕식렴의 귓전으로 다급한 목소리
하나가 파고들어 왔다.

전음입밀.

내공을 모아서 목소리를 다른 사람에게 전하는 수법으로
대충 일류 이상의 고수가 되어야만 시전할 수 있다. 내공의
기틀이 튼실해야만 내기를 실처럼 길쭉하게 뽑아내서 원하는
상대에게 전달할 수 있는 까닭이다.

왕식렴의 귓전을 울린 목소리의 주인은 현음자를 상대하

러 떠났던 강무균으로, 바로 그 전음입밀의 수법으로 전달되었다. 그는 천지가 개벽할 만한 내용을 급하게 쏟아내었다.

왕식렴은 두 번 생각하지 않았다.

그는 언제 장자경에게 살기를 뿜어냈냐는 듯 얼른 내기를 거둬들이고 조심스레 신형을 날렸다. 때마침 뒤에서 진자운의 이화접목에 걸려들어 공중으로 날아오른 호위들의 기함이 들려왔다.

혹시나 했던 마음이 확신으로 바뀌는 순간.

왕식렴은 거리를 조금 벌리자마자 전력을 다해 신형을 날렸다. 뒤에 남겨둔 수하들의 목숨 따윈 어느새 깨끗이 그의 뇌리 속에서 삭제되어 존재치 않았다.

한참 만에 왕식렴이 도착한 곳은 장가촌의 남쪽 외곽 지역이었다. 강무균이 전음으로 만나자 한 장소였다.

두리번! 두리번!

왕식렴은 초조한 기색으로 주변을 살피다 인상을 와락 굳혔다. 주변을 가득 메운 썩은 냄새에 속이 다 뒤집히는 것 같았다.

"어디 똥 구덩이라도 있는 건가?"

왕식렴은 소태감 시절에 자금성 밖으로 매일같이 날라지는 거대한 요강을 청소하곤 했다. 똥 냄새에는 나름 일가견이 있다고 할 수 있었다.

그가 미간을 모으고서 똥 냄새의 근원지를 살피고 있을 때

기다리고 있던 강무균이 모습을 드러냈다.

그는 자신의 말을 얌전히 따른 왕식렴을 발견하고 입가에 흐릿한 미소를 담았다. 뜻한 바대로 일이 착착 진행되고 있었기 때문이다.

'왕식렴, 동창의 첩형들 중에서도 꽤나 까다로운 자라고 들었는데, 역시 권력을 가진 자답게 자신의 보신과 목숨이 달린 문제엔 반응이 빠르군. 생각했던 것보다 앞으로 일이 쉬워질지도 모르겠어.'

내심 염두를 굴린 강무균이 빠른 걸음으로 왕식렴에게 다가왔다. 왕식렴이 그를 발견하고 얼굴에 반가운 기색을 떠올렸다.

"강 호위!"

"쉿!"

얼른 손가락 하나를 입에 가져다 대서 왕식렴의 입을 다물게 한 강무균이 조용조용한 목소리로 말했다.

"태극무검 진자운은 천하제일인이라 불리는 절대고수입니다. 하필 이 마을에 그가 은거하고 있었으니, 이건 재앙을 만난 것이나 다름없습니다. 지금 당장 무당산을 벗어나는 게 급하니, 속하를 따라와 주십시오."

"무당산까지 벗어나자는 말인가?"

"당연합니다. 무당파에서 태극무검이 차지한 영향력은 대단합니다. 그가 은거한 마을에서 사냥을 했다는 건, 원한을 맺은 것이나 다름없습니다. 그러니 대인께서는 한시라도 무당산에 머물러 있어선 안 됩니다."

"……"

왕식렴은 침묵으로 강무균의 의견에 동조했다.

태극무검 진자운.

당대 천하제일무인의 대명은 왕식렴 역시 알고 있었다. 그가 무림에서 활동하던 당시 저질렀던 수많은 기행과 괴벽을 감안하면, 황궁이나 동창과 원한을 맺는 걸 주저치 않으리란 건 대충 짐작이 갔다. 강무균의 판단은 참으로 옳은 것이라 할 수 있었다.

그렇다면 이젠 도주의 방법이 남는다.

왕식렴의 표정에서 결심을 굳혔음과 의문을 동시에 읽은 강무균이 얼른 말했다.

"대인을 이곳으로 모신 것은 이유가 있습니다. 이곳은 마을 전체에서 사용하는 거름을 모아놓는 곳입니다. 인분을 쌓아서 썩힌 다음 밭에 뿌리기 위함이지요."

"설마 그 거름 더미 속에 숨자는 건가?"

"인분들이 쌓인 거름 더미 아래쪽에 계곡이 흐릅니다. 거름 더미 속으로 헤치고 들어가 계곡 밑바닥에 이른 후에 산 아래로 이동하는 게 속하의 무당산 탈출 계획입니다."

"다른 계획은?"

"없습니다. 태극무검은 절대고수입니다. 그의 이목을 피해

도주하는 건 대단히 힘든 일입니다."

"…알겠네."

왕식렴이 힘겹게 고개를 끄덕였다.

곧 강무균이 앞장섰다.

두 동창의 관리 앞으로 거대한 똥산이 장대한 모습을 드러
내고 있었다.

*　　　*　　　*

진자운은 한차례 정신을 집중한 후 곧바로 왕식렴이 도주
한 장소를 파악했다.

반선의 경지에 오른 그로선 참으로 쉬운 일.

이제 왕식렴을 붙잡아서 적당히 아작을 낸 연후에 땅속에
파묻어 버리기만 하면 일은 끝이었다. 곧 오늘 밤에 벌어진
일련의 사태의 끝이 그리될 것임에 있어 진자운은 하등의 의
구심도 품지 않았다.

진자운은 왕식렴이 얼마 전까지 서성거렸던 장소에 도착
한 후 입가에 항시 머물러 있던 미소를 싹 지웠다.

벅벅!

자연스레 뒤통수로 이동한 손의 움직임.

진자운은 자신이 근 몇 년간 전혀 경험해 본 바가 없는 난
처한 상황에 직면했음을 깨달았다. 왕식렴이 어떤 식으로 도

주했는지 손에 잡힐 듯 짐작할 수 있었기 때문이다.

'이런 더러운 놈! 동창에서도 제법 높은 직위에 올라 있는 환관이라고 들었는데, 이런 더러운 곳을 도주로로 삼다니!'

진자운은 내심 욕설을 내뱉었다.

그는 신형을 움직여 장가촌 전체 인구가 지난 일 년 동안 열심히 만드는 데 일조한 거름 더미 앞에 도착했다. 혹시라도 자신의 예상이 틀렸을 수도 있다는 말도 안 되는 소망을 확인하기 위함이었다.

그러나 현실은 냉혹한 법이다.

진자운의 눈앞에 모습을 드러낸 산더미 같은 거름 더미에는 왕식렴이 이곳을 통해 도주했다는 사실을 확인시켜 주는 뚜렷한 증거가 남아 있었다. 사람 한둘 정도 크기로 뚫려 있는 구멍이 바로 그것이었다.

"똥 속을 헤엄쳐서 도망친다? 정말 상상치도 못했던 방법이구만."

진자운은 여태까지 손톱 밑의 때만큼도 여기지 않았던 왕식렴에 대해 조금 인식의 전환을 할 필요성을 느꼈다. 어차피 그래 봤자 손톱의 때가 똥 묻은 막대기 정도로 격상된 것이지만 말이다.

어쨌든 지금 중요한 건 그런 것이 아니다.

진자운은 결정을 내려야만 했다.

지금 당장 왕식렴을 잡으러 가느냐, 가지 않느냐.

마침 아직 채 썩지 않은 거름 더미로부터 풍겨져 나온 진한 내음이 진자운의 결정을 도와줬다. 사실 결정적인 역할을 했다고 볼 수 있었다.

삭!

거름 더미로부터 신형을 돌린 진자운이 밤하늘을 슬쩍 올려다봤다.

쏟아질 것만 같은 별빛.

문득 별처럼 영롱한 한 여인의 눈빛을 떠올린 진자운의 입가로 사라졌던 미소가 다시 모습을 드러냈다.

"어차피 일도 이렇게 됐으니, 그럼 옛 친구나 만나러 가볼까?"

담화연이 들었다면 입에 게거품을 물 얘기다.

진자운은 전혀 그런 것 따위 신경 쓰지 않고서 입에 휘파람을 담았다. 어찌 일이 진행되든 전혀 걱정할 것이 없고, 크게 잘못될 것도 없다는 자신감의 발로였다. 그는 미처 자신을 기다리고 있는 운명에 대해 깨닫지 못하고 있었다.

"죽일 놈! 못된 놈! 나쁜 놈! 쓸모없는 놈!"

진가영은 악을 바락바락 써대며, 비 올 때 신는 나막신을 들고서 진자운을 정신없이 팼다.

그녀는 손에 결코 사정을 두지 않았다.

어렸을 때부터 타고난 강골인 장자경을 훈육하기 위해 손매가 무척 매워진 터였다. 손에 아예 사정을 두지 않자 나막신에 담겨진 힘은 상상을 초월했다.

가히 보통 사람이라면 한 방만 맞아도 정신을 잃을 정도.

적어도 중상이고 심하면 사망이다.

그만큼 그녀는 격노한 상태였다.

어렸을 때부터 진자운과는 달리 말썽 한 번 부리지 않고 성장한 장자경이다. 덩치에 맞지 않게 너무 순둥이라 종종 걱정할 정도였는데, 그 아들이 피투성이로 변했다. 그녀의 분노가 하늘을 찌르는 건 무리가 아니었다.

보다 못한 담화연이 만류의 말을 하려다 얼른 입을 다물었다.

시퍼렇게 번뜩이는 시어머니의 눈빛.

담화연은 자칫 분노의 화살이 자신을 향할 수도 있음을 깨달았다. 이런 상황하에서 진자운의 편을 든다는 건 섶을 짊어지고 불 속으로 뛰어드는 것이나 다름없었다.

슬금슬금……

자신도 모르게 뒷걸음질친 담화연이 얼른 한 켠에 주저앉아 잘 놀고 있던 아들 진유성을 품에 안았다. 언제나와 같이 아들을 방패막이로 삼으려는 의도였다. 그리고 혼잣말.

"상공은 천하무적이야. 천하제일인이라구. 그러니까 저 정도쯤 맞는 건 괜찮을 거야. 암. 그렇구말구."

담화연은 아들 진유성을 품 안에서 어르며 자기 합리화에 들어갔다.

진자운을 사랑하는 만큼 시어머니 진가영이 무섭다.

특히 지금처럼 눈이 살짝 돌아갔을 때는 더욱 그렇다. 절대로 어떤 일이 있어도 미움받고 싶지 않았다. 영원히 사랑스런 며느리로 남고 싶은 게 그녀의 작은 바람이었다.

"착하다! 착하다!"

담화연은 진자운 쪽을 완전히 외면했다.

덕분에 진자운은 그 후로도 꼬박 한 식경이 넘어서야 모친 진가영의 화풀이로부터 벗어날 수 있었다. 물론 나막신에 무수히 난타를 당했음에도 불구하고 그의 몸은 말짱했다. 마치 여태까지 아무 일도 없었던 것 같다.

오히려 때리다가 지친 사람은 모친 진가영이었다.

그녀는 더 이상 나막신을 휘두를 힘이 없자 숨을 헐떡이다 바닥에 털썩 주저앉았다. 얼굴 전체가 땀투성이로 변해 있는 게 보기 안쓰러울 정도다.

"헉헉! 나쁜 노옴. 하나밖에 없는 동생을 그 꼴로 만들고서 무슨 천하제일무인이야. 다 필요없다, 다 필요없어."

진가영의 얼굴을 덮은 건 땀만이 아니다.

그녀는 어느새 울고 있었다.

담화연의 시의적절한 지혈과 응급처치로 장자경의 부상은 중상으로 발전하진 않았다. 대부분이 겉가죽에 난 상처에 불과했다.

다만 한 가지!

장자경의 부친 장철용을 닮은 순후한 얼굴은 파면이 되었다.

왕식렴의 보검 천사요검에 의해 난자당한 얼굴엔 징그러운 흉터가 수십 개나 생겼다. 설사 전설상의 명의라 일컬어지는 화타나 편작이 온다 해도 그의 얼굴을 원상태로 복구하긴 힘들 게 분명했다.

진가영은 혼잣말로 진자운을 욕하다 여전히 바로 코앞에 목석같이 서 있는 진자운에게 불쑥 말했다.

"너, 그 불알도 없는 개자식을 잡으러 다시 나갈 거지?"

"예."

"그럼 그때 자경이도 데려가라."

"자경이 색싯감을 만들어서 오면 되는 겁니까?"

"네 색시 반만 가는 아이면 된다. 할 수 있겠지?"

"거야 자경이 녀석이 하기에 달렸죠. 본래 남녀 간의 일이란 건 나라님도 어찌할 수 없다고 하잖아요."

"다시 처음부터 시작할까?"

"자경이 녀석도 이젠 슬슬 장가갈 때가 되었죠. 이번에 데려나가면 반드시 꽃 같은 신부를 얻게 만들겠습니다."

"꽃 같은 신부까진 아니어도 좋다. 그냥……."

잠시 말끝을 흐린 진가영이 고개를 옆으로 돌리며 작게 속삭였다.

"…그냥 착한 아이이기만 하면 된다. 우리 착한 자경이 녀석을 울리지 않는 그런 아이로다 말야."

"그래도 여자는 얼굴이죠."

퍽!

진가영은 어디서 힘이 솟았는지 수중의 나막신을 진자운의 얼굴에다가 던졌다.

주르륵!

진자운의 코에서 핏물이 흘러나왔다. 진가영이 죽을힘을 다해 때려도 전혀 이상이 없던 금강신이 깨졌다. 일부러 몸을 자연스레 휘감고 있던 단천뢰심강의 호신강기를 풀어버린 탓에 벌어진 일이다.

"까르륵! 꺄아!"

담화연의 품에 안겨 잘 놀고 있던 진유성이 처음 보는 부친 진자운의 모습에 좋다고 팔짝거리며 웃음을 터뜨렸다.

'저노무 자슥이!'

진자운이 자신의 하나밖에 없는 아들을 슬쩍 노려봤다.

애물단지.

문득 진자운은 진유성 때문에 그 좋은 우화등선을 포기한 게 조금 후회되었다. 문득 자식 키워봤자 말짱 헛거라는 웃어른들의 말이 뇌리를 스치고 지나갔다.

◆ 第五章 ◆

천하에서 제일가는 신부

천하에서 제일가는 신부

운남.

한때 네 개의 강대한 문파가 각축을 벌이던 땅.

중원에서 보면 변방이라 할 수 있는 운남은 점차 무림으로부터 잊혀져 가고 있었다.

운남 사강파.

천하제패를 노리던 묘족의 만독문, 대리백족의 정신적 지주인 점창파, 여강 납서족의 왕가인 목왕부, 그리고 운남의 성도인 곤명의 서산파를 말함이다.

그중 만독문은 독효 갈홍경 사후 쇠퇴 일로를 걷고 있었고, 목왕부 역시 천마신교와의 충돌로 인해 세력이 과거의 절반이하로 줄어들었다.

때문에 현재 운남의 패권은 그나마 세력을 온전히 유지하고 있는 대리의 점창파와 과거의 아픈 기억을 딛고 세력을 확장하기 시작한 서산파가 장악하고 있었다.

운남의 서쪽은 서산파가, 동쪽은 점창파가 세력을 확장하며 서로의 영역을 침범치 않았다. 두 세력 모두 현 천하제일인인 태극무검 진자운과 상당한 친분을 유지하고 있기에 가능한 일이었다.

운남은 지난 백여 년의 역사 이래 가장 평화로웠다.

곤명 서산.

멀리서 들려오는 돌 쪼는 소리는 바람이 남긴 자취라 불리는 풍경 소리처럼 은은하다. 뭔가 사람의 마음을 움직이는 묘한 매력이 있다.

적어도 이곳 서산에서는 모든 사람들이 그런 마음가짐을 가지고 살아야만 한다. 하루도 빠짐없이 들어야만 하는 소리이기 때문이다.

후비적!

곤명 시내와 곤명호가 한눈에 내려다보이는 서산의 중턱에 위치한 용문석굴에 쪼그리고 앉아 있던 중년 도사가 코를 후볐다.

괴선 육노당.

서산파 제일고수이자 운남 오강자 중 일인이다.

그가 검지를 집어넣어 솜씨 좋게 돌려 빼내자 꽤나 큼지막한 코딱지가 묻어 나온다. 왕건이다.

"훅!"

입김을 불어 검지 끝에 달라붙어 있던 보기 드문 왕건이를 바다처럼 넓은 곤명호로 날려 보낸 육노당이 뒤로 벌렁 드러누웠다.

기다렸다는 듯 불어오는 시원한 바람.

곤명호 쪽에서 몰아쳐 온 바람은 일시 육노당의 아무렇게나 기른 머리를 엉망으로 만들 만큼 강했다. 당연히 머리 위에 꾹 눌러쓰고 있던 도관 역시 바람에 휘말렸다. 당장 하늘 저편으로 날아올랐다.

슉!

육노당이 방금 전 콧구멍 안을 후볐던 손을 뻗어 도관을 낚아챘다. 아니, 그러기를 시도했다.

하지만 늦었달까?

갑자기 다시 불어온 바람에 휘말린 탓에 방향을 바꾼 도관이 육노당의 손아귀를 빠져나갔다. 육노당으로선 애초에 금나수법을 펼치지 않았음을 한탄해야 할 상황이다.

한데, 그때였다.

변덕스런 바람의 장난을 따라 막 곤명호 쪽으로 날아가던 도관을 붙잡는 손 하나가 있었다.

슉!

손의 주인은 거의 곤명호 위를 날아 용문석굴로 쭈욱 늘어선 돌계단 위에 떨어져 내렸다.

보기 드문 멋진 신법이다.

중년의 나이.

옆구리에 매달린 고검.

무엇보다 특징적인 건 창공을 노니며 먹잇감을 노리는 매를 닮은 눈매다.

육노당의 눈매가 가늘어졌다. 그는 이 같은 특징의 검객을 단 한 명 알고 있고, 지금 이 순간 이 자리에 모습을 드러낸 이유 역시 안다.

"점창낙안 단연경. 점창파도 이젠 좀 한가해졌나 보군? 근래 들어 숙원하던 여강 목왕부의 세력을 압도하느라 정신이 없다고 들었는데 말야."

점창낙안 단연경.

현 점창파 제일의 고수이자 육노당과 더불어 운남을 대표하는 오강지 중 한 명이다. 그가 곤명의 서산에 모습을 드러냈으니 작은 일일 리 만무하다.

"그런 서산파는 어째서 여전히 돌계단 쪼는 일에만 신경 쓰는 건가? 애뇌산이 초토화됐다곤 하나 여전히 운남 전역의 묘족들은 만독문의 제자임을 자처하고 있거늘."

질문을 또 다른 질문으로 답한 단연경이 슬쩍 육노당 곁으로 다가왔다.

간격의 좁힘.

육노당이나 단연경같이 일파의 명운을 짊어진 초절정고수들에게 있어선 결코 쉽게 허락할 수 없는 일이다. 만약 상대가 흉심을 품었다면 큰 문제가 발생할 수 있기 때문이다.

그러나 육노당이나 단연경 모두 그 같은 일엔 크게 신경을 쓰지 않았다.

두 사람에게 포함되어 있는 공통된 분모.

당대 천하제일인이라 불리는 태극무검 진자운이란 존재가 과거 운남 전체를 전쟁으로 몰아넣을 뻔했던 두 사람 간의 불화를 종식시켰다. 이제 와서 상대를 치졸하게 암습하는 일 같은 걸 벌일 리 만무했다.

단연경이 수중의 도관을 내밀며 말했다.

"서산파의 무공이 독특하기만 할 뿐 그다지 쓸모없다는 건 알고 있었지만, 변변한 금나수법도 없다는 건 참 한심한 일이군."

"갑자기 나타나서 꽤나 착한 짓을 했다 했지."

육노당은 도관을 받아 들곤 나직이 혀를 찼다. 진자운과의 친분 때문에 화해 아닌 화해를 한 사이라곤 하나 여전히 감정의 골은 꽤나 깊이 남아 있었다.

단연경이 어깨를 한차례 으쓱해 보였다.

"반사적으로 몸이 움직여 버렸을 뿐이네."

"그렇겠지. 그런데 진짜 어쩐 일로 서산까지 온 건가?"

"놀러 온 건 아니네."

단연경이 도관을 다시 바람에 날아가지 않게 푹 눌러쓰고 있는 육노당에게 붉은 배첩 하나를 내밀었다.

"응? 누가 혼례라도 올리는 건가?"

"아주 대단한 사람이 혼례를 올리려나 보네."

"점창낙안이 직접 배첩을 챙겨올 정도면 당연히 그렇겠지."

육노당은 붉은 배첩을 받아 곧바로 펼쳐 봤다. 누가 혼례를 올리는 건지 꽤나 궁금했기 때문이다.

"헉!"

육노당은 배첩을 펼쳐 들자마자 입에서 헛바람 소리를 냈다.

범상치 않은 신랑과 신부의 이름.

특히 신부의 이름과 별호는 당금 무림을 떠르르 울리고 있는 최고 권력자와 동일했다. 다시 한 번 눈을 비비고 확인해 봐도 다르지 않았다.

하지만 어떻게?

신부는 몇 년 전부터 최고의 신붓감이었으나 자신은 무림 정의와 혼인했다고 선언한 콧대 높고 고귀한 여인이었다. 결코 갑작스레 이런 붉은 배첩 따위에 이름을 올려놓을 수 있을 리 만무했다. 적어도 육노당이 아는 바로는 그러했다.

꽈악!

육노당은 배첩을 구겨 버리곤 살기 어린 시선을 단연경에게 던졌다.

"이게 어찌 된 일이냐?"

"보는바 대로다. 이번 오월에 무림맹이 위치한 항주에서 혼례를 올린다고 하더군."

"고작 이런 산도적 따위와 말이냐? 어찌 당당한 정파의 무림맹주가 작은 산도적 따위와 혼례를 올릴 수 있단 말이냐!"

육노당의 뒷말은 거의 절규에 가까웠다.

당금 정파의 구심점이라 불리는 항주 무림맹.

붉은 배첩에 적혀 있는 신부는 바로 그곳의 주인이자 정파의 상징이라 불리는 무림맹주 봉황여제 모용청려였다. 전대 무림맹주였던 오정의 으뜸, 불패신권 각원 대사를 사부로 두고, 십왕 중 으뜸인 창파검제 모용진천을 부친으로 둔 여중제일인이 바로 그녀이다.

당연히 그녀와 이름을 나란히 한 신랑이 무명지배일 리 만무하다.

패왕도 철무한.

당대 최강의 고수 중 한 명인 녹림이왕 중 북녹림 맹주인 녹림패도왕 철기량을 부친으로 둔 강자다. 그 이름 앞에 녹림제일후기지수란 말이 붙는 자로서 작은 산도적 따위로 불릴 만한 인물은 결코 아니었다.

하지만 아무리 패왕도 철무한이 빼어나다 해도 그는 정파와는 그다지 사이가 좋지 못한 녹림에 속한 자였다.

비록 그가 몇 년 전부터 모용청려에게 반해 무림맹의 일개 무사로 머물러 있다곤 해도 출신 성분이 바뀌진 않는다. 오히려 주변의 다른 무인들에게 여인의 미색에 넘어가 자존심까지 내던진 밸도 없는 자란 말을 듣곤 했다.

육노당은 사적으로 전날 벌어졌던 제이차 정마대전에서 모용청려와 인연을 맺은 바가 있었다.

당시 그녀의 아름다움에 잠시 크게 반해서 도사 생활을 때려치우고 환속할 것을 심각하게 고려까지 했었다. 그만큼 모용청려에 대한 마음은 꽤나 애틋한 바가 있다.

이제 느닷없이 철무한과의 혼인 소식을 접하게 되자 속이 뒤틀리고 혼백이 모조리 흩어지는 듯했다. 당장 항주로 달려가서 무림맹을 뒤집고 싶은 심정이었다. 이대로 가만있을 순 없었다.

그때 단연경이 냉정한 표정을 유지한 채 말했다.

"내 알기론 그동안 녹림패도왕 철 맹주가 줄기차게 모용 맹주에게 청혼의 요구를 해왔다고 한다. 철 맹주에 대해 잘은 모르겠지만, 꽤나 자존심이 센 인물이라니 필시 이번 혼례의 이면엔 북녹림맹의 강압이 포함되었을 거라 생각한다."

"당연히 그렇겠지!"

육노당은 언제 몸을 돌계단 위에 뉘이고 있었냐는 듯 벌떡 뛰어 일어섰다.

　전신으로 치솟는 기염.

　그는 지금 당장 서산을 떠나고자 했다. 그래서 사악하고 악독한 북녹림 맹주 녹림패도왕 철기량과 그의 아들이자 작은 산도적인 패왕도 철무한으로부터 선녀와 같은 모용청려를 구해내고자 했다.

　한데 그때 단연경이 한마디를 던져 그를 주제파악하게 만들었다.

　"녹림패도왕 철 맹주는 과거 구주이십오성 안에 들던 초강자다. 서산파의 타정기 팔백타법과 정추신공이 비록 뛰어나다곤 하나 운남을 넘어설 정도는 아니다. 괴선이란 이름 역시 마찬가지고."

　"나도 안다, 알아!"

　육노당이 버럭 소리를 지르곤 당장이라도 폭발할 듯하던 기세를 조금 누그러뜨렸다.

　"하지만 내 힘이 비록 모자라다 해도 모용 맹주의 위기를 그냥 보고만 있을 순 없다. 내 한 목숨을 던져서라도 그녀의 작은 힘이나마 되고 싶은 것이다."

　"갑작스런 사랑 고백인가?"

　"어찌 내 주제에 감히! 모용 맹주에겐 진 대협이 있다. 모용 맹주가 무림맹주를 억지로 맡게 된 건 다 진 대협과 성녀

님을 보호하기 위함이니, 어찌 내가 삿된 마음을 품을 수 있겠느냐!'

"그렇군."

단연경이 한차례 고개를 끄덕여 보였다. 그리고 여전한 표정으로 말했다.

"그럼, 지금 당장 출발하기로 하지."

"엥?"

"점창파 대표로 내가 무림맹에 가기로 했다. 서산파에도 필시 배첩이 갔을 테지만… 능구렁이 같은 서금 진인이 자네한테 배첩을 숨겼을 거라 내 짐작하고 있었지."

서금 진인은 당대 서산파의 장문인이다.

근래 들어 자신만 보면 슬슬 피하곤 하던 사형 서금 진인을 떠올린 육노당이 인상을 와락 일그러뜨렸다.

하지만 그도 근래 들어 과거의 악명을 벗고 다시 웅비하기 시작한 사문 서산파의 사정은 잘 알고 있었다. 잔뜩 신입 제자를 받아들이긴 했으나 아직 고수가 부족하여 훈육할 사람이 모자라다. 서산파 제일고수인 육노당을 어떻게든 중원으로 보내고 싶진 않았을 터이다.

어쨌든 그래도 이건 아니다.

육노당은 품 안의 폭뢰정과 뇌정추를 한차례 추스른 후 단연경에게 말했다.

"서산파에서 괴선이 떠나고 점창파에서 점창낙안이 떠나

니 운남은 여전히 세력 균형을 이룰 것이다."

'눈치 챘는가.'

단연경은 자신의 내심을 읽은 육노당을 새삼스레 바라봤다.

지옥과 같던 천마신교의 천마총에서 살아남은 자.

양손이 으스러지는 부상을 결국은 이겨내고 무공을 회복한 의지의 사나이가 눈앞에 있다. 덕분에 이젠 머리를 벗어난 도관을 붙잡는 것조차 금나수법을 펼치지 않곤 힘들게 됐지만, 여전히 그는 서산파 제일고수였다.

"가지."

단연경이 앞장서자 육노당이 피식 웃으며 말했다.

"그 길로 가면 낭떠러지야. 사고 다발 지역이지."

우뚝!

재빨리 신형을 멈춘 단연경이 육노당에게 정중하게 요청했다.

"자네가 안내해 주게나."

"물론."

육노당이 앞장섰다.

막 사월로 들어선 선선하고 날씨 좋은 어떤 날 벌어진 일이었다.

*　　　*　　　*

무당산의 크기는 거의 팔백여 리에 달한다고 알려졌다. 일개 산이라기보다는 산맥에 가까운 엄청난 크기이다.

그러나 그건 산의 지류까지를 몽땅 계산에 넣어서 나온 크기였다. 실상 천하인들로부터 무당산이라 불리는 곳을 벗어나는 데는 몇십 리 정도면 족하다.

산의 본 줄기만 따지면 그렇다.

장가촌 전체 주민들이 거의 일 년에 걸쳐 만든 똥산을 뚫고 탈출에 성공한 왕식렴과 강무균, 두 사람은 주변 강물을 온통 똥물로 만들고서 무당산을 벗어났다.

동창의 주요 직책인 첩형인 왕식렴과 호위 강무균.

두 사람이 탈출 시 근방에 위치한 균현 현청을 이용하지 않는다는 건 멍청한 짓이다.

똥 냄새를 풀풀 날리며 두 사람은 균현 현청에 난입했다. 계곡물로 대충 씻었다곤 하나 몇 장이나 되는 똥산을 뚫고 들어가며 밴 냄새란 상상을 초월한다. 어쩌면 평생을 따라붙을지도 모를 정도의 가공한 냄새에 두 사람은 푹 절어 있었다.

당연하다면 당연한 일이랄까?

한밤중에 난입한 두 사람은 균현 관병들의 적대적인 환영을 받아야만 했다. 겉모습에 따라 대우가 크게 좌우되는 것이 세상의 인심이니, 관병들은 말을 듣기도 전에 두 사람을 공격해 왔다. 완전히 현청을 털러 들어온 도적을 대하듯 했다.

때문에 두 사람은 앞을 가로막는 관병들을 서른 명이나 때려눕혀야만 했다. 말이 안 통하니 주먹을 휘두를 수밖에 도리가 없다. 일개 현청에 동창의 고수인 두 사람을 막을 만한 실력자가 있을 리 만무하다.

두 사람은 단숨에 균현 현감 앞에 이르렀다.

머리를 꿀리면 나머진 모두 끝이다.

얼마 전 얻은 딸―실제론 손녀뻘이라 함이 옳다―같은 나이의 애첩을 품에 안고 단꿈에 빠져 있던 균현 현감은 똥 냄새 나는 두 사람에게 끌려 나와 온몸을 달달 떨었다.

속이 뒤집히는 듯한 구린 냄새는 뒷전이다.

그는 무당파에 부임한 왕식렴의 얼굴을 똑똑히 기억하고 있었다. 동창의 첩형이 밤중에 자신의 관할 현청에 뛰어들어 난동을 부렸으니, 일이 작을 리 없다.

자칫 잘못하면 오늘 밤 현감 본인이 죽는 건 물론이거니와 구족이 멸문을 당할 수도 있었다. 동창의 권력이라면 모든 것이 가능하다.

"어, 어찌 대인께서 이 밤중에… 이 궁벽하고 보잘것없는 곳에……."

바닥에 엎드린 채 고개조차 들지 못하고 있는 현감에게 왕식렴 대신 강무균이 냉정한 표정으로 명했다.

"당장 이곳에서 가장 빠른 쾌마 두 필과 두 벌의 깨끗한 의

복과 신발, 적당한 양의 은자를 내오거라!'

"예?"

"말귀를 못 알아먹는 자 따윈 관의 녹을 먹을 수 없다."

"아, 예! 알겠습니다!"

현감은 물론 앞으로도 오랫동안 관의 녹을 먹으며 호의호식하고 싶었다.

머리도 올리지 않은 동기를 사는 데 적지 않은 돈을 지출했다.

균현 같은 작은 현의 현감으로선 그야말로 대지출이었다.

이제야 비로소 곰 같은 마누라한테서 해방됐는데 현감의 직위를 잃어버린다면 그야말로 낭패였다. 나이 어린 애첩은 이것저것 사달라는 것도 참 많다.

현감은 득달같이 달려가서 현의 일 년치 재정이 담긴 금고를 열고, 호두알 크기의 금원보 열 개와 주먹만 한 은원보 서른 개를 들고 달려왔다. 옷가지와 신발 등은 어린 애첩에게 시켜서 당장 마련하게 했다.

금원보 하나는 은원보 열 개와 맞먹고, 은원보 하나는 은자 열 냥, 은자 한 냥은 동전 백 문의 값을 가진다. 동전 한 문이나 두 문이면 길거리에서 파는 가장 싼 음식인 소면을 먹을 수 있으니, 현감이 가져온 재물은 결코 적지 않았다. 그는 거의 금고 안에 담긴 재물의 절반을 꺼내왔다.

강무균은 현감과 그의 어린 애첩이 내민 꾸러미를 아무 말도 없이 받아 들었다. 이제 쾌마만 준비되면 균현을 최대한 빠른 속도로 벗어날 작정이었다.

한데 그때였다.

늙은 현감의 명에 의해 옷가지 등을 준비해 온 어린 애첩이 왕식렴과 강무균에게서 나는 똥 냄새에 이맛살을 찌푸렸다. 목구멍으로 구역질이 넘어올 정도의 냄새이니 나이 어린 그녀가 인상을 쓴 것도 무리는 아니다.

문제는 그 모습을 우연찮게 왕식렴이 봤다는 거였다.

"미천한 것이!"

왕식렴은 어린 애첩에게 달려들어 발로 마구 그녀를 짓밟았다.

장가촌을 굴욕적으로 도주하면서부터 쌓인 노화!

절대 자신에겐 일어날 수 없고, 일어나서도 안 되는 일을 연이어 경험한 왕식렴의 현 정신 상태는 폭발하기 직전이었다. 이제 폭발을 촉발시키는 어린 애첩의 표정을 보자 의식의 끈이 살짝 끊어졌다.

왕식렴은 현감이 보는 앞에서 어린 애첩을 반쯤 죽여놨다. 아니, 완전히 밟아서 죽이려 했다. 그렇게 하지 않고선 분이 풀리지 않을 것 같았다.

그를 말린 건 강무균이었다.

"대인, 이곳은 아직 안전하지 않습니다."

"……."

왕식렴은 곧 이성을 되찾았다.

죽음에 대한 공포.

절대적인 권력을 지녔던 자이니만큼 더욱 두렵다.

완전히 묵사발이 된 어린 애첩에게서 발을 뗀 왕식렴이 강무균에게 고개를 끄덕여 보였다. 여태까지와 같이 앞장서라는 뜻이었다.

잠시 후.

균현 최고의 준마를 탄 왕식렴과 강무균은 점차 밝아오는 새벽의 여명을 바라보며 말을 달렸다. 균현을 완전히 벗어나기 전까지 두 사람 중 누구도 입을 열지 않았다.

그렇게 균현 경계를 벗어났을 무렵이다.

이젠 새벽이라 부르기도 힘들 만큼 환해진 주변을 둘러보며 말을 몰던 두 사람 중 왕식렴이 처음으로 입을 열었다. 이제 슬슬 앞으로의 일에 대해 의논할 때가 됐다는 판단이었다.

"강 호위, 이제 어디로 가야 하는가? 역시 북경으로 돌아가 동창의 고수들을 끌어 모아서 무당파를 치는 게 순리지 싶은데?"

강무균이 슬쩍 말고삐를 잡아당겨 속도를 늦추고 시선을 왕식렴에게 던졌다.

"대인, 그건 안 될 말입니다. 무당파는 현 무림제일의 문파로 황상 폐하의 신임이 무척 두텁습니다. 또한 본래 관과 무림은 불가침이니, 동창의 고수들을 동원하는 건 지극히 힘든 일입니다."

"이유가 그것뿐인가?"

"동창에 비록 고수가 구름처럼 많다곤 하나 초절정을 뛰어넘는 자들은 거의 없습니다. 무당파는 물론이거니와 태극무검 진자운을 상대하긴 무리라고 봅니다."

"그건 전 지밀대 소속으로서의 판단인가?"

"그렇습니다."

왕식렴이 천천히 고개를 끄덕였다. 강무균이 한 말이 무척 사리에 맞다는 걸 그는 알고 있었다.

강무균이 말했다.

"그래서 속하는 자금성을 제외한 곳 중 가장 안전한 곳으로 대인을 모시고 갈까 합니다."

"그곳이 어디지?"

"항주의 무림맹입니다."

"무림맹?"

"당금 무림의 중심으로 무당파보다 훨씬 강한 곳입니다. 특히 다른 무림 세력보다 무척 정치 색이 강한 곳이니만큼 대인의 안전을 반드시 지켜줄 겁니다."

"그곳이라면 태극무검 진자운도 쫓아오지 못한단 말인가?"

"설혹 온다 해도 그곳에서 깽판을 칠 수는 없을 겁니다. 그랬다가는 아무리 천하제일무인이라 해도 결코 살아남을 수 없을 테니까요."

"알겠네."

왕식렴이 다시 고개를 끄덕였다. 동창이 있는 북경으로 돌아가지 못하게 된 이상 무림에 대해 잘 아는 강무균의 말을 거절할 순 없었다. 일단 그의 덕분에 아직 숨이 붙어 있으니까 말이다.

'후후, 동창의 첩형이 얌전히 내 말을 듣게 됐구나.'

내심 쾌심의 미소를 지어 보인 강무균이 진중한 표정을 한 채 말고삐를 조정했다. 항주가 있는 절강성 방면의 관도로 접어들기 위함이었다.

*　　*　　*

진자운은 첫 번째 강호행에 나설 때와 같은 철없는 이십대 초반이 아니었다.

애 하나 딸린 유부남.

그것도 이번엔 얼굴이 완전히 작살난 산만 한 덩치의 장자경이란 혹까지 매달린 채였다. 평소와 달리 조금쯤 생각이란 걸 하지 않을 수 없다.

그는 무당산을 내려온 후 잠시 염두를 굴리곤 곧바로 균현 현청으로 향했다. 야밤에 수하들까지 모조리 내동댕이친 후 똥산을 헤엄쳐서 도망간 왕식렴이 어떤 생각을 했을지 대충 짐작이 갔기 때문이다.

퍼엉!

진자운은 현청의 굳게 닫힌 문이 마음에 안 들었다. 그는 목청을 돋워서 문을 열게 만들기보다 무력 행사를 하기로 마음먹었다.

그의 일장에 대문이 날아갔다.

전날 밤에 똥 냄새 나는 두 명의 고수에게 된통 당한 적이 있는 현청의 병사들이 화들짝 놀라 달려나왔다.

손에 손에 들려 있는 창과 대도.

진자운 앞을 가로막아 선 병사들의 얼굴엔 두려움과 긴장의 빛이 연신 교차했다. 일장에 두터운 현청의 대문을 날려버릴 정도의 고수다. 만약 교전이라도 벌어진다면 목숨을 부지할 수 없음이 당연하다.

"너, 넌 누구냐?"

목소리를 높인 건 달려나온 병사들의 우두머리인 균현 현청의 수비대장이었다.

그는 부하들의 뒤에 몸을 절반이나 숨긴 채 진자운과 그의 뒤에 멀뚱히 서 있는 파면의 장자경을 두려움에 찬 표정으로 바라봤다.

대문이 요란한 폭음과 함께 날아갔다.

또한 긴 장발을 아무렇게나 휘날리는 분위기 그럴듯한 자와 한눈에도 흉측한 면상에 떡대를 지닌 놈이 동시에 모습을 드러냈다.

비록 균현 내에선 두려울 것이 없다고 부하들 앞에서 큰 목소리를 내던 수비대장이라곤 하나 목울대로 침이 꼴깍거리며 넘어가지 않을 수 없었다.

'서, 설마 백주대낮에 녹림의 도적이나 사파의 마두가 현청을 기습한 건 아닐 테지? 이곳은 천하제일문파인 무당파가 있는 곳인데…….'

수비대장은 잠시간 이어진 침묵이 참 견디기 힘들었다. 빨리 눈앞의 흉악무도한 놈들이 대답이라도 해줬으면 좋겠다고 생각했다.

진자운이 현청 내부를 슥 둘러보곤 히죽 웃어 보였다.

"균현 같은 촌동네를 관장하는 현청이 이리 잘해놓고 있다니, 필시 주민들에게 폭리를 취했음이 분명하구나. 여기 책임자는 당장 달려나와 엎드리지 않고 뭐 하는 것이냐?"

"포, 폭리? 책임자? 엎드려?"

수비대장은 일제히 자신 쪽으로 모여든 부하들의 시선에 심한 압박감을 받으며 연신 말을 떠듬거렸다.

전날 총애하던 애첩이 거의 반쯤 죽는 바람에 균현 현감은 안채에서 아예 미동조차 하지 않고 있었다. 평소 꽤나 두려워하던 부인이 채근을 함에도 아예 애첩 곁에 찰싹 달라붙어 떨어지지 않았다.

당연히 현재 이곳의 책임자는 그 다음 서열인 수비대장이었다. 주변에 잔뜩 겁을 집어먹은 부하들도 알고, 자기 자신역시 알고 있는 사실이다. 진자운의 강압적인 명령에 따르지않을 도리가 없다.

어쩔 수 없이 비틀거리며 부하들 사이에서 걸어나온 수비대장이 시커멓게 죽은 얼굴로 말했다.

"보, 본인이 균현 현청의 수비대장이오. 대, 대협은 뉘시기에 본 청을 방문하신 것이오?"

"본관은 대협이 아니다."

'본관?'

수비대장은 정신이 확 드는 기분이었다. 본관이란 칭호는강호의 잡배들은 쓰지 않는다. 자신과 같은 관리들이 스스로를 칭할 때 쓰는 말이다.

슥!

언제 몸을 떨었냐는 듯 수비대장은 종종걸음을 치며 진자운 앞에 다가들었다.

"저기… 어느 곳에서 오신 분이신지요? 혹시 호북성 방면의 절도사 쪽에서……."

"창."

진자운은 나직한 말과 함께 품에서 팔각형 모양의 신패를꺼내 들었다.

동창 소속임을 확인시켜 주는 영패.

진자운이 장가촌을 떠나오기 전에 파묻은 호위들의 품을 뒤져 찾아낸 것이다. 동창의 인물을 뒤쫓는 만큼 반드시 필요할 일이 있으리란 판단이었다.

과연 그러했다.

그의 손에서 동창 영패를 확인하자마자 수비대장의 살짝 굽혀져 있던 허리가 완전히 바닥을 향했다. 관부를 통틀어 '창'이란 말을 쓰는 곳은 단 한 곳뿐이고, 영패 역시 진짜였다. 수비대장의 이러한 행동은 당연했다.

동창!

금의위와 함께 황제의 수족이라 불리는 곳이다. 일개 현청의 수비와 치안을 담당하는 수비대장의 목 따윈 파리 목숨 다루듯 할 수 있다.

'제, 제기랄, 도대체 무슨 바람이 불어서 동창의 인물들이 이리 수시로 드나든단 말이냐! 이곳은 그냥 평범하고 궁벽한 균현의 현청이란 말이다!'

수비대장은 덜덜거리며 몸을 떨었다. 얼마 전 현청의 대문이 날아갔을 때도 이렇게 두려워하진 않았던 것 같다.

'동창, 생각보다 무서운 곳인가 보군?'

내심 동창 영패를 가져오길 잘했다고 중얼거린 진자운이 입가에 계속 걸려져 있던 미소를 지웠다. 이젠 협박에 들어가야 할 때였다.

"본관은 조정의 대역죄인을 쫓고 있는 중이다. 네놈이 분명 이곳의 책임자가 틀림없느냐?"

"아닙니다! 아닙니다! 아닙니다!"

수비대장은 세 차례나 연이어 소리 질렀다. 동창이 관계되었고 대역죄인을 쫓는 일이다. 결코 자신이 책임질 만한 사안일 수 없었다. 자칫 잘못하면 구족지멸의 대죄가 된다.

"그럼?"

"현감께서 안채에 계십니다."

"감히 그자가 아직도 나오지 않았다는 말이냐?"

진자운의 말이 떨어지기가 무서웠다. 계속 허리를 숙이고 있던 수비대장이 얼른 뒷걸음질치더니, 신형을 돌려 득달같이 안채로 달려갔다. 평생 이보다 빠르게 달린 적이 있었는가 싶을 정도의 속도였다.

잠시 후.

안채 쪽에서 수비대장에게 거의 절반쯤 끌려서 현감이 모습을 드러냈다.

방금 전까지 어린 애첩의 병간호에 매달려 있던 현감의 안색은 파랗게 질려 있었다.

그는 수비대장에게서 또다시 동창의 인물이 방문했다는 얘기를 전해 들었다. 게다가 이번엔 대역죄인을 쫓고 있다고 한다. 말년에 어찌 이런 흉액을 계속 맞는가 싶다.

툭!

직속상관인 현감을 거진 끌고 오다시피 데려온 수비대장이 재빨리 등을 떠밀었다. 이제 현감이 나서서 일을 처리하라는 뜻이었다.

휘청! 휘청!

많은 나이에 어린 애첩을 둔 탓에 근래 들어 양기가 크게 축난 현감이 하체가 튼실할 리 없다. 수비대장에게 떠밀린 현감이 비틀거리며 진자운 앞으로 다가섰다.

"그대가 이곳의 책임자인가?"

"소, 소인은… 그, 그게……."

"맞는가 틀리는가!"

"맞습니다! 소인이 이곳 균현을 책임지고 있는 현감이올습니다!"

"얼굴에 중기가 부족한 걸 보니 근래 들어 방사가 늘어난 것 같군. 어린 애첩이라도 들인 모양이지?"

"컥!"

현감의 입에서 사레들린 소리가 튀어나왔다. 진자운은 그냥 대수롭지 않게 던진 말이나 그에겐 천둥벼락과 같은 위력을 발휘했다. 혹시 자신에 대해 미리 조사를 하고 온 것이 아닌가 하는 의심을 하지 않을 수 없었다.

진자운은 곧바로 본론을 말했다.

"요 근래 이곳을 들른 동창의 관리가 있을 것이다. 그렇지 않은가?"

"그, 그건……."

"본관이 창에서 나온 자이다. 만약 이실직고하지 않는다면 황상 폐하의 어의를 거스르는 일이 될 것이다."

현감은 대가 무른 사람이었다.

근래에 이르기까지 곰 같은 부인한테도 쥐어서 살아왔다.

이제 진자운의 입에서 황제의 어의 같은 말이 튀어나오자 더 이상 버틸 재간이 없었다.

"마, 맞습니다. 어젯밤에 무당산에 부임한 첩형 대인과 호위가 본 청을 찾아왔습니다."

"그들이 뭘 요구했지?"

"그, 그것이……."

"그들은 기군망상(欺君罔上)의 죄를 짓고 무당산에서 도망쳤다. 만약 제대로 이실직고하지 않는다면 그 죄는 대단히 무거울 것이다."

기군망상.

군주를 업신여기고 윗사람을 희롱하는 죄를 이름이다. 이는 고래로부터 군주들이 가장 미워하는 죄로 대역죄와 더불어 이름을 나란히 하는 대죄였다.

현감의 안색은 이제 푸르다 못해 시커멓게 변했다. 기군망상의 죄를 진 왕식렴과 그의 호위에게 엄청난 재물과 쾌마를 바쳤다. 죄인의 도주를 방조하고 도움을 준 셈이니 그 죄 역시 죽어 마땅하다 할 터였다.

'역시 예상대로군. 하긴 관리란 것들이 생각한다는 게 대충 거기서 거기인 게지.'

진자운은 똥 냄새를 한껏 풍기며 눈앞의 대가 약해 보이는 관리를 갈궈댔을 왕식렴을 떠올리며 내심 고소를 지었다. 필시 예전과 같이 쉽사리 약발이 받지 않아서 상당한 무력 행사를 했을 게 뻔했다.

여기서 더 눈앞의 관리를 압박하면 자칫 입을 굳게 다물고 잡아뗄 가능성이 있다고 판단한 그가 조금 누그러진 표정으로 말했다.

"그들이 비록 대죄를 짓긴 했으나 아직 조정의 관리다. 만약 창의 이름을 들어 요구했다면 자네도 들어주지 않을 수 없었을 것이네. 내 그 같은 점은 크게 참작할 테니, 어서 말해보도록 하게."

"대인!"

자신의 아들뻘밖엔 되어 보이지 않는 진자운에게 현감이 찰싹 달라붙었다. 그는 진자운의 바지춤을 붙잡고서 닭똥 같은 눈물을 뚝뚝 떨궈냈다.

"대인의 은혜가 하해와 같사옵니다!"

"하해는 됐구. 본관의 바짓자락은 놓고서 죄인들에 대한 일이나 보고하도록 하게나."

"예! 예! 알겠습니다!"

현감은 연신 대답하며 여전히 얼굴을 눈물로 적셨다. 그는 진자운이 자신에게 살아날 길을 제시한 것임을 오랜 관직 생활의 경험으로 눈치 챘다. 죽음 중에서 삶을 구했으니 울지 않을 도리가 없었다.

현감은 자신이 아는 모든 것을 진자운에게 보고했다. 직속 상관에게 하는 것처럼 그의 보고는 깍듯했지만, 부연 설명이 많이 들어갔다.

거기엔 사정이 있다.

그는 자신의 부하들과 애첩을 비 온 날 먼지 나도록 팬 왕식렴과 강무균에 대한 웅어리가 상당했다. 부하들은 둘째 치고 애첩이 두들겨 맞은 건 꽤나 분한 일이었다. 보고를 가장해서 욕하지 않는다면 관리가 아니다.

진자운이 현감의 보고를 다 듣고 퉁명스레 말했다.

"본관이 고수라는 건 알고 있을 것이네. 그래서 하는 말인데, 자네 앞으로 그 두들겨 맞았다는 첩은 멀리하는 편이 나을 것일세."

"예?"

현감의 얼굴이 가볍게 변했다.

동창이라고 해서 환관만 있는 것이 아니다. 무력을 담당하는 곳에는 거세를 하지 않은 관리들도 상당히 많았다.

진자운의 턱에 수염이 거뭇거뭇하니 그 역시 환관은 아닌

게 분명하다. 여자에 대해 관심이 없을 리 없다.

그가 갑자기 자신의 애첩을 멀리하란 말을 하자 현감의 얼굴에 안절부절못하는 기색이 떠올랐다.

"제, 제 미천한 첩년은 지금 심한 구타로 인해 몸 상태가 말이 아닙니다. 당연히 한동안 정양을 해야 할 터입니다."

"그냥 이번 기회에 인연을 끊도록 하게. 그게 좋을 것일세."

"하지만… 하지만……"

"다 자네를 위해서 하는 말일세. 아까도 말했다시피 본관이 보기에 자네의 안색에 중기가 부족해 보이니, 필시 근래 방사를 자주 한 탓일세. 젊은 나이에 기력이 팔팔하다면야 별일이 아닐 테지만… 이대로 계속 첩에게 양기를 빨리면 일 년이 못 가서 이곳에는 새로운 현감이 부임해 올 수밖에 없을 것일세. 뭐, 자네가 만약 인생의 말년을 그렇게 화끈하게 보내겠다면야 내 말리지 않겠네만."

"그런!"

현감은 입을 벌린 채 아무런 말도 하지 못했다.

말년에 얻은 유일한 기쁨.

애첩으로부터 무궁한 즐거움을 얻었다곤 하나 어찌 하나밖에 없는 목숨과 비교할 수 있겠는가. 그의 노안에서 쓰디쓴 눈물이 줄줄 흘러나왔다.

'큭!'

진자운이 그 모습을 보고 터져 나오려는 웃음을 간신히 참았다. 현감의 현 심정이 어떤지 대충 짐작이 갔다. 비록 그가 나이에 걸맞지 않는 짓을 하긴 했지만, 깊은 동정을 느끼지 않을 수 없었다.

짐짓 진자운이 위로하듯 말했다.

"나이 들어서는 그저 곰 같은 마누라가 최고라네. 그냥 바라보기만 해도 정욕이 사그라드니 무병장수의 첩경이 아니겠는가?"

"예! 예!"

현감은 넋을 잃은 채 대답만 할 뿐이다.

균현 현청을 떠나온 두 사람.

진자운이 여전히 편안한 복장에 유유자적한 걸음걸이인데 반해 뒤따르는 장자경의 등에는 큼지막한 봇짐이 들려져 있었다. 현청에 들어갈 때는 그 역시 가벼운 차림이었으나 지금은 그렇지 못하다. 현감이 억지로 안겨준 재물이 적지 않았기에 벌어진 일이다.

진자운을 쫓으며 장자경이 질문했다.

"형님, 한 가지 궁금한 게 있습니다."

"뭔데?"

"정말 현감이 첩을 내쫓지 않으면 일 년 만에 양기가 빨려서 죽는 것이었습니까?"

"사내는 양이고 계집은 음이다. 음양이 화합하여 태극을 이루는 건 세상의 이치 중에서도 기본이 되는 것이다. 어찌 남녀가 화합하여 한 사람이 죽음에 이를 수 있겠느냐? 세상에 그런 짓거리를 하는 사악한 자들이 없는 건 아니지만, 다 늙은 현감의 양기 따위를 빨아먹어 무엇 하려고."

"그럼 어째서 그런 말을 하신 겁니까?"

"할 만하니 한 게지."

진자운은 히죽 웃고는 더 이상 아무런 말도 하지 않았다.

사실 그가 현청에 들어선 직후 현감을 협박하고 있을 때였다.

멀리 안채 쪽에서 초조하게 서성이고 있는 곰 같은 늙은 여인의 모습을 발견할 수 있었다.

수족 같은 부하 병사들도 그 같은 얼굴을 하진 않는다.

조강지처.

조밥을 함께 먹으며 고생을 함께한 처를 이른다.

진자운은 현감이 평생을 부인에게 짓눌려 살아온 걸 모르고 내심 좋은 일을 한다는 생각에 겁을 줬다. 한 사람의 인생 중 유일하게 찾아왔던 기쁨을 앗아간 것이다.

물론 반선에 올랐다 하나 진자운은 인간의 삶을 선택했다.

신선이 아니니 그 같은 인간사와 세속의 복잡한 사정을 모조리 꿰뚫진 못한다. 또한 그러고 싶은 생각 역시 없다. 단지 마음이 움직인 탓에 그냥 그리했을 뿐이다.

문득 진자운이 균현 현청을 떠난 쾌마의 자취를 발견하고 이를 드러냈다.

"역시 급하게 떠나느라 말발굽을 지우는 정도의 간단한 일도 하지 않았구만. 생각보다 추격하기가 쉽겠어."

"형님, 벌써 흔적을 발견하신 겁니까?"

"어차피 관도에 이르면 사라질 흔적이다만, 어디로 향하는지 방향만 알면 되는 일이었으니까 이걸로 충분하다."

"……."

장자경은 이번이 첫 강호행이었다.

사실 무당산 기슭에 위치한 장가촌을 벗어나는 것도 처음이다. 그냥 아무 생각 없이 진자운의 뒤를 쫓아온 만큼 그가 하는 말의 절반도 이해하기 힘들었다. 그냥 큼지막한 고개만 하릴없이 끄덕일 뿐이었다.

픽!

진자운이 그런 장자경의 엉덩이를 발로 걷어차며 말했다.

"운 좋은 놈!"

"예?"

"아무래도 네 신붓감은 나긋나긋하고 부드러운 강남미인이 될 모양이다."

"……."

장자경은 이번에도 진자운의 말을 다 알아듣지 못했지만,

강남미인이란 말에 낯을 가볍게 붉혔다. 진자운이 그런 장자
경의 엉덩이를 다시 발로 차곤 조금 발걸음을 빨리했다. 이제
부터가 진짜 추격의 시작이었다.

◆ 第六章 ◆

항주에는 삼외(三外)가 있다

항주에는 삼외(三外)가 있다

고래로부터 상유천당 하유소항이라 했다.

풀어서 하늘 위에는 천당이 있고, 지상에는 소주와 항주가 있다는 뜻이다.

그중에서도 특히 항주는 남송의 수도를 할 만큼 빼어난 경관과 문화가 발달한 곳으로 현 무림에서도 대단히 중요한 위치를 차지하고 있었다.

무림맹.

사마외도와 녹림의 무리들은 그 앞에 정파란 말을 붙임으로써 애써 의미 축소에 노력하나 무림 중에 무림맹이 차지하는 위치란 절대적이라 할 수 있었다.

두 번에 걸친 정마대전을 정파의 승리로 이끄는 데 주도적인 역할을 했을뿐더러, 이후 완전한 전성기를 이끌어내는 중심축이 됐기 때문이다.

뇌봉탑.

달빛 교교하게 떨어지는 서호의 풍광이 그대로 보이는 탑의 삼층 누각에 흐릿한 그림자 하나가 나타났다.

섬세하면서도 부드러운 움직임.

뇌봉탑 안쪽으로 언뜻 고개를 들이민 달빛이 일순 소스라치는 놀라움을 겪었다.

흡사 야천의 달에게 도전이라도 하려는 것 같은 모양새랄까?

달빛이 빚어낸 선율과도 같은 은발.

창백할 정도로 하얀 피부에 섬세하게 자리 잡은 옥용.

순백의 백색 비단으로 된 피풍의에 내려앉은 한 쌍의 봉황.

막 하늘을 향해 날아오를 듯 기상이 늠름하고 아름다운 한 쌍의 봉황과 함께 여인은 그대로 여신과 같은 신비와 위엄을 동시에 발산하고 있다.

무림맹주 봉황여제 모용청려.

천하를 통틀어도 이 같은 여인은 둘일 수 없다. 그녀의 입술이 살짝 열렸다.

"호오."

순백 중 살짝 내려앉은 듯 보이는 한 쌍의 화편이 뱉어낸 작은 한숨에 하이얀 입김이 서린다.

때는 사월.

강남의 중심이라 할 수 있는 항주가 비록 밤이라 하나 추울 리 만무하다. 그럼에도 입김이 서림은 바로 코앞에 위치한 서호를 휘도는 바람의 영향이다.

문득 서호의 야경에 젖어 있는 모용청려의 배후에서 사람의 마음을 편하게 만드는 여인의 목소리가 들려왔다.

"맹주, 밤기운이 아직 차니, 탑 안으로 드시지요."

"이 정도가 딱 좋아요."

"그렇습니까? 빈니는 사천 태생이라서 그런지 몇 해가 흘렀어도 강남의 날씨에는 적응이 되지 않습니다."

"사천의 지랄맞은 날씨에 비하면 확실히 항주의 사월 바람은 선선하고 상쾌한 편이죠."

모용청려의 입에서 갑자기 상스런 말이 튀어나왔다.

전혀 어울리지 않는다.

결코 어울릴 수 없는 말이었다.

스스로를 빈니라 칭한 여인이 잠시 염두를 굴린 후 답을 찾아냈다.

"모든 것이 진 대협을 불러내기 위함이셨습니까?"

"부른다고 올 사람인가요?"

"이번엔 반드시 오지 않겠습니까?"

"그리되면 즐거운 추억 하나가 늘어나는 셈이 되겠죠."

"하지만 그리되면 무림 중에 새로운 풍파가 일게 될 겁니다. 총명한 분이니 그걸 모르셨던 건 아닐 테지요?"

"어차피 일 풍파가 아니던가요? 기왕 어쩔 수 없이 일 것이라면 무대 위로 모든 연기자들을 끌어올려서 해야겠죠."

"아미타불!"

수년 동안 무림맹에서 손발을 맞춰온 맹주 모용청려의 결심을 총군사 혜관음 옥성 사태는 굳이 막지 않았다. 단지 불호 하나를 무심결에 흘렸을 뿐이다. 그녀는 단단히 작심하고 이번 혼례 건을 터뜨렸다. 이제 와서 뜻을 거둘 리 만무했다.

'어쩌면 이번 일로 태극무검 진 대협을 움직일 수 있다면, 북녹림맹과 장강수로십팔채가 손을 잡고 무림맹을 상대하는 최악의 상황을 막을 수 있을지도 모른다. 하지만 맹주가 과연 그 같은 정치적인 이유만 생각한 것일까?

옥성 사태는 칠 년 전 일을 떠올리며 내심 고개를 가로저었다. 당시 모용청려는 연적인 천마신교의 성녀 담화연과 진자운의 결합을 보호하기 위해 홀로 수많은 정파명숙들과 맞섰다.

또한 무림맹주의 권위로 진자운 부부에 대한 무림공적 지정을 묵살시키고, 천마신교와의 관계 역시 개선했다. 무림에 또 한 번 불어닥칠 수 있었던 혈풍을 잠재운 것이다.

그러나 그 결과는 모용청려에겐 참 가혹했다.

사부 불패신권 각원 대사의 명으로 잠깐 임시로 맹주 직을 맡을 작정이었던 모용청려의 계획은 사정없이 꼬였다. 그녀는 완전히 무림맹에 붙잡히고 만 것이다. 연달아 발의하고 밀어붙인 정책들이 혼선을 빚지 않기 위해선 무림맹주로서의 그녀가 반드시 필요했다.

결국 칠 년여의 세월이 흘러 철봉황은 봉황여제가 되었고, 무림은 평화를 되찾을 수 있었다.

아직도 몇몇 불안 요소가 남아 있다곤 하나 과거와 같은 대전란 따윈 걱정하지 않아도 됐다. 더 이상 무림제패를 원하는 자나 세력은 존재하지 않았다.

'그리고 맹주는 노처녀가 되었다. 진 대협을 위해 기꺼이 자신의 꽃다운 젊음을 희생한 것이다. 그녀의 이와 같은 마음은 실로… 실로……'

당금 정파제일의 지낭이라 불리는 옥성 사태이나 그녀는 남녀 간의 관계에 대해 잘 모른다. 고작해야 서책 등으로 접한 지식이 전부였다.

당연히 진자운과 모용청려 사이에 흐르는 기묘한 감정의 흐름을 파악한다는 건 애시당초 무리였다. 그녀는 곧 그 같은 사실을 인정했다.

슥!

슬그머니 자리에서 일어선 옥성 사태가 여전한 목소리로 말했다.

"밤이 깊었습니다. 빈니는 이만 물러갈 터이니 맹주께서도 달 구경은 적당히 하심이 좋을 줄로 압니다."

"좋군요."

옥성 사태는 별다른 반응을 보이지 않았다. 모용청려가 역시 개의치 않고 말을 이었다.

"오늘 밤 적어도 몇 시진은 꾸중을 들을 거라 생각했어요. 단단히 마음먹고 있었죠."

"사실 빈니가 뇌봉탑에 오를 때의 마음은 그러했습니다."

"역시 그랬던 거죠?"

"예."

"그런데 별다른 말도 없이 그냥 가시는군요?"

"작전상 후퇴입니다."

"포기하지 않았다는 거군요?"

"물론입니다."

옥성 사태가 모용청려를 향해 허리를 한차례 숙여 보이곤 신형을 돌렸다. 여전히 등을 보인 채로인 모용청려가 문득 질문을 던졌다.

"총군사의 생각은 어때요?"

"무슨?"

"그가 올까요?"

"천하에서 빈니가 내심을 읽을 수 없는 사람이 몇 있는데, 그중 한 분이 진 대협입니다."

"그냥 그 사람은 바람둥이일 뿐이에요."

"천하를 구한 바람둥이지요."

옥성 사태의 마지막 말을 들은 모용청려의 입가에 얼핏 미소가 떠올랐다.

달콤하면서도 씁쓸한 여운이 담긴 표정.

모용청려의 별빛같이 아름다운 두 눈에 아련한 그리움이 담겼다.

'마지막 기회를 잡아요, 바람둥이 아저씨.'

서호를 떠도는 바람은 달빛조차 시리게 만들고 있었다.

*   *   *

균현을 떠난 왕식렴과 강무균은 중간에 말을 세 차례나 바꾸었다. 말을 쉬게 할 여유 따윈 없었다.

그들은 주야를 가리지 않고 길을 재촉한 끝에 목표로 했던 항주를 눈앞에 뒀다.

항주 외곽을 감싸듯 흘러가는 전당강.

강북과는 비교조차 할 수 없이 푸르고 깨끗한 대강을 앞에 둔 두 사람의 행색은 상당히 꾀죄죄했다.

중간에 한 번도 의복을 갈아입지 않았을뿐더러, 객점 같은 곳도 거의 들르지 않았다. 행색을 제대로 차릴 만한 여유를 가졌을 리 만무하다.

"항주의 아름다움이 북경에 비교할 만하다더니, 과연 대단하군. 이 같은 때에 하늘이 이토록 맑다니."

북경의 사월은 황사의 계절이다.

고비사막으로부터 불어오는 먼지바람 때문에 자욱한 황사로 뒤덮여 파란 하늘이란 건 꿈도 꾸지 못한다. 일생 중 대부분을 북경의 자금성에서 보낸 왕식렴의 입에서 절로 감탄이 터져 나온 것도 무리는 아니다.

강무균이 주변을 살피길 게을리 하지 않는 한편 고개를 끄덕였다.

"속하가 중원을 조금 돌아다녀 봐서 아는데 항주는 근래가 가장 아름다운 때이지요. 마침 대인께서 항주에 도착한 게 이 시점이니, 길조라고 하지 않을 수 없습니다."

"길조라……."

왕식렴의 입가에 쓴웃음이 번져 나왔다.

그는 지금 엄밀히 말해 부임지를 이탈한 상태였다. 황명을 어긴 셈이니 아무리 긴급 도피의 성향이 강하다곤 하나 그 죄가 적다고 할 수 없었다.

최소한 앞으로 절치부심해서 북경으로 다시 돌아가려던 계획에는 심대한 차질이 왔다고 할 수 있었다. 길조 운운하는 말을 들으니 기가 차는 심정이 드는 것도 무리는 아니다.

과거 같으면 그런 눈에 빤히 보이는 아부를 한 자 따윈 한 발로 걷어차서 버릇을 고쳐 줘도 시원치 않을 터였다.

하지만 지금 그의 곁엔 강무균뿐이었다. 특히 무림에 대해 아는 것이 적은 터에 나름대로 전문가라 할 수 있는 강무균과 척을 질 필요는 없었다.

필요하면 허리를 숙인다!

왕식렴이 자금성에 들어간 후 고속 출세를 할 수 있었던 비법 중 하나였다. 제 딴엔 아부하겠다고 한 강무균의 말에 까칠하게 굴 때가 아니었다.

'흥, 그래도 다른 쓸모없는 놈들에 비하면 강 호위 이놈이 그나마 낫다고 할 수 있다. 그리고 보면 무림을 담당한 지밀대란 곳은 범상치가 않구나. 그곳에서 쫓겨 나온 녀석의 능력이 이리 비범한 걸 보니.'

동창의 최고 권력자는 누가 뭐래도 삼두마차 중 왕식렴의 직속상관이라 할 수 있는 제독태감 조양중이다.

그는 동창의 모든 무력을 관리하고, 관리의 감찰까지 병행한다. 북경 자금성에서의 권력은 당연히 황제 다음이라 할 수 있었다.

그래서였을 것이다.

동창 내에 무림을 관리 감찰하기 위해 창설된 지밀대만은 제독태감 조양중이 아니라 십이감의 우두머리인 사례태감 유원익이 관장했다.

해가 갈수록 늘어만가는 동창의 권력.

천자라 자칭하는 황제라 한들 경계심을 품지 않을 수 없다.

금의위를 키워서 외적으로 견제하는 한편, 동창 내부 역시 힘의 분산을 꾀했다. 지밀대는 그 같은 배경하에 탄생됐다고 할 수 있었다.

당연히 제독태감 조양중과 사례태감 유원익의 관계는 견원지간이라 할 수 있었다. 동창 내에 두 명의 태양이 있는 꼴이니, 서로가 서로를 미워하는 강도는 가히 암투에 가까웠다.

그 같은 사정을 누구보다 잘 아는 왕식렴이기에 전 지밀대 소속이었던 강무균을 보는 시선은 남다르지 않을 수 없었다. 상관인 조양중의 영향을 받아 사례태감 유원익이나 지밀대에 관해선 평소 관심이 있었기에 그러했다.

한데, 그때였다.

두 사람이 말 머리를 향하고 있는 전당강의 상류 쪽에서 한 떼의 무리가 뽀얀 먼지구름을 일으키며 나타났다.

왕식렴에게 아부를 하는 와중에도 주변 경계를 게을리 하지 않던 강무균의 눈살이 살짝 찌푸려졌다.

사람의 이목을 집중시키는 요란한 등장으로 볼 때 진자운이나 무당파의 고수들은 아닌 것 같지만, 이곳은 무림맹이 위치한 항주 인근이다. 저런 등장의 저간에는 필경 뭔가 심상찮은 일이 있게 마련이었다.

왕식렴 역시 먼지구름을 발견했다.

"강 호위, 혹시 자네가 부근의 관리들에게 급전을 띄운 것인가?"

"어찌 속하가 대인 몰래 그런 짓을 했겠습니까?"

"그럼, 저 요란한 무리는 뭔가? 항주성의 지부 말고 저같이 엄청난 병마를 동원할 수 있는 곳은 없지 않은가?"

"아마도 무림 세력 중 하나가 아닌가 합니다."

"무림 세력?"

왕식렴의 눈매가 살짝 가늘어졌다.

그가 아는 무림 세력이래 봐야 금의위와 크게 관련이 있는 하북팽가와 천하제일문파라 불리는 무당파가 전부였다. 그 외엔 그저 풍문 약간을 들었을 따름이다.

일개 지방에 자리 잡은 무림 세력이 저런 병마를 동원한다는 건 그의 상상을 훨씬 뛰어넘는 일이었다. 무당산에서 도망친 후 색이 크게 바랬던 관료로서의 자각이 바짝 고개를 들지 않을 수 없다.

"저런 무엄한 놈들이 있는가! 천하의 주인은 거룩하신 황상 폐하이시고, 모든 병마 역시 그분의 것이다! 어찌 감히 일개 무림 세력 따위가 황상 폐하의 관도 위를 마음대로 활보할 수 있단 말인가!"

"저, 저기……."

강무균은 말리려 했다. 손까지 뻗었다.

하지만 이미 대노한 왕식렴은 말 머리를 돌려 먼지구름 쪽으로 달려갔다. 그들에게 지엄한 황법에 대해 갈파한 후 자신의 신분을 밝혀서 굴복시킬 요량이었다.

'마침 잘되었다. 저 정도 병마를 굴복시킬 수 있다면, 아무리 태극무검 진자운이나 무당파라 해도 두려울 것이 없다. 이제 더 이상 굴욕적인 도주를 하지 않아도 되게 되었어.'

권력의 속성을 잘 아는 자의 오만.

왕식렴은 무림 세력 역시 동창의 권위로 능히 굴복시킬 수 있다고 확신했다. 물론 뒤에 남은 강무균은 그 같은 왕식렴의 생각이 꿈에 불과함을 안다.

무림과 관은 불가침이다.

현 황조가 시작되기 전부터 그어진 일종의 철칙이다.

무림인 중 그 같은 사실을 모르는 자는 거의 없었다. 그나마 현 무림맹의 주축인 명문정파들의 경우 황법을 어느 정도 존중하는 공생의 관계지만, 그렇지 않은 자들이 무림 중에 훨씬 많았다. 사실 숫자로만 보면 후자 쪽이 압도적이라고 해도 과언이 아니었다.

'만약 저 대병력의 주인이 정파인이 아니라면……'

강무균이 몸을 한차례 떨어 보였다.

그는 두 번 생각하지 않고 말에 박차를 가했다. 어떻게든 왕식렴이 사고를 치기 전에 말려야만 한다. 그게 지금 그가 할 수 있는 최선이었다.

두두두두!

호호탕탕이란 이런 광경을 표현하기 위해 나온 말이 분명하다.

거의 천여 기가 넘는 기마가 일으키는 먼지바람은 운진이라 할 만하다. 항주성으로 향하는 관도를 지진이라도 일어난 것처럼 울려댔다.

그 천여 기 기마의 최선두.

여섯 필의 준마가 끄는 거대 전차가 있다.

전차의 중앙에 위치한 태사의.

반백의 머리에 기골이 장대하고 눈빛이 흉맹한 거한이 좌정해 있고, 좌우로 음침한 기색의 중년인과 한눈에 보기에도 병색이 완연한 백면서생이 몸을 덜덜 떨며 서 있다.

그들의 정체는 북녹림맹의 맹주인 녹림패도왕 철기량과 오른팔이자 총관인 혈음조 담요, 군사를 맡은 병서생 백운생이었다. 당연히 뒤따르는 천여 기의 기마는 북녹림맹이 자랑하는 녹림철군단으로 맹주인 철기량이 친히 키워낸 정예 중 정예였다.

그렇다면 이곳에 등장한 전력은 북녹림맹의 오 할이 넘는다고 할 수 있었다.

설마 무림맹과 한판 맞짱이라도 뜨려 함인가?

솔직히 현재 철기량에겐 그러한 마음 역시 없다곤 할 수 없었다. 지난 팔 년여, 계속된 구혼으로 그의 자존심은 구겨질 대로 구겨져 있었다.

이제 드디어 아들이자 후계자인 패왕도 철무한과 무림맹

주 봉황여제 모용청려의 혼인이 성사 직전에 이르렀다.

만약 소위 명문정파들 중 방해를 하고 나서는 자나 세력이 있다면 전쟁까지 불사할 작정이었다. 그냥 아들의 혼인을 응원차 북녹림맹의 중심인 방산산채를 떠나온 건 아니었다.

일명 철통방어혼인작전!

그 안의 최종 입안자인 병서생 백운생이 당장이라도 토할 것 같은 얼굴을 한 채 몸을 휘청거리고 있을 때였다.

갑자기 항상 기분이 나빠 보이는 혈음조 담요가 미간을 슬며시 좁혀 보였다. 산천초목이라 해도 벌벌 떨게 만들 듯한 위세의 녹림철군단을 향해 단신으로 다가드는 인마를 발견한 까닭이다.

반쯤 조는 듯한 표정을 하고 있던 철기량이 슬쩍 질문했다.

"담요야, 저 천둥벌거숭이 같은 씨벌놈은 어떤 후레자식이냐?"

"백주대낮에 낮술을 마신 놈이거나 미친놈 같습니다."

"낮술을 마신 것치곤 기마가 안정되어 있고, 머리에 꽃 따위 꽂지 않은 것 같다만?"

"그럼 세상이 살기 싫은 놈이 분명합니다."

단호한 담요의 대답에 철기량이 입을 손으로 막고 있는 병서생 백운생에게 시선을 던졌다.

"병서생, 이 씨발새끼야! 그러게 내가 그동안 내공심법도 하나 집어던져 줬잖아! 머리깨나 좋다는 놈이 아직까지 내공의 기본도 닦지 못한 건 게으름을 피웠다는 뜻인데… 뒈질래?"

"우읍! 아, 아닙니다! 대채주님이 주신 내공심법을 저는 매일 꾸준하게 연마하고 있습니다."

"그런데 왜 아침부터 구역질은 하고 지랄이냐? 애 뱄냐?"

"사내는 임신을 하지 않습니다."

병서생 백운생은 고지식한 사내다.

빼어난 능력에도 불구하고 대과에 급제하지 못한 건 시험관 앞에서 자신이 생각한 그대로를 말한 고지식함이 원인이었다. 재능은 빼어나나 현 황실에 불만이 많은 불순분자로 몰려서 관리가 되지 못했다.

그러나 본래 녹림이란 곳은 사회에 불만이 많은 자들이 모여서 이뤄진 곳이다. 맹주인 철기량 역시 마찬가지다.

좀 많이 배운 자들이 어려운 말을 지껄이는 걸 무척 싫어해서 무척 많은 군사를 갈아치운 철기량은 백운생의 고지식함을 오히려 높이 샀다.

그는 매일같이 백운생에게 쌍욕을 하면서도 중용하고 대우 역시 괜찮게 해줬다. 거의 십 년간 군사의 자리를 맡긴 것만 봐도 대충 짐작이 가는 일이었다.

물론 이건 어디까지나 철기량 흉중에만 있는 사실이다.

그는 백운생이 평소처럼 고지식하게 자신의 농담을 받자

고리눈에 흉맹한 기운을 담았다.

"이 씨발놈아! 내가 설마하니 사내와 계집도 구별하지 못할 정도로 무식한 줄 아는 거냐?"

"아, 아닙니다. 저는 그냥 원론적인 얘기를 했을 뿐입니다."

"원론이고 지랄이고, 병서생 네가 보기엔 저 앞에 달려오는 미친놈이 어떤 미친놈인 것 같냐?"

"예? 녹림철군단을 향해 달려오는 자가 있다고 하셨습니까?"

"그래. 네놈 눈깔은 뒀다가 뭐 하냐? 몰래 쌍박아놨다가 혼자서 국이라도 끓여 먹으려는 거냐?"

"……."

백운생이 철기량에게 욕먹는 게 하루 이틀이 아니다.

그는 얼른 목을 앞으로 빼고 열심히 말을 달려오고 있는 미친놈을 살폈다.

'사내인데, 얼굴이 꽤나 곱상하고 적은 나이가 아닌데 수염 자국이 전혀 보이지 않는다. 게다가 녹림철군단과 같은 대병력을 향해 일 기로 달려오니, 필시 권력을 가진 자로군.'

백운생이 목을 뺀 상태로 철기량에게 보고했다.

"미친놈이 아니라 조정의 관리 같습니다."

"관리?"

"예, 그것도 중앙 정부에서 나온 자가 분명합니다. 지방의 관리들은 무림 세력의 이동을 보통 묵인하거나 외면하니까요. 제가 먼저 달려가서 대화를 나눠보겠습니다."

"됐다!"

"예? 하지만⋯⋯."

"씨발놈아! 됐다고 했잖아!"

"⋯⋯."

백운생은 생긴 모양으로 봐서 태감인 것 같으니, 동창의 인물일지도 모른다는 뒷말을 꿀꺽 삼켰다. 자신을 향한 철기량의 고리눈에 담겨진 살기를 읽었기 때문이다.

철기량이 담요에게 명했다.

"담요야, 관부의 개란다. 그것도 높은 위치란다."

"제가 달려가서 죽인 후에 땅에 파묻겠습니다."

"그래서야 쓰겠냐? 높은 벼슬아치라는데."

"그럼?"

"속도를 올려서 그냥 밟고 지나간다. 후일 조사차 개새끼들을 보내면, 이동 중에 앞에서 알짱거리는 미친 개새끼 한 마리를 밟아 죽인 일은 있다고 대답하면 되겠지."

"알겠습니다."

담요의 항상 찡그려져 있던 만면이 슬며시 펴졌다.

유유상종이라 했다.

철기량만큼 담요 역시 타고난 산적이었다. 관부와는 결코 함께할 수 없는 사이인 만큼 고위 관리를 죽이는 것도 거리낄

건 없었다.

가뜩이나 빠르던 녹림철군단의 기마 속도가 올라갔다.

'흐흐, 이런 곳에서 저만한 세력을 얻게 되다니, 내 운도 아직 다 된 건 아니구나. 저 기마군단을 동창의 휘하로 끌어들일 수 있다면, 팽가든 무당파든 태극무검이든 모조리 박살 낼 수 있을 것이다. 응? 근데 저것들이 언제 이렇게 가까이 다가왔지?

왕식렴은 내심 득의의 미소를 지으며 말의 박차를 가하다 눈을 동그랗게 떴다. 처음 출발하기 전에 생각했던 것보다 황색 먼지의 원인 제공자들인 천여 기의 기마들이 빨리 다가오고 있었다.

이런 경우 예상할 수 있는 상황이란 단 한 가지!

왕식렴을 발견한 눈앞의 기마들이 말을 멈추는 대신 속도를 올린 것뿐이다.

"이놈들! 당장 속도를 늦추지 못하겠느냐!"

왕식렴은 언제 놀라서 눈을 동그랗게 떴냐는 듯 버럭 소리를 질렀다. 황도인 북경에서는 언제나 잘 통하던 호통이다. 그러나 이곳은 항주 부근으로 북경과는 수천 리나 떨어진 장소였고, 상대는 천하에서 첫째, 둘째를 다투는 도적 떼였다.

두두두두두!

왕식렴의 호통은 더욱 빨라진 기마의 속도로 보답을 받았다. 되돌아왔다.

'저 무엄한 놈들이 날 그대로 짓밟으려고 하는구나!'

깨달음은 종종 뒤늦게 찾아온다.

왕식렴의 안색이 새파랗게 질렸다. 언제 준엄한 관리의 얼굴을 드러냈느냐 싶다.

그는 너무 당황해서 말고삐를 잡아당기는 것조차 잊었다.

기마는 어느새 코앞까지 다가와 있었다.

질끈!

왕식렴은 두 눈을 감았다. 그게 지금 그가 할 수 있는 전부였다.

한데, 그때였다.

쉬악!

귓전을 울리는 파공성과 함께 공간을 가로지른 포승이 왕식렴의 허리를 감았다. 그리고 잡아당겼다.

히히히히힝!

충돌의 순간, 왕식렴을 태우고 있던 말이 처절한 단말마를 터뜨렸다. 압도적인 숫자의 기마에 의해 육편 조각으로 변해버린 것이다.

그럼 그곳에 타고 있던 왕식렴은?

그는 위기의 순간 날아든 포승에 허리를 감긴 채 하늘로 날아올랐다. 간발의 차이였다. 포승이 날아든 게 조금이라도 늦었다면 그 역시 말과 함께 육편 조각 중 일부가 되었을 터였다.

철퍼덕!

왕식렴은 비참하게 바닥으로 나뒹굴었다. 나름대로 고수에 속하는 그가 제대로 착지조차 못했다. 죽음에 직면한 순간 공포에 온몸이 얼어붙어 버린 까닭이다.

힐끗!

철기량이 시선을 뒤로 돌리자 담요가 조심스런 표정으로 말했다.

"제가 돌아가서 마저 죽여 버릴까요?"

"됐다!"

"그렇지만 조정의 개라면, 이대론 후환을 남기는 꼴이 되지 않겠습니까?"

"담요, 이 씨발놈아! 언제부터 내 말에 니가 토를 달았냐? 네놈이야말로 땅속에 파묻히고 싶은 거냐?"

"……."

담요는 대답 대신 입을 굳게 닫았다. 여기서 반 마디라도 더 입을 연다면 철기량에게 죽도록 얻어맞으리란 걸 경험을 통해 그는 알고 있었다.

백운생이 그 모습을 보고 내심 안도의 한숨을 내쉬었다.

'휴우, 총채주가 그래도 아주 막 나가는 사람은 아니라 다

행이다. 조정의 고위 관리를 죽인 무리와 함께한다면, 앞으로 내 앞날엔 암운만이 가득할 뻔했거늘.'

백운생은 서생이다. 그의 평생 꿈은 대과에 급제하여 고향에 금의환향하는 것이었다.

현재 첫 번째 대과에 실패한 후 낙향하다 북녹림맹에 붙잡혀 와 억지 군사 노릇을 하고 있긴 하나 아직 꿈을 완전히 접은 건 아니었다.

언젠가 철기량의 손에서 벗어나게 되면 고향으로 돌아가 열심히 공부해서 또 한 번 대과에 도전하고 싶었다.

그게 말귀도 잘 안 통하는 도적 떼 속에서 하루하루를 버틸 수 있는 삶의 유일한 희망이었다. 그는 자신의 공부가 부족해서 대과에서 낙방한 게 아니란 걸 아직도 모르고 있었다.

철기량이 안색을 슬며시 굳혔다.

'충돌 직전에 그 개 같은 관리의 허리를 감아서 잡아챈 건 필시 포승이었다. 그 정도로 포승을 잘 다루는 집단은 동창의 지밀대밖엔 없는데, 어째서 이런 곳에서 만날 수 있단 말인가? 설마 형님이 드디어 장강수로십팔채의 형제들을 이끌고 황제가 되기로 마음먹은 것인가?

태극무검 진자운에게 남녹림 맹주인 화룡대수 임대성이 죽은 후 천하의 녹림도는 양분되었다. 본래의 세력을 그대로 유지한 채인 철기량의 북녹림맹과 가첨수의 장강수로십팔채로 재편된 것이다.

당시 은인자중했던 철기량과 달리 장강교룡 가첨수는 매우 공격적으로 강남의 녹림도들을 자신의 휘하로 끌어들였다. 이번 기회에 삼분되었던 녹림도를 하나로 일통이라도 하려는 것 같은 움직임이었다.

결국 철기량과 가첨수는 독대를 할 수밖에 없었다.

두 녹림도 사이에선 전운이 감돌았다.

그 정도로 상황은 긴박하게 돌아갔다. 두 녹림 거성의 회담이 결렬된다면 바로 전쟁 돌입이었다.

당시 철기량은 가첨수에게 꽤나 큰 감명을 받았다.

그릇의 크기.

과거 남녹림을 호령하던 임대성이 녹림삼왕 중 최강의 무공을 자랑했다면, 가첨수는 그릇이 컸다.

호방하면서도 시원시원하게 녹림을 통합한 후 현 황조를 뒤엎자 제안하는 가첨수에게 철기량은 크게 끌렸다. 그가 가진 꿈의 크기에 같은 녹림인으로서 가슴이 뛰었다.

하지만 철기량은 가첨수의 그릇이 자신보다 월등하다는 걸 인정하면서도 끝내 고개를 가로저었다. 몇 사람의 커다란 꿈을 이루기 위해 수많은 산도적들로 하여금 피를 흘리게 할 순 없다는 게 그의 최종적인 판단이었다.

회담의 조용한 결렬.

철기량과 가첨수는 각자의 방식으로 이별을 고했다. 이제 서로 등을 돌린 이후엔 결전만이 남아 있을 뿐이었다.

철기량이 방금 전과 같은 포승 무공을 접한 건 바로 그때였다.

번거로움을 피하기 위해 두 사람만 만난 자리였다.

그곳으로 어찌 정보가 샜는지 수백 명이 넘는 고수들이 모습을 드러냈다.

손에 손에 번뜩이는 독검과 허리에 찬 포승.

무림 중에 전혀 이름이 드러나지 않은 수백 명의 고수들은 체계적인 군진을 형성하고서 철기량과 가첨수를 포위해 왔다. 애초에 두 사람 모두를 암살하는 게 목표임을 행동으로 공식 천명한 것이다.

철기량과 가첨수는 어쩔 수 없이 손을 잡았다.

잡을 수밖에 없었다.

평생 처음 보는 군진을 펼친 채 끝없이 공격해 오는 고수들은 상대하기가 쉽지 않았다. 개개인의 무공이 절정 급인데다 군진을 펼치는 데 익숙했다.

그들의 독검과 포승으로 펼치는 기기묘묘한 절기들을 상대하기 위해 철기량과 가첨수는 전력을 다했다. 평생 처음으로 죽음의 위협을 느꼈다.

악전고투.

격전은 무려 하루 반나절 동안 계속됐다.

철기량과 가첨수는 피로 목욕을 하고서야 암습자들을 모

조리 처리할 수 있었다. 만약 두 사람이 합공에 나서지 않았다면, 승자와 패자는 뒤바뀌었을 게 분명했다.

뿌직!

철기량은 결국 가첨수와 의형제를 맺게 된 전날의 혈전을 떠올리며 태사의의 팔걸이를 쥔 손에 힘을 가했다.

당시 그와 가첨수를 암살하기 위해 몰려온 자들이 바로 동창의 지밀대였다. 자칫 목숨을 잃을 수도 있었던 전날의 일을 떠올리자 의형인 가첨수가 걱정됐다.

혈전 이후, 현 황조에서 자신의 계획을 눈치 챘음을 짐작한 가첨수는 한동안 야망을 접기로 했다. 아직 거사를 획책할 때가 되지 않았다는 판단을 내린 것이다.

이에 철기량은 크게 안심했다.

그가 본 가첨수란 사람은 이기지 못할 싸움에 뛰어드는 어리석은 인물이 아니었고, 참을성 역시 강했다.

한 번 마음을 정한 이상 십 년이나 이십 년쯤 거사를 늦추는 걸 두려워하지 않았다. 그 같은 절대고수는 수명 역시 보통 사람보다 길었기 때문이다.

그런데 갑자기 동창 지밀대로 보이는 자들이 도발해 왔다.

철기량이 의형 가첨수와 이를 연관 지은 건 어쩌면 당연한 일이라고 할 수 있었다.

점차 내 천 자를 그리기 시작한 이마.

맹주 철기량의 고뇌를 아는지 모르는지 그를 태운 전차를 앞세운 녹림철군단은 항주로 이어진 관도를 시원스레 내달렸다.

왕식렴의 딱 벌어진 입 안으로 녹림철군단이 만들고 간 모래먼지가 쏟아져 들어왔다.

"케헥! 켁! 콜록! 콜록!"

왕식렴은 숨이 콱 막히자 연신 기침을 터뜨리며 바닥을 굴렀다. 입에서 기침과 더불어 마구 토사물이 터져 나왔다. 바닥에 나뒹굴며 뒤집힌 속 안의 내용물이 제멋대로 쏟아져 나왔다.

그때 한 치 앞조차 보이지 않는 흙먼지 속을 뚫고 강무균이 달려왔다.

위기의 순간 포승을 던져 왕식렴을 구한 강무균은 자신의 한계를 벗어난 동작을 펼친 탓에 말에서 굴러 떨어졌다. 녹림철군단의 이동이 워낙 빠르지 않았다면, 왕식렴 대신 그가 말발굽에 짓밟힐 뻔했다.

당연히 그가 탔던 말은 놀라서 멀리 달아났다.

순식간에 두 마리 말을 다 잃어버린 셈.

강무균은 달아난 말 따윌 아쉬워하는 대신 간신히 구해낸 왕식렴을 찾아 나섰다. 그의 생사야말로 앞으로 출세할 수 있느냐, 못하느냐의 중요한 분기점이 될 터였다.

'살아 있구나!'

강무균은 바닥을 뒹굴며 토하고 있는 왕식렴을 발견하곤 두 눈에 문득 섬뜩한 기운을 일으켰다.

그를 보자 갑자기 사고를 치는 바람에 자신이 말발굽에 밟혀서 죽을 뻔한 사실이 떠올랐다. 감정적인 화가 치밀어 오르는 것도 무리는 아니다.

하지만 왕식렴이 비틀거리며 일어섰을 때였다.

어느새 그의 곁으로 다가가 어깨를 부축한 강무균의 얼굴에는 충정만이 가득했다. 사람이 완전히 달라진 것 같다.

"대인, 괜찮으십니까?"

"그, 그 무도한 놈들은……."

"이미 떠났습니다. 대충 행색과 위세를 봤을 때 아무래도 북녹림맹이 자랑하는 녹림철군단이 아닌가 생각됩니다."

"북녹림맹? 녹림철군단?"

모두 왕식렴으로선 처음 듣는 이름들이다.

강무균이 어떻게 설명해야 하나 잠시 고민하다 갑자기 화제를 바꿨다.

"항주에는 삼외가 있습니다. 대인께서도 들어보셨습니까?"

"삼외?"

"예. 천외천(天外天), 산외산(山外山), 루외루(樓外樓)라 불리는 세 개의 고급 음식점을 일컫는 말입니다. 오늘 항주성에 도착하면 세 곳 중 어디에 묵는 게 좋겠는지 하명해 주십시오."

"그건……."

왕식렴은 강무균이 갑자기 화제를 바꾸자 내심 화가 났다. 그가 뭔가 자신에게 숨기는 일이 있다는 생각이 들었다. 하지만 지금은 화를 낼 수 없었다. 방금 전에도 그 덕분에 목숨을 구했다는 걸 알고 있었기 때문이다.

'하긴 이런 꼴로 무림맹에 간다면 조정 고위 관리로서 체면이 서지 않는 일일 테지.'

자위하듯 스스로에게 중얼거린 왕식렴이 짧게 말했다.

"루외루."

"그곳으로 모시겠습니다."

강무균이 슬쩍 허리를 숙여 보였다.

*   *   *

균현을 떠난 진자운은 그리 길을 서두르지 않았다.

장가촌을 곧바로 떠났던 거나 균현 현청에서 한바탕 연극을 벌인 후 종적을 발견한 후 선언했던 것치곤 지나치게 여유 있는 추격이었다. 어찌 보면 누군가를 추격하는 것이 아니라 유람 여행이라도 나온 한량의 행보를 연상시킨다.

그러나 뒤따르는 장자경은 이번이 첫 번째 강호행이었다.

진자운이 어찌 행동하든 그냥 군말없이 뒤따르는 게 그가
할 수 있는 일의 전부였다. 사실 불만이나 다른 의견이 있다
손 치더라도 형 진자운에게 말 한마디 꺼낼 만한 주변머리도
없다.

그렇게 앞서서 유유자적 걸어가고 있는 진자운의 뒤를 말
없이 따르고 있던 장자경이 나직이 한숨을 내쉬었다.

순박하던 얼굴이 파면이 된 직후.

왕식렴에 의해 얼굴에 수십 개나 되는 칼자국을 입고서 누
워 있던 장자경에게 구함받은 소녀가 찾아왔다. 그녀의 손에
는 죽 그릇이 들려져 있었다. 장자경에게 구해준 은혜에 대한
보답을 하기 위해 찾아온 것이다.

시골 마을이다.

동네에서 벌어진 이와 같은 사건은 금세 마을 사람 전부가
안다. 특히 여자가 남자의 집에 손수 만든 죽 그릇까지 들고
찾아왔다면 그건 자신의 일생을 맡기겠다는 의미 외엔 다른
걸 생각할 수 없었다.

소녀 역시 애초엔 그 같은 생각을 하고 있었을 것이다.

평소 대장간에서 일하던 장자경의 모습을 멀찍이서 몇 차
례 본 것이 전부였지만, 그날 밤의 행동은 충분히 대장부다웠
다. 영웅적인 행동이었다. 내심 자신의 일생을 맡길 만하다고
소녀는 맹랑하게 생각했다.

한데 죽 그릇을 들고 방 안으로 들어선 순간, 소녀는 비명을 내질렀다. 들고 있던 죽 그릇 역시 방바닥에 떨어뜨렸다. 장자경의 완전히 망가져 버린 얼굴을 그때서야 발견한 까닭이다.

그때 그늘진 방 안을 밝힌 장자경의 귀기 어린 눈빛.

갑작스런 소란에 정신이 든 장자경의 시선이 소녀를 향했다.

그냥 바라본 것뿐이다.

소녀에겐 인적없는 산속을 홀로 거닐던 중 대호를 만난 것이나 다름없었다.

"아악!"

소녀는 찢어지는 듯한 비명—전날 왕식렴의 호위들에게 붙잡혀서 희롱당할 때보다 더 크게—을 지르며 방을 뛰쳐나갔다. 장자경에게서 도망가 버렸다.

"휴우! 휴우!"

장자경의 입에서는 연신 앓는 듯한 한숨이 흘러나왔다.

그가 딱히 장가에 목을 매단 사람은 아니다. 어렸을 때부터 모친 진가영에게 지독스레 엄격한 훈육을 당한 탓에 오히려 여자를 대하는 걸 좀 어려워하는 편이었다.

그러나 어쨌든 청춘이었다.

제대로 된 연애 한 번 해보지 못하고 얼굴이 파면이 되었으니 한숨이 흘러나오지 않을 수 없었다.

평범하게 부친의 대장간을 잇고 평범하게 가정을 이루고 평범하게 한평생을 보내고⋯⋯.

장자경이 가끔 그려본 자신의 인생이었다.

갑자기 어째서 일이 이리 괴상하게 꼬여 버렸는지 이해할 수 없었다.

한데, 그때였다.

혼자서만 신이 나 있던 진자운이 갑자기 신형을 돌려 발걸음이 무거운 장자경에게 다가왔다.

픽!

진자운이 발로 장자경의 아랫배를 걷어찼다.

천생신력을 타고난 데다 맷집 역시 초인적인 장자경이 허리를 푹 숙였다. 일순 장이 꼬이면서 형언할 수 없는 고통이 뱃속을 휘몰아쳐 왔다.

"컥!"

진자운이 장자경을 향해 빙글거리며 말했다.

"이놈아! 그렇게 한숨 쉬어서야 땅이 꺼지겠냐? 굴을 파려거든 제대로 파고, 안 할 거면 당장 때려쳐라!"

"혀, 형님, 그게 무슨?"

"여행을 즐기란 말이다. 이게 네 녀석의 첫 번째 강호행이잖나! 평생 다시는 없을지도 모르는 여행에 나서서 한숨만 푹 푹 내쉬는 건 사내가 할 짓이 아냐. 차라리 그럴 바엔 완전히 타락해서 음주가무에라도 빠져 보는 게 낫다구."

"……."

장자경은 잠시 호흡을 가다듬은 후 천천히 굽혔던 허리를 폈다. 그의 강철 같은 몸은 그사이 진자운의 발이 전해준 고통을 이겨낸 것이다.

'헤? 이놈, 정말 괴물 같은 놈일세. 하루 사이에 상처가 모조리 아물어 버린 것도 대단한데, 내 내경도 이렇게 쉽사리 흩어버려?'

진자운은 동생 장자경을 다시 보게 되었다.

그저 몸집 좀 좋고 단단한 겉가죽을 가졌다던 생각이 바뀌었다. 어쩌면 조금만 단련을 시키면 상당한 고수가 될지도 모를 것 같다.

"후우!"

다시 한숨을 내뱉은 장자경이 진자운에게 눈을 껌뻑거리며 말했다.

"형님, 음주가무는 안 됩니다."

"뭐?"

"형수님께서 장가촌을 떠나기 전에 단단히 부탁하셨습니다, 형님이 타락하는 걸 막아달라고."

"지랄!"

진자운의 발이 다시 장자경의 아랫배를 걷어찼다.

"컥!"

이번에 장자경이 내뱉은 신음은 좀 더 컸다. 진자운의 발끝에 담긴 내경이 한 푼 더 강해졌다.

일반인에게 그 정도면 치사량이다.

평범한 고수 역시 마찬가지다.

장자경의 신음이 좀 더 높아진 정도는 아무것도 아니었다.

진자운이 다시 장자경이 호흡을 고르는 걸 기다리지 않고 휑하니 신형을 돌렸다.

"미련한 곰탱이 녀석. 저런 녀석을 어찌 장가를 보낼지 암담하구만."

"……."

장자경 들으라고 한 소리다.

천천히 내식을 움직여 호흡을 고르고 있던 장자경의 안색이 일순 새빨갛게 변했다.

"컥! 컥컥컥!"

내식이 꼬였다. 장자경의 입에서 연속적으로 고통 어린 신음이 고조되었다.

◆ 第七章 ◆

풍운신개와 기련마녀

　진자운의 발걸음은 여전히 유유자적이었다.

　이제 뒤따르는 장자경 역시 진자운이 별로 추격에는 관심이 없고 유람이 주목적임을 눈치 챘다.

　그럴 수밖에 없었다.

　목적지만을 절강성 항주로 잡아놨을 뿐, 진자운은 결코 속도를 높이지 않았다.

　그냥 보통 사람의 걸음으로 이동하다가 적당한 객점에 들러 맛있는 음식을 먹고, 지역 특산주를 마신 후 특실을 빌려서 잤다. 그것만으로 즐거워했다.

　그 밖에 진자운이 한 짓은 또 있다.

그는 싫다는 장자경을 억지로 기녀원으로 끌고 갔다.

장자경이 자꾸 뻗대자 두들겨 패서 기절시킨 후 끌고 갔다.

들이댄 이유는 하나.

미숙한 장자경을 여인에게 익숙해지게 만든다는 것이었다. 물론 기녀원에 들어간 후 그는 깨끗하게 장자경을 잊어버렸다. 우르르 몰려나온 기녀들과 어울려 밤새 술 마시고, 음식을 퍼먹고, 떠들어댔다.

간신히 정신을 차린 장자경은 근처에서 바들바들 떨고 있는 기녀의 모습에 다시 상처를 받고 술만 들이켜 댔다. 그러자 기녀는 살았다는 듯 종종걸음으로 도망갔다.

아무리 기녀라지만, 손님의 얼굴은 따진다.

칼자국이 죽죽 난 파면인 얼굴에 보통 사람을 훌쩍 뛰어넘는 엄청난 몸집을 가진 장자경에게 기가 질리고 두려움을 느끼는 건 당연한 일이었다.

물론 가끔 장자경의 엄청난 떡대를 보고 오히려 관심을 보이는 기녀 역시 없진 않았다.

대부분 제법 연륜이 있어 보이는 나이.

혹은 색기를 풀풀 풍겨내는 그녀들은 연회가 진행되는 동안 한쪽 구석에 쭈그려 앉아 있는—진자운은 항상 연회의 중심에서 음주가무를 즐기고 있었다—장자경에게 술 한 병을 들고 다가오곤 했다.

나긋나긋한 말투와 살짝 붉은 기를 담은 눈동자.

뭔가를 갈구하는 듯한 표정을 한 그녀들은 은근슬쩍 장자경에게 몸을 부딪쳐 왔다.

슬금슬금.

장자경의 강철같이 단단한 근육을 손으로 더듬는 기녀들의 눈은 노골적인 기대감으로 반짝였다. 정력 좋게 생긴 장자경과 뜨거운 하룻밤을 보낼 생각에 먼저 몸이 달아오른 것이다.

노골적인 유혹.

그러나 숫총각 장자경의 순진함은 그런 때야말로 절정을 이뤘다.

그는 가슴에 이어 은근슬쩍 하체 쪽으로 다가드는 기녀의 대담한 손길에 놀라 몇 차례나 기녀원의 벽을 부수고 달아났다. 본능적인 두려움이 그를 그리 만들었다.

기녀원.

아직 장자경에겐 감당하기 힘든 곳이었다.

결국 장자경은 종종 기녀원의 담벽에 붙어서 밤새 진자운을 기다려야만 했다.

어느새 애초의 의도 따윈 까맣게 잊어먹은 것이리라!

진자운은 계속되는 장자경의 도망에도 불구하고 기녀들과 노는 걸 포기하지 않았다. 그는 기녀원의 너른 담벽에 찰싹 달라붙은 장자경이 애절하게 불러댔지만, 신경조차 쓰지 않았다. 장자경은 기녀들과 어우러진 진자운의 호탕한 웃음소리를 들을 수 있을 뿐이었다.

그런 다양한 과정을 거치며 느릿느릿 두 사람은 절강성 쪽으로 향했다.

항주에 도착하는 때가 어찌 됐든 전혀 고려치 않는 행로였다.

변수 같은 건 일어나지 않았다.

한데, 두 사람이 호북성과 절강성 중간에 위치한 강서성의 성도인 남창(南昌)을 지날 무렵이었다. 여태까지 전혀 일어날 기미조차 없던 변수가 불쑥 찾아들었다.

과득!

남창성 내에 위치한 고급 음식점인 벽송루.

주변의 경관이 훤히 내려다보이는 이층의 창가 쪽에 앉아서 열심히 담소를 나누던 무림인 두 명의 얼굴이 잔뜩 일그러졌다.

얼굴을 비롯한 상반신 전체를 뒤덮은 음식 찌꺼기.

방금 전까지 호호탕탕한 기세를 마음껏 발산하고 있던 사십대의 중견 무림고수들은 일시 웃음거리가 됐다.

탁자 위에 잔뜩 차려져 있던 요리들이 튀어 올랐다. 고수로 불리는 사람들이 그런 것조차 막지 못했으니 조소의 대상이 된 것도 무리는 아니다.

그럼 어째서 이런 일이 발생한 것일까?

가장 궁금한 건 웃음거리가 된 두 무림고수다. 그들은 주변에 차가운 시선을 던지는 걸로 웃음을 터뜨린 자들을 찔끔하게 만들고서 잠시 생각에 잠겼다.

　단창쾌변 낙일권.

　유운비도 이일로.

　강서성을 기반으로 삼은 신창문과 비도문의 대표적인 고수들인 두 사람은 오랜 친구로 이번에 항주 무림맹까지 동행하는 사이였다.

　각자 문파를 대표해 근래 정파무림 전체를 발칵 뒤집어놓은 무림맹주 봉황여제 모용청려와 북녹림맹의 패왕도 철무한 간의 혼인식에 대한 축하 사절이 된 것이다.

　당연히 두 사람은 요리를 잔뜩 시킨 후 줄곧 이번 혼인식에 대한 한담을 나눴다. 사실 그들 딴에는 한담이나 다른 사람들이 듣기엔 절세미녀인 모용청려에 대한 음담패설과 철무한에 대한 욕설이라 할 수 있었다.

　질투!

　정파무림인들에게 있어 무림맹주인 모용청려는 가히 천상의 신녀이자 마음속의 영원한 연인이었다.

　민간의 적절한 혼인 적령기가 십대 중후반이고, 무림세가 역시 대충 이십대 초반을 넘지 않는 시절이었다. 이미 이십대 후반을 훌쩍 넘긴 모용청려는 노처녀라 할 수 있었다. 그녀가 팔대세가 중 최고 명문인 모용세가 출신이며, 무림맹주란 고귀한 신분이라 해도 그건 변할 수 없는 진실이었다.

당연히 무림인들은 모용청려가 앞으로 혼인 따윈 하지 않으리라 생각했다. 그녀를 아내로 맞을 만한 자격이 있는 자가 세상에 존재치 않는다는 게 중론이었다. 거의 모든 사람들이 그렇게 생각했다.

그런데 느닷없이 철무한이란 녹림의 산도적과 혼인이라니!

정파에 속한 사나이들이라면 분노로 몸을 떨고 화를 내지 않을 수 없는 일이었다. 질투심에 복받쳐서 자해를 하는 사람까지 있을 정도였다.

두 사람 역시 심중에 분노가 없을 순 없었다.

모용청려에 대한 실망과 철무한에 대한 적개심을 여과없이 한담이란 형태로 쏟아냈다.

치졸하지만 작은 복수.

팔대세가의 수장인 모용세가나 북녹림맹과는 비교조차 할 수 없는 군소문파 출신인 두 사람이 할 수 있는 몇 안 되는 화풀이 중 하나였다.

한 여인과 한 사내를 천하에서 가장 음탕하고 포악스레 묘사하며 그들은 비열한 즐거움에 미소 지었다. 그로써 자신들이 상대적으로 도덕적인 우위에 위치했다고 주장했다.

물론 어디까지나 먹던 음식을 홀라당 뒤집어쓰기 전까지의 전개 상황이다.

그들을 생각에 잠기게 만든 물건.

탁자 위의 음식들을 몽땅 튀어 오르게 만든 원인이 분명해 보이는 나무젓가락이었다.

탁자 정중앙.

흡사 뛰어난 목공이 조각이라도 한 것처럼 나무젓가락 하나가 박혀져 있다. 두 사람이 열심히 목청을 높여대고 있을 땐 결코 없었던 물건이다.

'도대체 이게 어디서 날아온 것일까?'

'수십 년간 비도술을 연마한 내가 기척조차 느낄 수 없었다니!'

두 사람은 고심 끝에 한 가지 결론을 내렸다.

자신들이 결코 상대할 수 없는 고수!

그것도 얼마 전까지 두 사람이 열심히 씹어댔던 한 쌍의 남녀와 관련있는 사람이 이곳 벽송루 이층에 있었다. 그리고 그 고수는 경고의 의미로 나무젓가락을 던졌다. 주제파악하고 입 다물라는 뜻이 분명했다.

차착!

두 사람이 거의 동시에 시선을 마주치곤 자리에서 일어섰다.

"고인께서 함께 자리하신 줄 모르고 신창문의 낙 모가 실례했소이다!"

"손속에 사정을 두신 점에 비도문의 이 모가 감사드리오!

평생 처음 보는 암기술, 진정 안계를 넓히게 되었소이다!'

두 사람은 주변을 살피며 연달아 소리 질렀다.

좌중을 둘러보는 시선엔 안광이 서렸고, 두 손은 어느새 포권의 자세를 취하고 있었다.

자신들이 소속 문파명을 대고 신분을 밝히면 나무젓가락을 던져 경고한 고수가 모습을 드러낼지도 모른다는 생각?

웃기는 소리다.

이미 두 사람은 한담을 나누는 동안 무의식적으로 자신들의 신분을 노출시킨바 있다. 숨은 고인이 나무젓가락을 던졌을 때 그 같은 사실을 고려치 않았을 리 만무하다.

두 사람은 시간을 버는 게 목적이었다.

그들의 시선이 벽송루 이층에 자리 잡은 사람들 중 범상찮아 보이는 자들을 하나하나 좇았다. 탐욕스럽게 살폈다.

'늙은 거지. 평범한 거지가 벽송루처럼 고급 음식점에 오를 수는 없으니 개방의 고수일 게 분명한 터. 하지만 개방은 지난 수십 년간 타 문파의 일에 간섭하는 걸 꺼려왔다. 우리 신창문이나 비도문과도 사이가 나쁘지 않고.'

'홍의여인. 입가엔 생글거리는 미소가 담겨져 있지만 시선에 흔들림이 없다. 전문적인 안법을 연마했다는 뜻. 강호에선 노인과 아이, 여인을 경계하란 말이 있긴 하지만 너무 젊다. 강호 중에 저렇게 젊은 나이에 빼어난 암기술을 절기로 삼은 여인이 있다는 소문은 금시초문이다.'

'그러면 파면거한의 일행이 남았는가?'

단창쾌변 낙일권의 시선이 족히 칠 척이 되어 보이는 엄청난 덩치에 얼굴에 거미줄 같은 검상이 난 거한과 그 앞에 앉아 있는 장발의 사나이를 주목했다.

처음 벽송루 이층에 모습을 드러냈을 때 모든 사람의 이목을 집중시켰던 두 사람이다.

하지만 파면거한은 흉악한 외양과 달리 꽤나 얌전했고, 일행인 장발 사나이는 별다른 특징을 찾기 힘들었다. 사람들의 관심은 곧 그들에게서 떠났다.

이는 낙일권 역시 마찬가지였다.

그런 그가 다시 파면거한 일행을 주목하자 유운비도 이일로가 슬며시 고개를 가로저어 보였다.

비도술에 반생을 바친 사람.

이일로의 생각에 파면거한의 경우 기껏 무공을 연성했다손 치더라도 외공 위주일 터였고, 그 앞의 장발 사나이는 관심 밖이었다. 왜 그런진 모르겠지만, 이상하게 그에겐 그다지 신경이 쓰이지 않았다. 그냥 도외시할 뿐이었다.

그럼 누구란 말인가?

두 사람은 다시 몇 차례 의견 교환을 한 후 다시 목소리를 높였다.

"낙 모는 진심으로 고인께 머리를 숙이고 가르침을 받고 싶습니다. 부디 어렵다 마시고 나와주시기 바랍니다."

"이 모 역시 고인께 진심으로 가르침을 받고 싶습니다! 제발 이 아둔한 사람의 안계를 다시 한 번 넓혀주시기 바랍니다!"

재차 터져 나온 두 사람의 요청에 벽송루 이층이 크게 술렁거렸다.

무림인!

칼날 위의 피를 핥으며 사는 인생이다.

그건 명문정파나 마도사파, 사마외도 할 것 없이 다 똑같았다. 서로 간에 내세우는 명분이나 목적이 조금씩 다를 뿐이었다.

그런 무림인들에게 있어 자존심은 말 그대로 생명 그 자체나 다름없었다. 특히 조금이라도 무림명이 있는 고수들의 경우엔 종종 그 이상의 가치를 가지기도 했다.

그런데 지금 이곳 강서성에서 나름대로 이름이 있는 두 명의 고수가 자존심마저 내동댕이치고 읍소하고 있었다. 여태까지 뭔 일인지 잘 이해하지 못하고 있던 사람들마저 두 눈이 동그래지고 불안한 시선을 주변에 던지지 않을 수 없었다.

그러나 두 사람의 자존심까지 던진 정중한 요청에도 불구하고 벽송루 이층은 별다른 변화가 없었다. 이층에 자리 잡은 상당히 많은 손님들 중 누구도 두 사람의 체면을 세워주지 않았다.

완전한 무시!

먼저 소리친 단창쾌변 낙일권이나 간절한 기색마저 띠고 있던 유운비도 이일로의 얼굴이 굳었다. 시쳇말로 똥 씹은 표정이 됐다.

똥개도 자기 앞마당 앞에선 절반쯤 먹고 들어간다는 말이 있다. 또한 이곳은 강서성의 성도인 남창이니 두 사람의 안마당이라 할 수 있었다.

주변에 자리 잡은 손님들 중 몇 명은 안면까지 있는 터였다.

이리 자존심까지 집어던진 요청을 완전히 거부당하고 보니, 분한 마음에 온몸이 떨릴 지경이다.

하지만 무림은 본시 강자존이었다.

아무리 생각해도 나무젓가락을 던진 자를 이길 도리가 없다고 여긴 두 사람이 이를 악물고 벽송루 이층을 떠났다. 그게 그들이 지금 할 수 있는 최선이었다.

잠시 벽송루 이층에 침묵이 감돌았다.

강서성에서 나름대로 이름을 얻은 두 명의 고수가 모욕을 당하고도 군소리 한마디 없이 떠나갔다. 필경 쉽사리 볼 수 없는 광경이었다.

손님들은 조심스레 식사하고, 주변의 다른 사람들을 살폈다.

벽송루 이층에 두 고수를 도망가게 만든 사람이 있다.

압박감을 느끼지 않는다면 그거야말로 이상한 일이었다. 자연스레 침묵은 꽤나 길게 이어졌다. 혹시라도 말실수를 해서 앞서 도망간 자들과 똑같은 꼴이 될 것을 사람들이 두려워한 까닭이었다.

'빨리 식사하고 떠나자!'

'이럴 땐 그저 입 닥치고 있는 게 최고다!'

손님들의 식사 속도가 자연스레 빨라졌다. 빼어난 경관으로 유명한 벽송루이고 보면 굉장히 특이한 일이 벌어진 셈이라 할 수 있다.

장자경은 본래 크게 화가 나 있었다.

봉황여제 모용청려.

형 진자운과 형수 담화연이 부부 싸움을 할 때 몇 차례나 들었던 이름이다. 당연히 그에게 모용청려는 무척 친근한 사람이었다. 한 번도 본 적이 없지만 친인같이 여기고 있었다.

당연히 단창쾌변 낙일권과 유운비도 이일로의 험담과 음담패설을 듣고 그는 분노했다.

그들이 어떤 배경을 지녔고, 어느 정도 고수이냐는 문제가 되지 않았다. 형 진자운을 대신해서 그들에게 도전해 모용청려를 욕한 일에 대한 사과를 받아내고자 했다.

한데, 그가 막 요리를 집어먹던 젓가락을 놓고 자리에서 일어서려 할 때였다. 문득 손이 허전해져 바라보니 한 쌍의 젓가락 중 하나가 사라져 보이지 않았다.

단창쾌변 낙일권과 유운비도 이일로의 탁자에서 소란이 인 건 바로 그 직후였다.

두 눈을 한차례 꿈뻑거려 보인 장자경이 맞은편에 앉은 진 자운을 바라봤다.

세상에 이같이 신출귀몰하게 손을 쓸 수 있는 사람이 있다 면 진자운일 게 분명했다. 그의 행동은 그저 확인을 위한 요 식행위라 할 수 있었다.

과연 진자운은 장자경에게 한쪽 눈을 감아 보이고 있었다.

입가에 감도는 흐릿한 미소.

뭔가 재밌는 일을 만났거나 행하기 직전에 진자운이 보이 곤 하는 미소와 닮았다. 다만 형제인 장자경은 그때와 조금 다른 느낌을 받았다.

'뭔가 이상한데⋯⋯.'

장자경은 내심 고개를 갸웃해 보였다.

여행―이미 장자경에게 있어 이번 강호행은 그렇게 규정되어 있었다―중 억지로 자신을 데리고 기녀원을 가거나 놀 건수 가 있을 때를 제외하곤 어떤 세사에도 관심을 보이지 않던 진 자운이다.

이번처럼 직접 손을 쓴 것도 참 드문 일이라 할 수 있었다. 장자경은 그 같은 진자운의 평소 성정을 알기에 직접 손을 쓰 려고 마음먹었었다.

그렇다면 무엇이 반선에 이르러 세속에 대한 관심이 극히 엷어진 진자운에게 영향을 미친 것일까?

장자경은 고심에 고심을 거듭하고도 답을 내놓지 못했다.

진자운과 모용청려.

한때 뜨겁게 사랑했던 두 사람의 역사를 장자경이 알 리 만무했다. 그에게 있어 모용청려는 진자운과 담화연 부부와 친숙한 친구였다. 그렇게 각인되어 있었다.

'모르겠다! 형님의 심사는 당최 종잡을 수 없어!'

장자경은 결국 고심하기를 포기했다.

그는 수중에 하나밖에 남지 않은 젓가락을 바라보다 한 켠에 마련된 찻주전자를 집어 들었다. 모친 진가영의 엄격한 가르침으로 인해 급할 땐 거리낌없이 손을 사용해서 음식을 집어먹는 진자운처럼 할 수 없었기 때문이다.

그 모습이 그 같은 덩치를 지닌 사람한테 어울릴 리 없다.

조그만 찻잔을 얌전히 들고 다향을 즐기는 장자경의 모습에 진자운이 피식 웃었다. 예전 같으면 재미로라도 면박을 한 번 줬을 터인데, 지금은 별로 그러고 싶지 않았다. 뭔가 생각할 게 있었다.

'청려가 철무한, 그 산도적과 혼인을 한다고? 으음, 그 산도적이 결국 청려의 마음을 사로잡는 데 성공했… 을 리는 없고, 도대체 무슨 꿍꿍이인 거지?'

모용청려와 철무한.

진자운은 두 사람을 모두 잘 알고 있었다.

그의 생각에 두 사람은 결코 어울리지 않았다.

철무한이 모용청려를 쫓아다닌 지 무척 오래되었지만, 두 사람이 맺어질 가능성 따윈 고려할 가치도 없었다. 아예 범위 밖이었다.

진자운이 만약 그리 생각하지 않았다면 결코 모용청려가 무림맹주가 되겠다고 했을 때 미소만 짓고 있진 않았을 터였다. 그녀가 화가 나서 있는 대로 암기와 검을 집어 던지는 일 또한 없었고 말이다.

평생 사랑한 단 두 사람, 담화연과 모용청려였다.

한 사람은 현재의 부인이고, 다른 사람은 영원한 영혼의 동반자였다. 그렇게 생각했다.

지금까지 그 같은 마음은 변함이 없었다.

욕심이라 해도 좋았다.

두 사람 모두 누군가에게 양보할 생각 따윈 전혀 없었다. 그게 솔직한 심정이었다.

하지만 반선에 오른 시점부터 진자운은 세사에 무척 초연해졌다. 과거처럼 쉽사리 흥분하지 않고, 즐거움이나 쾌락을 있는 그대로 즐길 뿐 정신을 잃는 일 역시 없었다.

그는 화를 내는 대신 강한 음모의 냄새를 맡았다.

그리고 그 음모의 발원지는 모용청려일 게 분명했다. 그게 정상이라 생각했다.

우적우적!

양손으로 염소 뒷다리 구이를 들고 통째로 뜯어 먹고 있던 진자운의 눈이 슬며시 반달 모양을 만들었다.

문득 이대로 모용청려의 음모에 넘어가 주는 것도 나쁠 것이 없다는 생각이 들었다. 그녀는 그럴 만한 가치가 있었다. 충분할 정도로 귀여웠다. 비록 이젠 노처녀가 됐지만, 진자운 역시 아저씨다.

'뭐, 어차피 무림맹이 목표였으니 나쁠 것 없겠지. 하지만 그리되면 혼인식 선물은 뭘 준비해야 하려나?'

진자운은 자신이 내민 혼인식 선물을 받아 든 모용청려의 얼굴을 떠올리며 내심 득의만면해졌다.

그는 진심으로 즐거워했다.

애 딸린 중년 남자.

이제 좀 진중해져도 좋을 것 같은데, 강호행에 나서자 점차 과거의 버릇이 튀어나온다. 시간이 거꾸로 돌아 다시 청년 시절로 돌아간 것 같다.

탁!

별로 쓰지도 않았던 젓가락을 바닥에 내려놓은 진자운이 찻물로 배를 채우고 있던 장자경에게 이를 슬쩍 드러내 보였다.

"대충 배 채웠으면 가자!"

"예? 오늘은 이곳에서 묵고 간다고 하셨잖습니까?"

"계획이 바뀌었다."

"벌써 선금까지 치렀습니다."

"네가 대충 해결해. 네 엄청난 얼굴은 그런 데 써먹으라고 있는 거잖아."

"……."

진자운이 차 한 모금으로 입을 헹구고 자리에서 일어섰다.

여행 내내 유유자적하던 것과는 거리가 멀다. 그는 놀랍게도 이번 강호행 중 처음으로 길을 서두르고 있었다.

느닷없는 진자운의 변화에 혼란을 느낀 장자경이 불쑥 소리쳤다.

"기녀원엔 안 갑니다!"

"기녀원?"

진자운이 장자경을 황당하다는 듯 바라봤다. 도대체 무슨 소리를 하는지 모르겠다는 표정이다.

장자경이 안색을 슬쩍 붉히고 말했다.

"형님이 이리 서두르시는 게 기녀원에 가기 위함이라면 저는 따라나서지 않겠다는 겁니다."

"미친놈!"

"욕하셔도 어쩔 수 없습니다. 저는 그곳이 무섭습니다."

"기녀원이 아니라 여자들이 무서운 거겠지. 숫총각들은 종종 그렇거든."

"그, 그건……."

"됐다! 어차피 앞으로 그런 데 들를 시간 따윈 없을 테니까."

"예?"

"지금 당장 남창을 떠나서 항주로 가겠다는 뜻이다."

"혹시라도 그 나쁜 놈들이 중간에 다른 커다란 도시로 숨어들었을지 모르니 항주로 가기 전에 위치한 모든 성읍을 다 살펴야 한다고 하셨잖습니까?"

진자운은 잠시 멈칫했다. 언제 그런 말을 장자경에게 했는지 기억이 나지 않았다.

물론 그는 그런 말을 한 적이 있다.

항주에 도착하기 전까지 이르는 모든 도시에서 실컷 놀기 위해 꾸며낸 말이다. 순진한 장자경을 속여 넘기는 데는 그 정도 말이면 충분했다.

"뭐, 계획이란 본래 바꾸기 위해 세우는 거다. 그러니 잔말 말고 맡겨놓은 선금이나 찾아와!"

"……."

진자운의 무책임한 말에 장자경은 입만 가볍게 벌릴 뿐이었다. 그런 동생을 놔둔 채 진자운은 어느새 벽송루 이층을 떠나가고 있었다.

마음이 정해진 대로 향한다!

바람과 같은 진자운의 평생을 정의하는 한마디였다.

진자운을 쫓아 벽송루 이층을 허겁지겁 뛰어내려 가는 거구의 장자경을 주목한 사람은 그리 많지 않았다.

얼굴만 보면 흉한, 그 자체.

하지만 장자경은 나름대로 식사 예절을 아는 데다 태도가 무척 순박했다. 겉모습만 보고 경계심을 품었던 사람도 그가 벽송루 이층을 떠날 때쯤엔 크게 신경을 쓰지 않게 되었다. 겉모습보다 그 사람을 더 잘 나타내는 건 자연스레 밖으로 드러나는 분위기였다.

무림인들이 본 장자경은 또 달랐다.

그들은 장자경의 파면이 된 얼굴에 주목했다.

수십 개의 검상.

아무리 도산검림을 살아가는 무림인이라 해도 얼굴에 장자경만큼 많은 상처를 입은 자는 그리 많지 않았다. 그것도 체형이나 무거운 발걸음으로 보아 기껏해야 외문기공 정도를 익힌 것 같은 자가 파면이란 게 꽤나 인상 깊게 다가왔다.

그러나 그것 역시 겉모습만을 보고 내린 판단이다.

그들은 장자경을 강호에 수없이 많이 굴러다니는 외문기공 중 하나를 익힌 힘 좋은 역사 정도로 생각했다. 어쩌면 차력을 하며 약을 파는 일을 돕는 얼치기일지도 모른다. 동행인 진자운의 이상하게 기억에 남지 않는 모습이 그 같은 결론을 도출하게끔 만들었다.

사건이 벌어진 당시.

그의 손에 들려 있던 젓가락 중 하나가 중간에 사라진 사실 따윌 파악한 이는 거의 없었다.

사실 두 명이 있었다.

단창쾌변 낙일권과 유운비도 이일로가 시선을 집중했던 한 명의 늙은 거지와 홍의여자가 바로 그들이었다.

'이거 재밌군! 무척 재밌어! 이 늙은 거렁뱅이의 이목조차 속이고 나무젓가락을 탁자에 박아 넣다니! 내가 중원을 떠나 있던 이십여 년 새 무림에 새로운 절대고수가 나타난 것인가?'

장자경의 뒷모습을 지그시 바라보고 있던 늙은 거지가 슬그머니 자리에서 일어섰다.

문득 탁자 사이로 드러난 열 개의 매듭.

십결.

한때 무림제일의 대방이라 불렸던 개방의 전대 대장로이자 현 방주 마장도의 사부인 풍운신개 취불옹만이 가진 매듭수다. 하지만 현 무림에서 그 같은 사실을 아는 자는 퍽이나 드물다. 지난 이십 년간 그가 중원무림을 떠나 있었기 때문이다.

취불옹은 지체없이 벽송루 이층을 떠났다.

중원으로 돌아온 후 처음으로 자신의 관심을 끈 자를 놓치고 싶진 않았다.

그렇게 취불옹이 자리를 떠나고 한참이 지났을 때다.

놀랍게도 현 무림에서 정체를 거의 아는 자가 없는 취불옹을 한눈에 알아본 홍의여인이 역시 자리에서 일어섰다.

여인답게 깔끔하게 정리된 탁자 위.

잔뜩 차려져 나온 요리들 중 대부분은 그대로였다.

나온 요리 중 가장 맛있는 부위를 딱 한 조각씩만 떼어 먹곤 나머진 그냥 내버려 뒀다.

그녀의 몸매 유지 비결이다.

'호호, 봉황여제란 찢어 죽일 계집년이 시집을 간다길래 괜찮은 보신거리라도 걸릴까 싶어 기련산을 나섰다가 대물을 만났네. 그 떡대 좋은 녀석도 입맛이 돌지만, 과거 구주이십오성에 속했던 취불옹 늙은이에 비할 순 없지. 좀 늙다리에 냄새가 나긴 하겠지만, 몸보신에는 확실할 테니까.'

기련마녀 형요란.

담화연이 어설프게 만들어냈던 기련마녀는 우연찮게도 실존하는 인물이었다.

백여 년은 아니나 삼십 년 동안 채양보음을 한 그녀는 아직도 이십대 후반 정도밖엔 되어 보이지 않았다. 모두 연이은 정마대전으로 인해 벌어진 무림 혼란기 동안 짭짤하게 활동한 덕이라 할 수 있었다.

하지만 그런 그녀에게도 시련은 있었다.

태극무검 진자운에 의해 무림의 혼란이 종식된 후 무림맹주에 오른 봉황여제 모용청려가 펼친 무림맹의 정책이 원인이다.

중원 곳곳에서 활동하던 사마외도의 척결!

무림맹주에 오른 모용청려에 의해 주창된 무림맹의 정책은 단순명쾌했다. 천마신교와 만독문 등의 거대 마도 세력을 견제하느라 주의를 기울이지 못했던 중원 내부의 문제를 제거한다는 게 그녀가 내세운 대의명분이었다.

사실 무림맹주에 오른 그녀는 정파의 제문파들로 하여금 진자운과 담화연 부부 쪽으로 신경을 쓰지 못하게 할 필요성을 느꼈다.

혹시 그들이 자신들의 힘이나 세력을 과신하여 거의 절반쯤 은거한 진자운과 담화연 부부를 무림공적으로 몰고자 할수도 있었기 때문이다.

덕분에 기련마녀 형요란과 같은 사마외도의 무리들은 호된 된서리를 맞아야만 했다. 느닷없이 자기 영역만을 지키며 적당히 잇속을 차리고 있던 그들을 토벌하겠다며 정파의 고수들이 마구 몰려들었다.

형요란은 몇몇 거대 세력의 부침 속에 생겨난 힘의 공백으로 즐겁던 나날을 뒤로하고 개같이 쫓겨 다녔다. 만약 기련산이 무척 험난하고 그녀가 자신의 무기인 몸을 확실하게 사용하지 않았다면 목숨조차 보전치 못했을지도 모른다.

어쨌든 그녀는 살아남았다.

정파 토벌대로부터 목숨을 부지하는 데 성공했다.

그뿐 아니다.

그녀는 전화위복으로 내공까지 급증했다. 그녀를 토벌하러 왔던 정파 고수 중 몇 명을 꼬셔서 채양보음을 하는 데 성공한 결과였다.

'흐흥, 정파의 고수란 것들은 정말 맛있는 먹잇감들이야. 그것들은 항상 앉아서 내공만 연마하는 데다 억지로 본능적인 색욕을 억누르게끔 교육을 받아서 한 번 무너지면 걷잡을 수 없이 빠져들거든. 기껏해야 절정 급 고수 몇이 가진 내력이 그리 정순하고 맛있었는데, 이십여 년 전 이미 최고의 고수라는 구주이십오성에 올랐다고 알려진 최불옹의 맛은 얼마나 대단할까? 그 떡대 좋은 녀석도 그냥 놓치긴 아까우니까 취불옹을 먹은 후에 간식으로 삼아야겠다.'

정파 고수 중 몇 명을 채양보음한 형요란의 간담은 커질 만큼 커져 있었다.

남자 다 똑같다!

어찌 들으면 그럴듯한 논리가 형요란이 믿는 전부였다.

형요란은 탁자를 빠져나올 때 살짝 풍만한 가슴을 앞쪽으로 내밀고 허리를 한차례 튕겨 보였다.

일순 그녀 쪽으로 쏠린 대다수 사내들의 시선.

형요란은 색감이 느껴지는 붉은 입술을 한차례 혀로 핥고서 자신의 몸매에 집중하고 있는 사내들에게 살짝 추파를 던졌다. 홍등가에서 몸을 파는 여인네들이라 할지라도 어둠이 짙게 드리워지기 전엔 하기 힘든 노골적인 유혹이다.

사내들의 얼굴이 일순 붉게 물들었다.

문득 하체 쪽으로 힘이 몰려 수습하기 곤란한 표정들이다.

'흥, 내공도 없고 정력도 약해빠진 것들이 여자 보는 눈은 있어 가지고.'

형요란이 다시 허리를 한차례 틀어 보이곤 벽송루 이층을 빠져나갔다. 딱히 미혹술을 펼치진 않았기에 그녀를 바라보던 사내들이 우르르 따라 일어서는 사태는 벌어지지 않았으나, 여기저기서 입맛 다시는 소리가 들려왔다.

벽송루를 떠난 진자운은 곧장 남창성을 빠져나갔다.

장자경이 벽송루에서 여행에 필요한 건량과 기타 물건을 구입하느라 뒤처졌지만, 전혀 기다리지 않았다.

일단 마음을 정한 이상 머뭇거릴 여유 따윈 없었다.

그는 지금 당장 모용청려를 보고 싶었다. 그녀에게 무슨 음모냐고 빙글거리며 묻고 싶었다.

그러려면 우선 무림맹이 있는 항주에 도착해야만 했다.

그의 걸음은 점차 빨라졌다.

마음이 움직이자 몸이 자연스레 따른다.

이미 인간으로선 더 이상 오를 곳이 없는 무공 경지를 이룬 진자운이고 보면 당연한 결과였다.

그렇게 진자운이 절강성 쪽으로 향하는 관도에 도착했을 때였다.

그의 등 뒤에서 거의 울음에 찬 외침이 들려왔다.

"형님! 형님! 잠시만 기다려 주세요! 너무 빠릅니다!"

'응?'

진자운이 자신만의 생각 속에서 벗어났다.

그의 바람처럼 움직이던 두 발이 관도 위에 뿌리내리듯 멈춰 섰다.

휙!

고개를 돌린 진자운의 눈 속으로 뽀얀 먼지를 일으키고 있는 한 마리의 성난 황소가 파고들었다.

성난 황소의 정체는 장자경이다.

그는 갑자기 혼자서 남창성을 빠져나간 진자운을 쫓아서 거의 십 리를 전력으로 달려야만 했다. 엄청난 거구에 평생 처음으로 혼신을 다해 달리자 관도 위로 뽀얀 먼지가 일었다. 일시 성난 황소처럼 보인 것도 무리는 아니다.

진자운의 눈에 이채가 스쳐 갔다.

'특별히 경공을 연마한 적이 없을 텐데 잘도 뛰는군. 게다가 내 귀에 들릴 정도로 고함까지 쳤고 말야. 하긴, 본래 목청 하나는 컸었지만.'

차르르르륵!

결국 진자운을 따라잡는 데 성공한 장자경이 달리던 기세를 죽이기 위해 양발로 바닥을 긁었다.

그럼에도 미끄러지길 일 장여.

간신히 진자운 앞에 멈춰 선 장자경의 입에서 당장 폭발할 것 같은 호흡이 터져 나왔다.

"허억! 헉! 헉! 헉!"

"쯧쯧, 달리면서 호흡 조절하는 법도 모르다니. 자칫 앞을 가로막는 게 있었으면 몽땅 부숴 버렸겠구만."

"그, 그게요……."

"왜? 진짜 뭘 부수기라도 한 거냐?"

"후읍!"

일시 폐부 깊숙이 숨을 흡입함으로써 호흡을 급격히 안정시킨 장자경이 무릎 위에 놓여져 있던 두 손을 떼어냈다.

그는 살짝 굽혔던 허리 역시 폈다. 그러자 순식간에 진자운보다 머리 하나는 큰 키가 회복된다.

진자운을 바라보며 장자경이 안색을 살짝 붉혀 보였다.

"중간에 길가에 세워져 있던 목책하고 담 두어 개를 피하지 못하고 들이받았습니다."

"그래서?"

"목책은 옆으로 무너졌고, 담에는 커다란 구멍이 뚫렸습니다. 어떡하죠?"

"지금 나한테 해결책을 묻는 거냐? 내 입에서 어떤 대답이 나오리란 건 네놈도 대충 알고 있을 텐데, 뭔가 다른 바라는 바가 있는 게 아니냐?"

"……."

장자경의 안색이 더욱 붉어졌다.

이젠 성난 황소가 아니라 붉은 황소 같다.

진자운의 반문은 장자경의 양심을 심하게 건드렸다. 그는 문득 자신이 진자운에게 그 같은 질문을 한 건 상당히 비겁한 짓이란 생각이 들었다.

불끈!

굳이 힘을 주지 않아도 항상 터져 나갈 듯 부풀어 있는 장자경의 전신 근육에 힘이 들어갔다. 그는 갑자기 진자운에게 등에 짊어지고 있던 커다란 봇짐을 풀어서 넘겨주며 말했다.

"형님, 저는 아무래도 이곳에서 작별을 고해야 할 것 같습니다."

"돌아가서 니가 무너뜨린 축대하고 담을 보수하고 오려구?"

"예. 돌담이야 어찌 며칠 새에 다시 쌓을 수 있겠지만, 축대는 완전히 박살 났으니 수주 일은 공사를 해야 할 것 같습니다. 형님을 그때까지 기다리게 할 수 없으니……."

진자운이 발로 장자경을 걷어찼다.

퍽!

장자경은 온몸의 근육을 일제히 확장시킨 상태였다. 진자운의 보통이 아닌 구타를 그는 꿋꿋하게 버텨냈다. 오히려 한

대 얻어맞고 나자 마음속의 괴로움이 조금 줄어든 듯 얼굴 표정이 밝아졌다.

진자운의 입에서 절로 욕설이 흘러나왔다.

"미친놈!"

"형님, 자기가 저지른 잘못을 바로잡는다는 건 결코 미친 짓이 아닙니다."

"그럼 바보냐? 뭘 부수면 돈을 물어주면 되지, 직접 자기 손으로 고쳐야 한다는 건 어디의 누가 만든 법이냐?"

"그, 그건……."

"쯧쯧, 기녀원 벽은 항상 잘만 부수는 놈이 입만 살아서는."

나직이 혀를 찬 진자운이 봇짐 속에서 은원보 세 개를 꺼내 장자경에게 넘겨줬다.

"그거면 아마 보수비로는 충분할 거다. 만약 더 달라거나 하면 인상 한번 긁어줘."

"아, 알겠습니다."

"알았으면 냉큼 달려갔다 와!"

진자운이 또다시 발로 걷어차자, 장자경이 바닥에 쓰러질 듯 휘청거리다 간신히 균형을 잡았다. 진자운의 명쾌한 해결책을 듣고 어느새 전신 근육에서 힘이 빠져나간 것이다.

"형님, 그럼 다녀오겠습니다."

"오래 기다리진 않는다."

"예."

진자운에게 꾸벅 절을 한 장자경이 신형을 돌려 다시 성난 황소처럼 뛰어갔다.

뭉게뭉게 피어오른 먼지구름.

한두 차례 손을 휘저어 먼지를 흩어버린 진자운이 문득 시선을 관도의 맞은편으로 던졌다.

몇 개의 큼지막한 돌덩이말곤 흔한 나무 하나 보이지 않는 곳.

진자운은 바닥에서 돌멩이 하나를 집어 들었다. 그리고 그의 손 안에서 몇 차례 뜀뛰기를 한 돌멩이가 느닷없이 모습을 감췄다.

휙!

파공성은 돌멩이가 공간을 가른 한참 후에야 일었다.

벽송루 이층에서와 같은 소리보다 더 빠른 궁극의 암기술!

"어이쿠!"

진자운의 시선이 향했던 큼지막한 돌덩이들 속에서 화들짝 놀란 목소리가 튀어나왔다. 그 다음은 뻔하다.

후다닥!

흡사 꽁지에 불 붙은 짐승마냥 한 명의 늙은 거지가 관도 위에 모습을 드러냈다.

풍운신개 취불옹.

벽송루 이층에서부터 몰래 진자운을 쫓아온 그의 이마에

는 불룩하니 혹 하나가 튀어나와 있었다. 이십여 년 전 이미 최고의 반열인 구주이십오성에 올랐던 고수인 그가 돌팔매질 하나를 막지 못한 것이다.

진자운이 취불옹의 낭패한 표정을 보고 히죽 웃어 보였다.

"헤에, 이건 못 보던 얼굴이구만. 노인장, 혹시 그동안 중원에서 한참 벗어나 있었던 거요?"

"그, 그렇네만."

"거, 안됐구려. 재밌는 구경거릴 다 놓쳤으니."

"재밌는 구경거리라… 그런 거라면 새외에서도 많았다네."

"그래도 지난 십수 년간 중원에서 벌어진 일보다 재밌진 않았을 거요."

"지나칠 정도로 자신만만하구만 그래?"

"노인장보다야 그렇겠수?"

"……."

취불옹이 진자운이 한 말을 내심 곱씹으며 노안을 슬며시 찌푸렸다. 문득 눈앞에서 웃고 있는 진자운이 투명한 공기처럼 실체를 가늠키 힘들다는 생각이 들었다.

그에게 있어 이 같은 경험은 이번이 처음은 아니다.

과거 한차례 경험해 본 바 있었다.

◆ 第八章 ◆

요녀(妖女)의 선택은
정숙한 요염함이었다!

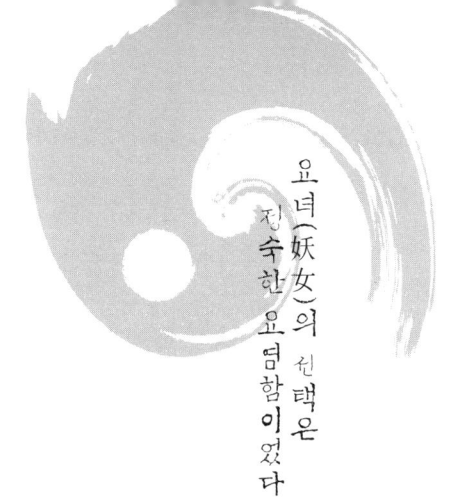

요녀(妖女)의 선택은 정숙한 요염함이었다!

'그래, 과거 태극검선 허공 노진인에게 도전했다가 개망신을 당했을 때도 꼭 이와 같은 느낌을 받았었다. 이젠 슬슬 무덤 자리나 알아보려고 중원으로 돌아왔거늘, 또다시 그때와 같은 경험을 하게 될 줄이야.'

취불옹이 떠올린 건 벌써 삼십 년도 전의 일이다.

당시 그는 개방에서 나온 근 삼백 년 내 제일의 고수였다.

타구봉법, 강룡십팔장, 취팔선보.

개방을 당당한 구파일방에 올려놓은 삼대절학과 백여 종류의 무공들을 모조리 십이성 대성했다. 개방 내에서도 불가능한 일로 간주되던 일을 성공한 것이다.

당연히 자만심과 호승심이 생기지 않을 리 만무하다.

그는 당시 마교로 더욱 유명한 천마신교의 교주인 마선 담천위를 꺾고 천하제일인에 오른 무당파의 태극검선 허공 진인에게 도전했다.

무의 극의를 깨달았다고 알려진 허공 진인을 꺾어 항상 구파일방 중 가장 처지는 축에 속했던 개방을 당대제일의 문파로 만드는 게 그의 목적이었다.

그러나 허공 진인은 취불옹의 도전을 정중하게 거절했다.

정마대전의 끝.

마선 담천위에게 석연치 않은 승리를 거둔 허공 진인은 세사에 대한 모든 잡념을 끊은 상태였다. 곧 우화등선을 위한 폐관에 들 준비를 하고 있었던 터라 사사로운 비무엔 응할 수 없다는 게 거절의 이유였다.

취불옹은 그 같은 허공 진인의 말에 수긍치 않았다.

그는 폐관에 들기 전에 반드시 자신과 비무를 해야 한다고 마구 떼를 써댔다. 이대로 허공 진인이 폐관에 들면 개방을 당대제일의 문파로 만들려는 자신의 계획이 무산될 판이라 억지를 쓸 수밖에 없었다.

보다 못한 무당파의 현 장문인인 북검신도 운룡 진인이 나서 뭐라고 하자 취불옹은 기회다 싶어 강하게 손을 썼다. 같은 정파인으로선 해서는 안 되는 비열한 짓이었으나 그는 전혀 개의치 않았다.

허공 진인과의 비무!

그것에 자신의 모든 것을 건 것이다.

그 같은 열정과 집념이 허공 진인의 목석과도 같은 마음을 움직인 것일까?

급히 달려나온 육대장로가 구성한 오행검진과 날을 세우고 있던 취불옹에게 허공 진인이 한 가지 제안을 했다.

논검비무.

말로써 검을 논하고 서로의 무학을 비교하자 했다.

취불옹으로선 당연히 마다할 까닭이 없었다.

무공의 깊이 면에선 어떨지 몰라도 다양함 측면에선 개방은 소림사와 함께 천하제일이라 할 수 있었다. 그리고 취불옹은 그 엄청나게 많은 개방의 무학들의 정화를 모조리 대성한 불세출의 인물이었다.

비록 무당파가 구파일방의 신흥 강자라 할 수 있고, 허공 진인의 무공 또한 깊다곤 하나 실제 싸움이 아닌 논검비무라면 이길 자신이 있었다.

넓이로써 깊이를 깨리라!

당시 취불옹의 내심이었다.

그러나 취불옹은 허공 진인과의 논검비무가 시작되자마자 자신의 그런 생각이 잘못된 것임을 깨달았다. 허공 진인이 이룬 무의 영역은 취불옹같이 본래 있던 것을 완성한 것 이상이었다. 넓이니 깊이니를 따질 만한 수준이 아니었다.

대종사의 영역!

허공 진인은 취불옹의 입에서 쏟아져 나오는 수없이 많은 무공 초식들을 그 즉시 파훼했다. 그 즉시 만들어낸 초식만으로 그런 말도 안 되는 일을 이뤄냈다. 아무리 강력한 초식을 날려도 되돌아오는 결과는 달라지지 않았다.

결국 취불옹은 논검비무 사흘째 만에 두 손을 들고 말았다.

완전히 항복했다.

그런 취불옹에게 허공 진인이 웃어 보였다.

담담하면서도 투명한 미소.

취불옹은 절망한 상태에서도 그 모습을 눈부시게 바라봤다. 그리고 깨달았다, 허공 진인은 자신 같은 속인이 상대할 수 없는 영역에 이른 사람임을.

그런데 놀랍게도 지금 취불옹은 그때와 동일한 감정을 다시 느끼고 있었다. 상대는 아무리 많게 보아야 삼십대를 벗어나지 않았을 것 같은 청년이다.

어찌 그런 일이 일어날 수 있는 것일까?

취불옹은 문득 자신이 눈앞의 청년에 대해 아는 게 아무것도 없음을 깨달았다. 여태까지 누구를 상대하든 이번처럼 낭패를 본 적이 없기에 자연스레 든 나쁜 버릇이다.

툭툭.

취불옹이 점차 가라앉기 시작한 혹을 손으로 매만지며 입가에 흐릿한 미소를 담았다.

"허허, 그러고 보니 젊은 친구 말이 맞구만. 이 늙은 거렁뱅이가 젊은 친구의 자신감을 탓할 일이 아니었어."

"아셨으면 됐습니다."

"그럼 이제 이 늙은 거렁뱅이는 더 이상 면박당하지 말고 가던 길이나 가야 하는 것일 테지?"

'호오, 생각보다 말이 잘 통하는 노인장일세?'

진자운은 취불옹이 생각보다 괜찮은 사람이란 생각이 들었다.

한눈에 읽기에 무공이 이미 절대지경에 이른 사람이다.

천하에 적수가 거의 없는 사람이 자기보다 한참이나 나이 어린 후배에게 면박을 당하고도 미소 짓는다는 건 쉬운 일이 아니다. 여태까지 그와 같은 사람은 전 무림맹주였던 불패신권 각원 대사 정도밖엔 기억이 나지 않는다.

그러나 진자운은 취불옹을 군이 붙잡진 않았다.

인연.

군이 지금 붙잡지 않더라도 그와는 곧 다시 만날 날이 있을 거란 판단이었다.

"뭐, 오늘 만난 사이니 배웅은 따로 안 하겠습니다."

"허허, 말버르장머리 하고는."

나직이 고개를 가로저은 취불옹이 신형을 돌리다 문득 생각난 게 있는 듯 진자운을 다시 돌아보았다.

"기련마녀란 별호를 들어봤는가?"

"기련마녀?"

진자운은 물론 그 별호에 대해 잘 안다. 담화연이 얼렁뚱땅 지어낸 별호이니 그가 모를 리 만무하다.

진자운은 금시초문이라는 듯 고개를 가로저었다.

취불옹이 그럴 줄 알았다는 표정으로 말했다.

"본래는 그냥 기련산에서 지나가는 사내들의 정(精)이나 조금씩 뺏어서 주안술에 보태는 보잘것없는 계집이었네만……."

"정을 빼앗는다는 건 채양보음을 말하는 겁니까?"

"그렇다고 할 수 있지. 마교나 배교에서 전래된 강력한 채양보음술과는 거리가 먼 조잡한 것이지만 말야."

"그럼 혹시 그 기련마녀가 백 년 전부터 활동했던 전대 마녀인 건……."

"그 하잘것없는 것이 활동을 시작한 건 기껏해야 삼십 년 정도밖엔 되지 않았다네. 그런데 그런 건 왜 묻는 것인가?"

"별것 아닙니다."

진자운은 입가에 미소를 담은 채 뒤통수를 슬슬 긁적였다. 담화연이 만들어낸 기련마녀와 실제의 기련마녀 간에 상당한 차이가 있음을 알자 재밌다는 생각이 들었다.

취불옹이 그런 진자운을 잠시 바라본 후 말했다.

"그런데 오랜만에 그 계집을 봤는데, 그 하잘것없던 것이 제법 공력이 늘었더군. 아마도 그동안 뭔가 기연이라도 만난 것 같으니 조심하게나."

"설마 그 기련마녀가 날 노린단 말입니까?"

"자네라면 내가 걱정할 까닭이 없지."

"호오!"

진자운의 입가에 얄궂은 미소가 떠올랐다.

'뭔가 노리고 있구나!'

취불옹은 진자운의 미소가 뜻하는 바를 정확히 알진 못했다. 다만 노련한 인생 경험을 통해 뭔가 좋지 않은 짓을 꾸미고 있음은 눈치 챌 수 있었다.

찜찜한 마음이 없을 리 없다.

하지만 취불옹이 보기에 눈앞의 진자운은 성격은 그리 좋지 못하지만 마도나 사마외도 쪽 인물은 아니었다. 논검비무 이후 내심 존경하게 된 허공 진인과 비슷한 느낌을 준 인물이 그런 잡스런 무리일 리 없다는 믿음이 있었다.

그는 결국 뭔가를 더 말하려다 신형을 돌렸다.

어차피 자신이 해줄 말은 다 해줬다는 생각이 든 것이다.

취불옹이 떠나고 얼마 지나지 않았을 때였다.

진자운을 떠났던 장자경이 또다시 성난 황소가 되어 돌아왔다.

그사이 뛰는 데 익숙해진 것인가!

먼지구름과 함께 돌아온 장자경은 더 이상 숨을 헐떡이지 않았다. 달리는 속도가 오히려 올라간 것을 감안하면 괴물 같은 체력과 신체 적응력이라 할 수 있었다.

퍽!

장자경이 도착하자마자 발로 배를 걷어찬 진자운이 퉁명스런 표정으로 말했다.

"이 녀석, 굼벵이를 삶아 먹었냐!"

"죄, 죄송합니다."

"됐구. 벌써 시간이 꽤나 많이 흘렀으니 그만 가자."

"알겠습니다."

장자경이 허리를 굽신거리는 사이 진자운은 이미 저만치 걸어가고 있었다.

무창성을 떠날 때와 같은 속도다.

장자경은 기겁한 표정이 돼서 얼른 진자운의 뒤를 따라나섰다. 잠시라도 머뭇거렸다가는 또다시 성난 황소가 되어야만 한다는 사실을 잘 알고 있었기 때문이다.

사흘 후.

진자운이 장자경을 거진 절반쯤 경공의 고수로 탈바꿈시킨 덕분에 형제는 목적지인 절강성을 코앞에 뒀다. 웬만한 준마를 타고 달린 만큼의 속도로 강서성을 가로지른 것이다.

문득 관도 저편에서 다각거리는 소리가 들려왔다. 적어도 사두 이상 규모의 마차가 이동하는 소리다.

'흥, 이제야 온 것인가?'

진자운이 슬그머니 이동 속도를 늦추자 장자경 역시 달리던 걸음을 멈췄다.

장자경은 진자운만큼 이목이 밝지 못하고 시야 역시 좁다.

그는 달리기를 멈추고도 한참이 지나서야 마차가 두 사람의 배후로 다가오고 있다는 걸 눈치 챘다.

"형님, 마차가 뒤따라오고 있는 것 같습니다!"

"내가 왜 갑자기 멈췄을 것 같냐?"

"그건… 그건……."

장자경의 얼굴이 슬쩍 붉어졌다.

그는 바보가 아니다.

진자운이 한 말의 의미를 모를 리 없다. 그래도 성의를 가지고 말을 한 것인데 돌아오는 게 면박이다. 입을 열었지만, 일시 어떤 말을 해야 할지 모르게 된 건 무리가 아니다.

진자운이 그런 장자경을 한심하다는 듯 바라봤다.

동생의 성격 개조.

진자운이 이번 여행에서 가장 크게 중점을 둔 것 중 하나다. 수없이 기녀원에 데려갔고, 계속 면박을 주는 데도 커다란 덩치에 엄청난 얼굴을 가지고 사춘기를 맞은 계집 같은 표정만 지어대니 맥이 빠지지 않을 수 없다.

'흐흐, 그러니 이번엔 좀 강한 수를 써야겠다는 거지! 아주 강한 수를!'

진자운은 장자경이 알면 기겁할 계획을 떠올리곤 내심 즐겁게 웃음 지었다. 어느새 음충맞은 아저씨 같은 웃음을 종종 짓게 된 그다.

그때였다.

등장 전부터 관도에 대량의 먼지와 굉음을 일으키던 마차가 결국 모습을 드러냈다.

사두마차.

네 필의 홍색 준마가 이끄는 마차의 외관은 일견하기에도 화려하다.

일개 마차의 여기저기에 반짝거리는 노리개가 잔뜩 달린 것도 그렇고, 창문에 붉은색 천이 넘실거리는 것 역시 한몫한다. 분위기가 시집가는 새색시라도 탄 것 같은 마차다.

진자운이 그 모습을 눈으로 살피고 슬그머니 관도 한 켠으로 물러섰다.

마차가 지나갈 공간을 열어준 것이다.

"어! 어!"

장자경이 크게 놀라 입을 크게 뻐끔거렸다.

진자운과의 강호행 중 이같이 남을 배려하는 행동을 한 걸 보지 못했다. 갑자기 사람이 달라진 듯한 진자운의 변화에 당최 적응이 되지 않는다.

픽!

진자운이 장자경의 엉덩이를 발로 걷어찼다.

"빨리 비켜! 마차를 니 커다란 덩치로 들이박기라도 하려는 것이냐?"

"예? 예예예!"

장자경이 얼른 허리를 굽실거리며 진자운을 따라 관도 한 켠으로 물러섰다.

두 형제의 평소 성격을 비춰보면 뭔가 역할 자체가 정반대로 바뀐 것만 같다.

그렇게 두 형제가 관도 외곽에 얌전히 서 있을 때였다.

기세 좋게 관도 한복판을 달려오던 사두마차가 갑자기 속도를 늦추더니 천천히 멈춰 섰다.

외관의 화려함처럼 마차를 모는 마두 역시 제법 실력이 좋다는 걸 증명하는 훌륭한 조마술이다. 이렇게 급하게 달리다가 속도를 점진적으로 줄여 원하는 장소에 멈춰 선다는 건 그리 쉽지 않은 일이다.

그렇다면 어째서 사두마차는 갑자기 관도 복판에 멈춰 선 것일까?

커다란 두 눈을 껌뻑거리고 있는 장자경과 달리 진자운의 표정은 심드렁하다.

그야 당연히 마차가 멈춰 선 까닭을 알고 있다.

절강성으로 향하던 중 장자경이 진자운을 억지로나마 따라붙을 수 있었던 건 몇 가지 요인이 있다. 그중 진자운의 움직임에 따라 조금씩 달리는 법을 수정한 장자경의 탁월한 무공 재질은 비중이 그리 크지 않다.

전체 요인을 놓고 보면 채 일 할도 되지 않는다.

나머지 구 할 이상은 모두 진자운의 의도와 계획이 차지한다.

이제 그동안 세워놨던 계획을 실천할 때가 왔다.

진자운은 느긋하게 기다렸다.

덜컥!

사두마차가 완전히 멈추고 먼지구름이 서서히 걷힐 때쯤이다.

홍색 천이 너울거리던 마차의 문이 열렸다.

쑤욱.

아마도 의도된 연출이리라.

문밖으로 제일 먼저 모습을 드러낸 건 맨살이 그대로 내비치는 육감적인 종아리다. 잘 관리된 종아리의 매끄러운 선은 꽤나 고혹적이다.

그리고 살그머니 모습을 드러낸 풍만한 가슴.

그 다음은 긴 생머리를 들어 올려 백옥잠으로 고정시켜 가느다란 목선을 강조한 갸름하고 색기 넘치는 얼굴이었다.

순차적으로 자신의 매력을 보여준 후 결정타를 먹이는 방법!

기련마녀 형요란이 삼 년여 년간 연구에 연구를 거듭해 개발한 남자에게 강렬한 첫인상을 던지기의 일환이다. 가장 자신하는 절기 중 하나였다.

스르륵.

나이에 어울리지 않게 뱀처럼 유연한 허리 놀림을 보이며 마차를 벗어난 형요란의 눈은 살짝 내려뜨려져 있었다. 자신의 화려한 등장에 곧 울려 퍼질 환호성을 기대하고 있음이다.

'오호호, 완벽해! 이번에도 완벽하게 해냈어! 자식들, 지금쯤 후끈 달아올랐으렷다! 곧 침 넘기는 소리와 탄성이 터져 나와야… 하는데…….'

형요란은 자신이 기다리고 있던 소리나 반응이 없자 살짝 커다란 눈을 떴다.

부단한 노력의 성과.

본래 좀 작은 뱁새눈을 이 정도나 크게 만들기 위해 그녀가 치른 노력은 상상을 초월한다.

미녀는 눈이 크다는 세간의 속설에 현혹된 그녀는 온갖 종류의 안공 수련법을 수십 년간 죽도록 수련했다. 안공 수련 본래의 목적인 시력 상승보다는 언제가 됐든 눈을 가장 크게 뜰 수 있게끔 하는 것이 주된 목표였다.

그 결과 그녀의 눈은 지금처럼 색기 넘치게 되었고, 시력 역시 웬만한 초절정고수를 뺨칠 정도로 좋아졌다. 그녀가 벽송루 이층에서 순간적으로 장자경의 손에 쥐어져 있던 젓가락 중 하나가 사라진 걸 눈치 챈 건 그 때문이다.

물론 그녀는 그 같은 안공 수련의 효과 따윈 안중에도 없었다.

눈이 크고 예뻐진 것만으로 만족했다.

그녀의 광채 나고 커다란 눈이 관도 한 켠으로 물러서 있는 두 사내를 바라봤다. 어째서 자신이 원하는 반응을 보이지 않았는지를 탐색하려는 속마음 같은 건 눈곱만큼도 내비치지 않는 노련함은 기본이었다. 늙은 생강이 맵다는 강호의 고언은 결코 그냥 세간에 전파된 건 아니다.

그러나 일순 형요란은 작고 동그래서 웬만한 사내라면 한 손으로 포옥 끌어안기 좋은 어깨를 가늘게 떨었다.

빙글빙글.

멀뚱멀뚱.

진자운과 장자경 형제는 형요란의 혼신을 다한 등장을 흡사 똥개 한 마리 지나가는 걸 바라보듯 하고 있었다.

사내들의 탐욕 어린 눈빛과 갈망을 자양분 삼아 여태까지 살아온 형요란으로선 치욕적인 일이었다. 정파 고수들한테 쫓기는 동안 들었던 욕설 전부를 합한 것보다 더한 모욕감이 그녀의 전신을 거세게 몰아쳤다.

'빠드득! 저것들이 감히 내 경세적인 미모를 무시하다니! 결코 용서할 수 없다!'

형요란은 내심 이를 갈았다.

당장 눈앞의 두 사내를 갈기갈기 찢어발긴 후 발로 마구 짓밟고 싶었다. 그녀의 평생을 부인하는 짓만 아니면 반드시 그리하고 싶었다.

가장 큰 원수는 치맛자락 아래에 코를 파묻고 죽게 만든다!

형요란의 일생 좌우명이었다.

그녀는 곧 입가에 애교 섞인 미소를 만들어냈다.

발군의 미모에도 쉽사리 반응을 보이지 않는 목석 같은 사내는 교태와 애교로써 공략한다.

그녀는 정파 고수들을 상대할 때 그 같은 방법으로 톡톡히 재미를 봤다. 이미 몇 차례 경험이 있으니만큼 작전의 변화는 빠르다.

"어맛, 옷에 먼지가! 설마 소첩이 탄 마차 때문에 이리되신 건가요?"

형요란이 살짝 호들갑을 떨며 다가서자 진자운이 빙글거리는 표정 그대로 말했다.

"알긴 아는군. 나와 내 동생의 비싼 옷에 먼지가 잔뜩 묻은 건 아줌마가 탄 마차 때문이지."

"아, 아줌마……."

형요란이 얼른 주변을 둘러봤다.

어디 지나가는 아줌마가 있는지를 확인하기 위함이다.

물론 갑자기 아무도 없던 관도 위에 아줌마 한 명이 생겨날 순 없는 일이다. 그녀 역시 그 같은 사실을 모르진 않는다. 다만 현실 도피에 불과하다. 사내가 자신을 아줌마라 부른 사실을 결코 받아들이고 싶진 않았다.

그때 진자운이 죽은 시체에게 확인사살하듯 다시 말했다.

"어이, 아줌마! 그러니 이거 어떻게 할 거야!"

"으득!"

형요란의 이가 소리까지 내며 갈렸다.

먹잇감으로 노린 사내 앞에선 결코 보인 적이 없는 실수다.

그녀 역시 자신의 실수를 인정했다. 아차 싶었지만, 이제 와서 바닥에 쏟아진 물을 주워 담긴 힘들다. 일단 수습부터 해야 하는 게 우선이다.

얼른 구겨진 얼굴을 평소처럼 바꾼 형요란이 진자운에게 웃어 보였다.

"당연히 배상을 해드려야죠. 공자님, 어떻게 배상해 드리면 될까요?"

"돈!"

"예? 뭐라고 하셨는지……."

형요란이 귀여운 표정으로 말꼬리를 흐린 후 살짝 진자운에게 다가들었다.

불쑥.

진자운을 향해 고개를 들이민 그녀의 두 손이 은근슬쩍 가슴을 모았다. 허리 역시 뒤로 슬며시 뺐다.

귀엽고 청순한 표정에, 그렇지 않아도 풍만한 가슴을 더욱 모아 보이는 도발적이고 색기 넘치는 자세.

형요란이 진짜 강적을 만났을 때만 보이는 비장의 절초다.

그녀는 진자운의 아줌마 발언에 하도 자존심이 상해서 처음부터 최강의 초식을 펼쳤다. 어떻게든 눈앞의 건방진 사내자식으로 하여금 자신의 치맛자락을 붙잡고 울부짖게 만들고 싶었다. 어차피 목표로 삼았던 먹이는 떡대 좋은 장자경이니만큼 진자운에겐 단순한 복수심만 가득했다.

그러나 그녀가 모르는 한 가지 사실이 있었다.

장자경이나 진자운은 그동안 봉황여제 모용청려와 능히 천하제일미를 다툴 수 있는 담화연의 절세미모에 눈높이가 맞춰진 상태였다.

사랑하는 마음도 없는 여인의 외양에 특별히 마음이 동할 리가 없다. 진자운은 말할 것도 없고, 순진하고 여자에 대해 전혀 아는 바가 없는 장자경 역시 마찬가지다.

그녀가 아무리 온갖 비전 절초를 쏟아낸다 한들 헛수고였다. 씨알도 먹히지 않았다.

호박.

붓으로 열심히 줄 그어놓는다고 수박 되진 않는다.

힐끗.

형요란이 어렵사리 모아놓은 가슴 쪽에 한차례 시선을 던진 진자운이 퉁명스레 말했다.

"돈 달라구. 배상이란 건 본시 은자로 해결하는 게 세상 사는 도리잖아, 아줌마!"

"……."

삐직!

형요란은 미소를 유지하기 위해서 초인적인 인내심을 발휘해야만 했다. 그래도 이마에 실핏줄 하나가 도드라지는 것까진 어쩌지 못했다.

"돈요. 물론 드려야죠. 얼마면 될까요?"

"내 옷하고 동생 옷은 최고급 비단으로 만든 것이고, 우리는 급해서 세탁 같은 건 할 수 없어. 그러니까 아줌마가 적어도 황금 열 냥 정도는 줘야 할 것 같아."

"황금 열 냥!"

형요란은 자신도 모르게 목청을 높였다.

진자운과 장자경의 옷은 한눈에 보기에도 값싼 무명으로 된 것이다. 바느질이 촘촘하니 제법 솜씨 좋은 침모가 만든 것 같긴 하나 은자 한 냥 정도면 덮어쓰고도 남는다. 황금 열 냥을 달라는 건 날도둑놈이나 다름없는 심보다.

장자경 역시 똑같은 생각을 했다.

그는 먼지를 좀 많이 덮어쓴 자신과는 달리 깨끗한 진자운의 옷을 보곤 불쑥 참견을 하고 나섰다.

"형님, 황금 열 냥이라니 너무 심하십니다. 제 옷에 묻은 먼지는 그냥 털면 되니까 무리한 말은 안 하시는 게 좋을 것 같습니다."

"뭐야?"

"그게 그러니까……."

"아아, 공자니임!"

어차피 형요란의 목표는 진심으로 오랜만에 살의란 감정을 품게 해준 진자운이 아니다. 그녀는 장자경이 자신을 돕고 나서자 내심 기회가 왔다고 생각했다.

휘익!

형요란이 자신의 몸 전체를 그대로 장자경에게 던졌다.

그녀는 그 순간에도 풍만한 가슴을 불쑥 내미는 것 또한 잊지 않았다. 파면이 된 터라 장자경의 표정을 제대로 읽지 못하고 그가 자신에게 완전히 빠졌다는 판단을 내린 것이다.

그러나 장자경은 본래 여자 두려움증이 상당하다.

진자운과의 강호행 중 그 같은 증세가 더욱 심화되었다.

그는 형요란이 몸을 던져 오자 자신도 모르게 신형을 뒤로 빼냈다. 진자운을 따르는 동안 단련된 신체의 본능적인 발동이다.

퍼덕!

형요란은 그대로 바닥에 엎어졌다.

상당히 아플 것 같은 모습이다.

실제로도 그랬다.

하지만 형요란이 잠시 바닥에 엎어진 채 몸을 일으키지 않은 건 어디까지나 쪽이 팔려서다. 그녀는 얼굴을 땅에 묻은 채 잠시 콱 숨을 참고서 죽어버리고 싶은 충동에 빠졌다. 이 같은 좌절은 난생처음이다.

그때 마차의 마부석에 앉아 있던 마부가 뛰어내렸다.

깡마른 몸매에 최소한 육십대는 되어 보이는 나이. 하지만 나이답지 않은 날렵한 움직임이다.

마부는 얼른 형요란에게 달려가 그녀를 부축해 일으켰다.

몸매와 마찬가지로 깡마른 손이 은근슬쩍 풍만한 가슴을 더듬는 걸 잊지 않는다.

나이가 들어서도 사내는 사내인 것이다.

형요란이 가슴을 더듬는 손길에 반색을 지었다가 상대의 얼굴을 보고 안색을 와락 일그러뜨렸다.

'밤에 서지도 않을 쭈글탱이가 어딜 감히!'

형요란이 몸을 슬그머니 마부에게 기대며 손을 하체 쪽으로 뻗었다.

살그머니 튕겨지는 손가락.

일순 형요란을 부축하며 희희낙락하던 마부의 얼굴이 고통으로 일그러졌다.

"끄아아!"

그렇지 않아도 시원찮은 물건이 형요란의 손가락에 튕김을 당해 완전히 터져 버렸다. 입에서 처절한 비명과 함께 게거품이 덩어리진 채 터져 나오는 것도 무리는 아니다.

"흥!"

형요란이 손바닥에 힘을 줘서 마부를 밀어냈다.

차갑게 코웃음을 치긴 했으나 느닷없는 마부의 개입으로 머리가 조금 냉정해졌다. 다시 일장을 뻗어 머리를 쪼개는 것은 참기로 했다.

'쉽지 않다는 거지? 오히려 몸이 후끈 달아오르네. 내 반드시 먹어주마!'

빙글.

형요란은 신형을 돌리자마자 시선을 장자경에게 던졌다.

그는 연신 머리를 긁적이고 있었다. 형요란이 바닥에 엎어진 것이 꼭 자기 때문인 것 같아서다.

특히 자기를 바라보는 형요란의 축축한 눈빛.

뭔가 원망하는 듯한 표정에 장자경은 몸둘 바를 몰라 했다. 그러나 그는 여전히 형요란에게 다가가진 않았다.

다시 그녀가 몸을 기대온다면 감당할 수 없었다. 어쩌면 우악스런 손으로 밀치던가 내동댕이칠지도 모른다. 그는 종종 스스로도 놀라곤 하는 자신의 몸을 믿을 수 없었다.

형요란은 이미 계획을 전면 수정하기로 한 터였다. 그녀는 장자경의 내심에 부담 한 자락을 던져 주곤 얼른 진자운에게 시선을 던졌다.

살랑.

여태까지완 달리 정중하면서도 다소곳한 태도가 된 그녀가 말했다.

"소첩에겐 황금 열 냥이란 거금은 없습니다. 그러니 다른 것으로 대체는 안 될까요?"

"마차를 넘겨."

"예?"

"저만한 준마와 마차라면 대충 황금 몇 냥의 가치는 있어 보이니 옷값 대신 받겠다는 뜻이야."

'말은 대완국의 준마이고, 마차 치장에 들어간 비용만 황금 몇십 냥이다, 이 날도둑놈아!'

형요란이 내심과는 달리 정중하면서도 애소 띤 얼굴을 지어 보였다.

"저 마차를 드리는 것은 그리 어렵지 않지만, 이런 황량한 대로에서 소첩 혼자 남겨진다는 건 참으로 두려운 일입니다."

"그러니 어쩌라구?"

"저기… 두 분 공자님께서 목적지까지 소첩과 동행해 주시면 안 될까요?"

"함께 마차를 타고?"

"…예."

형요란은 슬며시 내공을 운기해서 나름 하얀 얼굴에 노을 빛 홍조를 만드는 걸 잊지 않았다.

정숙한 요염함.

형요란이 평소 거의 사용하지 않는 수법이지만, 과거 정파 고수들을 사냥할 때 대성공을 거둔 수법이다. 정파의 인물들은 이런 식으로 마음을 놓게 만든 후 심적으로 공략을 들어가는 데 은근히 약점을 드러내곤 했다.

이번에도 그녀는 똑같은 수법을 사용할 생각이었다.

하지만 진자운은 냉정했다.

"싫어."

'지, 지독한 놈!'

형요란이 내심 치를 떨 때 장자경이 크게 소리쳤다.

"형님! 너무하십니다!"

"뭐가 너무한데?"

"말도 안 되는 이유로 마차를 뺏는 것도 모자라 목적지까지만 함께 동행하게 해달라는 것도 거절하시는 건……."

"너, 후회하지 않을 자신 있냐?"

"예?"

"이 아줌마하고 동행하는 거 말이다. 네가 후회하지 않을 자신이 있고, 후일 나한테 책임 전가를 하지 않겠다면 동행을 허락하마."

"그, 그건……."

장자경이 언제 기세를 높였냐는 듯 움츠러든 표정을 지어 보였다.

진자운과 정면으로 선 자세 덕분에 그는 똑똑히 봤다.

얄궂게 반달 모양을 이룬 두 눈.

필경 뭔가 짓궂은 짓을 벌이기 직전의 표정이다.

장자경은 강렬한 위험신호를 읽었다.

그게 형 진자운과 관계된 일이기에 더욱 두려웠다.

하지만 그때 형요란이 더할 나위 없이 처연한 시선을 던져

왔다. 이미 그녀에게 한 가닥 마음의 부담을 가지고 있던 장자경으로선 거부하기 힘들다.

그가 결국 고개를 끄덕여 보였다.

'됐다!'

'됐다!'

진자운과 형요란이 거의 동시에 쾌재를 올렸다.

일순 장자경은 뭔가 오싹한 느낌에 큼지막한 어깨를 한차례 떨어 보였다. 하지만 이미 끝났다.

어느새 진자운과 형요란은 마차로 향하고 있었다.

장자경으로선 따를 수밖에 없었다.

어쩔 수 없이 마차 쪽으로 걸어가던 장자경이 그때까지도 바닥에 엎어져 있던 마부를 발견하고 형요란에게 말했다.

"저, 저기, 소저! 여기 마부 어르신이 많이 아픈 것 같은데 모셔가야 하지 않겠습니까?"

"이 마차는 이제 소첩의 것이 아닙니다."

장자경의 시선이 진자운을 향했다.

"형님, 이 마부 어르신을 모셔가야 하지 않겠습니까?"

"죽진 않는다."

"하지만……."

"본래 사내가 여자를 좋아하는 건 문제가 안 된다. 당연한 음양의 법칙이니까. 하지만 거기에 따른 책임은 스스로 알아서 져야 하는 거다."

"그게 무슨……?"

"뭐, 좀 있다가 알게 될 거다."

진자운은 군이 형요란에게 시선을 던지는 유치한 짓을 하진 않았다. 사실 그런 짓을 할 필요성 자체를 느끼지 못했다.

그가 형요란과의 동행을 허락한 건 뭔가 바라는 것이 있어서였다. 굳이 지금 와서 다른 문제를 끄집어낼 것까진 없었다.

슥.

태연스레 마차의 문을 연 진자운이 냉큼 안으로 들어갔고, 잠시 미묘한 시선을 빛내던 형요란이 뒤를 따랐다.

장자경은… 짙은 한숨과 함께 마부석으로 향했다.

마부가 관도 위에 드러누웠으니 대신 마차를 몰 사람이 필요했다. 진자운과 형요란이 마차 안에 들어갔으니, 남은 사람은 장자경밖에 없었다.

마부석에 자리 잡은 장자경이 잠시 후 마차를 출발시켰다.

그는 마차는 처음이지만 소달구지라면 장가촌에서도 제법 많이 몰아봤다. 잠시 버벅거리며 살핀 끝에 말의 귀족이라 불리는 네 필의 대완구의 특성을 파악하자 말을 마차를 모는 것도 그리 어렵진 않았다.

그리고 점차 익숙해졌다.

"이럇!"

장자경은 마차가 출발한 지 얼마 지나지 않아서 네 필의 대완구를 능숙하게 몰기 시작했다. 마치 애초부터 마차를 몰던 마부 같다.

홍얼홍얼.

내심 콧노래까지 부르고 있던 장자경이 자신의 이 같은 무의식적인 행동을 깨닫고 낯을 가볍게 붉혔다.

'나는 도대체 뭘 하고 있는 걸까? 형님은 또 뭘 꾸미고 계신 거고?'

장자경은 불확실한 자신의 앞날을 떠올리며 내심 고개를 가로저었다. 자꾸 형요란과의 동행을 허락하기 전 진자운이 지어 보였던 표정이 떠올라 두려웠다.

진자운!

그야말로 장자경 인생 중 가장 큰 불확실성이었다.

장자경은 그 같은 마음의 두려움을 떨쳐 버리기 위해 마차를 모는 데 더욱 열성을 보였다. 뭔가에 잔뜩 집중해서라도 뛰노는 가슴을 진정시키고 싶었다.

우르릉!

관도 저편으로부터 뇌운이 몰려오고 있었다.

장자경의 불안한 미래를 예견하는 것 같은 모습이었다.

◆ 第九章 ◆ 무적의 남자! 절대태양지체!

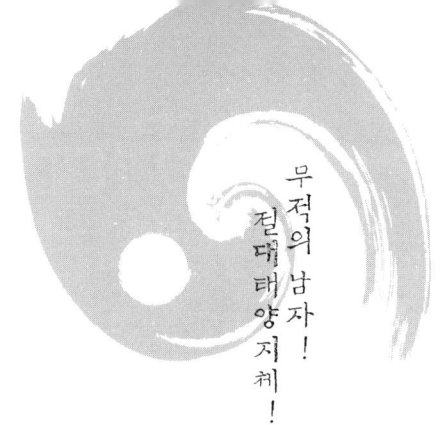

덜컥. 덜컥.

마차 안에 들어서자마자 진자운은 냉큼 가장 편안해 보이는 자리를 차지하고 앉았다.

전체가 희귀한 온옥(溫玉)으로 된 자리.

본래 마차의 주인인 형요란이 유연한 허리를 유지하기 위해 상당한 거금을 들여 만든 전용 자리다. 가끔씩은 정력 좋고 내공 높은 사내보다 더 좋다고 생각할 만큼 그녀는 온옥을 좋아했다.

따끈따끈하고 뜨끈한 느낌.

허리와 아래쪽 은밀한 곳을 지져 주는 느낌이란 봄날 따뜻한 햇빛 아래서 낮잠을 자는 것처럼 좋다. 기분 좋게 조는 그런 느낌을 그녀에게 줬다.

그런 소중한 자리를 진자운이 차지하고 앉자 형요란의 기분이 좋을 리 없다. 그녀는 속에서 가벼운 열탕이 끓어오르는 걸 자제하며 입가에 미소를 담았다.

"그 온옥으로 된 자리는 참 좋지요. 소첩 역시 무척 좋아하던 자리랍니다."

"역시 아줌마라서 허리 지지는 걸 좋아하는군. 하긴 나이가 들면 허리가 아프고 시리긴 하지."

'저 싸가지없는 자식이!'

형요란의 실제 나이는 오십대다. 진자운의 모친인 진가영이 아직 사십대 후반이니 아들뻘이라 해도 무리는 아니다. 실제 진자운이 그녀를 아줌마라 부르는 건 상당히 타당성있는 호칭이었다.

하지만 형요란은 그동안 부단히 연마한 자신의 주안술과 미모에 대한 자부심이 대단했다. 한 번도 자신이 아줌마 나이란 걸 의식해 본 적이 없다.

이렇게 진자운에게 대놓고 아줌마 운운을 듣다 보니 울화통과 복장이 동시에 터지고 뒤집히는 것 같다.

형요란은 속으로 이를 갈며 눈앞에 앉아 있는 진자운을 몇십 번이나 칼로 난도질했다. 그렇게라도 하지 않고선 마음속의 분을 풀 길이 없었다.

그러거나 말거나 진자운은 발을 까닥거리며 온옥의 따뜻한 느낌을 즐기고 앉아 있었다. 아예 눈까지 살짝 감은 것이 슬슬 졸음이라도 몰려오는 것 같다.

온옥의 효과를 누구보다 잘 아는 형요란이 내심 쾌재를 울렸다.

얄밉고 미운 진자운이나 왠지 켕겼다.

그에겐 쉽사리 손을 대지 못하게 하는 묘한 분위기가 있었다.

이는 형요란이 수십 년간 사파의 요녀 짓을 해먹으면서도 여태까지 배를 두드리며 살아남을 수 있었던 요결 중 하나였다. 눈치에 있어 그녀는 안공만큼이나 탁월한 바가 있었다.

그래서 이제나저제나 손을 못 대고 있었는데, 드디어 기회가 왔다. 독이 오를 대로 오른 자신을 앞에 두고 독사 혓바닥 같은 입을 지닌 진자운이 잠들었다.

복수의 기회다!

형요란은 무척 마음이 땡겼다. 어느새 손가락 끝에 상당한 내공까지 주입한 상태였다. 이제 눈앞에서 고개까지 까닥거리기 시작한 진자운의 마혈을 점혈하기만 하면 된다. 그리고 세상에 태어난 걸 후회하게 해주는 것이다.

형요란의 뇌리로 자신이 알고 있는 수없이 많은 고문 수법이 빠르게 스치고 지나갔다.

'그 독사 같은 혓바닥은 반드시 고문 맨 마지막에 이르러서 뽑아버릴 테다! 비명을 질러서 날 즐겁게 해줘야 할 테니까. 하지만 어째서 이렇게 주저하게 되는 거지?

그렇다.

모든 조건이 완벽하게 갖춰진 상태.

더할 나위 없는 암습의 조건하에서 형요란은 몇 번이나 손을 쓰려다가 머뭇거렸다.

연신 끄덕거리는 고개.

더불어 어느새 숨결 역시 가늘어지고 있다.

필경 눈앞의 진자운은 온옥의 효과에 한껏 취한 채 깊은 잠에 빠진 게 분명했다.

이런 절호의 기회를 두 눈 뜨고 그냥 내동댕이친다는 건 형요란답지 않은 짓이었다. 도대체 어째서 이렇게 아까운 시간만 보내고 있는지 알 수 없었다.

오독! 오독!

형요란은 당황스런 마음에 손마디만 연신 꺾어댔다.

그게 그녀가 할 수 있는 전부였다.

그때 고개를 끄덕거리던 진자운이 침까지 흘려대기 시작했다. 고민에 빠진 형요란의 복장이라도 터뜨리려 작정한 것 같다.

'으윽! 더러운 놈! 저렇게 대량으로 침을 쏟아내다니! 분명 저놈은 여자와 한 번도 제대로 사귀어보지 못한 놈일 거야! 틀림없어!'

형요란은 진자운의 추접스런 모습에 진저리를 쳤다.

이젠 진자운을 바라보고 있는 것조차 고역스럽다. 당장 처리해 버리고 마부석에서 마차를 몰고 있는 듬직한 장자경을 끌어들이고 싶었다. 그의 훌륭한 몸을 떠올린 것만으로도 몸이 후끈 달아올랐다.

본래 그녀의 첫 번째 목표는 개방의 전대 대장로인 풍운신개 취불옹이었다. 그의 엄청난 내력만 빨아먹을 수 있으면, 앞으로 족히 몇십 년은 현재의 미모와 젊음을 유지할 수 있다. 목숨을 건 모험이라 한들 하지 않을 도리가 없다.

그러나 역시 전대 최강의 고수는 뭐가 달라도 달랐다.

취불옹은 어떻게 형요란이 따르는 걸 눈치 챘는지 귀신같이 모습을 감췄다.

아예 자취 자체가 사라졌다.

하늘이나 땅으로 꺼지기라도 한 것 같다. 적어도 형요란 입장에선 그랬다.

결국 형요란은 취불옹을 뒤쫓는 걸 포기했다.

그만 계속 뒤쫓다가 진자운 형제까지 놓칠 순 없었다.

그냥 놓쳐 버리기엔 장자경의 너무나 훌륭하고 튼실한 몸집과 정력 좋아 보이는 모습이 계속 눈에 어른거렸다. 그와 한번 뽀사지도록 즐기고 싶었다.

당연히 장자경을 떠올리자 그녀의 두 눈은 몽롱하게 풀렸다.

신중하다 못해 쪼잔하기까지 했던 성격까지 대담해졌다.

'그래, 하자! 하는 수밖에 없는 거야! 저 독사 혓바닥을 제압한 후 화끈하게 즐기는 거야!'

형요란의 손끝에 다시 강력한 내공이 운집됐다.

삼음수.

인간이라면 누구나 가지고 있는 체내의 세 개, 중요한 혈맥에 상처를 입히는 사파의 무공이다. 이 무공에 당한 자는 한동안 얼굴에 푸른 기운이 감돌다가 점차 기력이 떨어져서 죽게 된다.

양기가 극도로 성한 내력을 연마하지 않고선 방비하기가 쉽지 않은 암수.

대뜸 이같이 치명적인 삼음수를 운기한 것만 봐도 진자운에 대한 형요란의 내심을 짐작하기엔 충분하다. 그녀는 진자운을 아예 죽여 버릴 심산이었다.

그런데 막 그녀가 삼음수를 잔뜩 운기한 자신의 손을 진자운에게 들이대려 할 때였다.

마치 기다리고라도 있었던 것처럼 진자운이 양팔을 폈다.

입에서는 하품이 풀풀 흘러나온다.

뒷마무리는 입가를 넘어 바닥까지 쭈욱 흘러내렸던 걸쭉하고 끈끈한 침의 해결이다.

"쓰읍!"

소맷자락으로 입가를 한차례 훔쳐 보인 진자운이 게슴츠

레한 시선을 던지자 형요란은 재빨리 들어올렸던 손을 뒤로 숨겼다. 그리고 입가에 떠오른 화사한 미소.

"어머, 벌써 잠에서 깨셨군요?"

'더러운 놈! 벌써 잠이 깨다니, 조금 더 처자고 있을 것이지!'

형요란은 미소를 짓는 한편 속으로 열심히 욕설을 퍼부었다. 진자운이 눈을 뜨자 방금 전까지 품고 있던 살심이 순식간에 사라졌다.

장자경의 듬직한 몸을 떠올리며 가졌던 자신감 역시 급격히 소멸했다. 본래의 소심한 성격의 사파요녀로 돌아왔다. 화사한 웃음의 이면의 욕설은 그 같은 의미를 내포하고 있었다.

진자운이 눈에 붙은 눈곱을 떼내며 말했다.

"아줌마, 내가 벌써 잠에서 깨어나서 못마땅한 거야?"

"소, 소첩이 어찌 그럴 리가……."

"아무래도 그런 것 같은데?"

'죽일 놈! 아예 아줌마란 말이 입에 붙었구나! 그런데 새끼가 눈치 한번 빠르네. 독사 혓바닥만 가진 게 아니라 눈치까지 귀신같잖아.'

형요란의 미간이 슬쩍 모아졌다.

자꾸 인상이 쓰여지는 걸 억지로 참고서 미소를 지으려다 보니 자연스레 미간 사이에 힘이 들어간다.

진자운이 그 모습을 보고 히죽 웃었다.

"눈가에 주름 졌네? 역시 아줌마구만, 하루 새에 주름이 마구 늘어나는 걸 보면."

"눈가에 주름? 그럴 리가!"

형요란이 대경했다. 그녀는 언제 진자운에게 억지웃음을 던졌냐는 듯 얼른 동경을 꺼내 자신의 얼굴을 살폈다.

세심하면서도 꼼꼼하게.

형요란의 얼굴을 살피는 모습은 가히 장인이 자신이 심혈을 기울여 완성한 작품을 대하는 것과 같다. 얼굴과 몸매야말로 그녀가 수많은 세월 동안 부단히 완성해 낸 작품이나 다름없는 것이다.

"이! 이!"

형요란의 입에서 치떨리는 소리가 흘러나왔다.

과연 진자운의 말은 맞았다.

계속 그에게 평소라면 결코 감내하지 않았을 소리를 듣다 보니 눈가에 살짝 주름이 졌다. 보통 사람이라면 쉽사리 찾기 힘든 모습이나 안공이 탁월한 그녀의 눈에는 보였다. 확실히 파고들었다.

그때 진자운이 슬그머니 마차 내부를 둘러보다 목소리를 높였다.

"자경아! 곧 비가 올 것 같으니까 안으로 기어들어 와라!"

"마차는 어찌합니까?"

"대충 한 켠에 세워두면 되잖아!"

"아, 알겠습니다."

장자경의 대답이 떨어지기가 무서웠다. 갑자기 쏴아! 하는 소리와 함께 장대 같은 비가 쏟아져 내리기 시작했다.

문득 동경 속에 거의 파고들 듯 집중하고 있던 형요란의 눈에 이채가 스쳐 갔다.

'어찌 마차 안에서 비가 올 것을 알았지? 이 독사 혓바닥 녀석이 제법 신통력이 있는 거 아닌가?'

잠깐 스쳐 간 생각이다.

어떤 이유에선지 그녀는 곧 그 같은 의혹을 머릿속에서 깨끗이 지워 버리고 동경에 집중했다. 자신의 하루 새에 파삭삭아버린—그 정도는 아니나 형요란의 속상한 심경은 그와 다름없었다—얼굴을 살피며 진자운에 대한 증오심을 심화시키고 있었다.

마차 안으로 뛰어들어 온 장자경은 어느새 흠뻑 젖어 있었다.

대륙의 날씨는 종종 이처럼 지랄맞다.

빗물을 뚝뚝 떨구는 장자경에게 흘깃 시선을 던진 진자운이 나직이 혀를 찼다.

"쯧! 그렇게 얼른 달려들어 오라니까 어째 그리 동작이 굼뜬지."

"죄송합니다."

"죄송은 됐구. 빨리 몸이나 말려라. 내 마차에 물 떨어진
다."

'이젠 아예 지 마차라고 대놓고 주장을 하는구나!'

형요란이 버릇처럼 진자운을 얄밉게 바라봤다. 그의 한마
디 한마디는 묘하게 형요란의 심경을 긁어댔다. 산전수전 다
겪은 형요란이고 보면, 마치 마술이나 사술이라도 부리는 것
같다.

그때 장자경이 얼른 진자운에게 배운 기본 내가 호흡법을
운용했다. 그가 천하제일고수라 할 수 있는 진자운에게 얻어
배운 거라곤 그게 전부다. 이미 나이가 제법 들어서 진자운을
만났기에 경맥이 굳어버린 까닭이었다.

그래도 진자운이 전수한 비법이다.

장자경은 진자운에게 내식을 다스리는 호흡법을 전수받은
후 감기 한 번 앓아본 적이 없다. 본래 건강 체질이었던 육체
는 점차 금강석처럼 단단해져서 이제는 칼도 제대로 들어가
지 않는다. 한마디로 진자운에게 전수받은 호흡법의 덕이 대
단하다고 할 수 있었다. 적어도 장자경에겐 그러했다.

뭉클! 뭉클!

장자경이 내식을 움직이고 얼마 지나지 않아서였다.

빗물로 흠뻑 젖었던 그의 몸에서 막 연 찜통처럼 더운 김이
솟아오르기 시작했다. 몸을 적셨던 빗물을 일시에 수증기로
증발시켜 버린 것이다.

"어맛!"

느닷없이 마차 내부를 채운 수증기에 동경만을 주시하고 있던 형요란이 깜짝 놀란 표정이 됐다.

그녀는 그제야 장자경의 몸에서 일어난 변화를 확인하곤 눈을 동그랗게 떴다.

강렬한 사내의 향취.

형요란에게 있어 지금 장자경의 모습은 그야말로 남성미의 극치라 할 수 있었다. 근래 들어 이같이 멋있는 남자를 본 적이 있었는가 싶다.

발그레.

형요란이 낯을 붉혔다.

여태까지 보였던 모습이 거의 구 할 이상 사내를 홀리기 위한 연출이었다면, 지금은 본심이라 할 수 있었다. 진짜 그녀는 장자경의 강렬한 남성미에 조금 가슴이 두근거렸다.

그 모습을 지그시 바라보던 진자운의 입가에 느물거리는 기색이 스쳐 갔다.

'그래도 자경이 녀석, 첫 상대인데 본심이 조금쯤은 있는 게 좋을 테지. 일이 생각했던 것보다 잘 돌아가는걸?'

진자운의 계획은 이렇다.

그는 기련마녀 형요란에 관한 얘기를 들은 후 이번 기회에 동생 장자경의 여자 공포증을 치료해야겠다고 생각했다. 사내를 홀리는 데 일가견이 있다는 요녀라면 장자경같이 아예 여자 경험이 없고 순박한 청년 하나쯤 찜쪄먹는 건 일도 아니란 판단이었다.

그렇다곤 해도 억지로 일을 벌일 순 없다.

여태까지의 경험으로 미뤄볼 때 장자경은 여자 문제에 있어선 순진하다기보다는 완고한 구석이 있었다. 마음이 서로 통한 상대가 아니라면 결코 몸을 허락하지 않았다.

나이 스물이 넘은 주제에 동정을 유지하고 있는 게 무슨 벼슬이라도 되는 줄 아는 것 같다. 무수히 많이 데려간 기녀원에서 계속 도망친 것만 봐도 알 수 있는 일이다.

진자운은 그래서 형요란을 만난 후에도 계속 시간을 끌었다.

그녀의 솜씨와 적극성을 끌어올리려는 의도였다.

그런데 하늘은 스스로 돕는 자를 돕는다고 했던가. 생각했던 것보다 빨리 형요란이 장자경에게 마음이 동한 것 같다. 사내를 많이 경험한 요녀답게 진짜 중요한 알맹이가 뭔지를 눈치 챈 것이다.

진자운은 계획을 앞당겨야겠다고 생각했다.

남녀 간의 관계란 시간을 끌면 끌수록 좋지 못한 방향으로 흘러갈 가능성이 높다. 특히 장자경처럼 완전한 순진남에 연애 따윈 아예 꿈도 못 꾸는 사내에겐 더욱 그러했다. 적어도 진자운이 여태까지 봐온 결과론 그랬다.

흠칫!

장자경은 내식을 한 바퀴 돌려 옷을 대충 말리곤 진자운 옆자리로 다가가다 몸을 움찔거렸다. 자신을 바라보는 진자운의 느물거리는 표정을 발견한 것이다.

　'혀, 형님이 뭔가 꾸미고 있다!'

　장자경은 불안했다.

　그때 그의 예상을 입증하듯 진자운이 발을 쑤욱 올렸다. 장자경이 자신의 옆에 다가오는 앞길을 가로막았다.

　"혀, 형님……."

　"넌 저쪽으로 가라. 물 떨어진다."

　"몸은 다 말렸습니다."

　"반항하는 거냐?"

　진자운은 장자경의 대답을 기다리지 않았다. 마차 천장까지 닿을 정도로 들어올렸던 발을 돌려 그대로 장자경의 아랫배를 걷어찼다.

　번개가 무색할 빠르기.

　빼어난 안공을 익힌 형요란이나 진자운의 발이 움직이는 걸 확인치 못했다. 그 정도의 빠르기였다.

　'저… 독사 헛바닥이 본래 대단한 고수였구나!'

　장자경인들 발견했을 턱이 없다.

　"커억!"

　그는 아랫배를 찌르듯 파고든 고통에 허리를 조금 굽혔다.

　그때를 노려 진자운의 발이 다시 움직였다.

퍼억!

이번에는 장자경의 엉덩이였다.

그는 버티고 말고 할 새도 없이 형요란의 품으로 달려들 듯 엎어졌다.

형요란으로선 마다할 이유가 없다.

그녀는 언제 진자운의 형언할 수 없을 정도로 빠른 각법에 놀랐냐는 듯 얼른 장자경을 끌어안으며 비음 섞인 목소리를 냈다.

"아이잉! 공자님, 이러시면 안 되옵니다! 보는 눈도 있는데에⋯⋯."

"우웁! 우웁!"

장자경은 얼굴을 형요란의 풍만한 가슴에 묻은 채 숨넘어가는 소리를 냈다. 안 된다고 하면서도 형요란은 두 손으로 장자경의 목을 꽈악 안고서 놔주지 않았다. 마치 월척을 낚은 낚시꾼과 같은 모습이다.

결국 장자경이 형요란에게서 떨어진 건 한참이 지나서였다.

"하하, 분위기 참 화기애애하구만."

진자운이 크게 웃자 형요란이 흡사 새색시처럼 낯을 붉힌 채 다소곳하니 앉았다. 그 옆에 어쩔 수 없이 쪼그리고 앉게 된 장자경은 강간이라도 당한 것 같다.

넋이 반쯤 나간 듯한 표정은 딱 그 얼굴이다.

그의 너른 어깨에 형요란이 살포시 머리를 기대어왔다.

입에선 어느새 작은 하품까지 담겼다.

"아함, 공자님. 소첩, 잠시만 눈을 붙이도록 하겠사와요."

"그, 그게… 남녀가 본시 유별한데… 어찌……."

버벅거리는 장자경의 어깨를 형요란이 살짝 주먹으로 두들기며 눈을 흘겼다.

"어머, 우리가 남인가요?"

'남? 남이 아니란 말인가?'

장자경의 얼굴에 당혹감이 어렸다. 진짜 그는 복장이 터질 것만 같았다.

형요란은 그러거나 말거나 어깨에 머리뿐 아니라 엉덩이까지 바짝 붙여왔다. 이미 마차 벽까지 밀려난 장자경은 더 이상 물러날 곳조차 없다.

그의 시선이 진자운을 향했다.

살려달라는 아우성.

진자운이 장자경의 눈 속에서 읽은 건 딱 그거였다. 하지만 진자운은 본래 이 같은 상황을 내심 기다리고 있었다. 이제 와서 장자경을 도와줄 까닭이 없었다.

"본래 세상이란 혼자서 사는 법이지."

"혀, 형님……."

"난 아까 다 자지 못한 잠이나 마저 자야겠다. 어찌나 고약한 기운을 풀풀 풍겨대던지, 선잠을 자버렸어."

"……."

진자운이 진짜 눈을 감았다.

장자경의 얼굴이 울상이 되었다. 그를 그리 만든 장본인인 형요란의 눈에 이채가 스쳐 갔다. 진자운이 마지막으로 던진 말이 가슴속을 맴돌았다.

하지만 그것도 잠시뿐이었다.

언제 그 같은 생각을 떠올렸냐는 듯 형요란은 얼굴 가득 즐거운 기색을 담고서 장자경의 너른 가슴에 고개를 파묻었다.

묘하게도 그녀가 진자운에게 관심을 품을라 치면 머릿속이 흐려져 왔다. 계속 관심을 집중하는 것은 불가능에 가까웠다. 잘은 모르겠지만, 그런 것 같았다.

그렇게 갑작스런 비가 그친 건 하루가 꼬박 지나고 나서였다.

그동안 거의 장자경을 베개로 삼고 깔개로 삼고서 늘어지게 잠을 잔 형요란은 늘어지게 기지개를 켜고 잠에서 깼다.

언제 이처럼 푹 자본 적이 있었던가?

적어도 근래 십수 년 동안은 아니었던 같다.

알미운 진자운에게 강탈당한 온옥으로 된 자리는 푹 잘 수 없기에 만든 것이다.

근래 온옥으로 된 자리를 차지하고 있었던 때보다 훨씬 편하게 잠을 자고 일어선 형요란의 입가에 즐거운 미소가 떠올랐다. 눈을 뜨자마자 진자운의 밉살스런 얼굴과 맞닥뜨렸지만, 충분히 참을 수 있을 만큼 개운한 기분이었다.

'뭐, 그따위 온옥으로 된 자리 같은 건 독사 헛바닥, 네 녀석한테 넘겨주도록 하마!'

형요란은 진짜 크게 마음을 썼다.

본래는 빼앗을 수 없고 얻을 수 없는 건 재빨리 포기하는 습성이 발동한 것이지만, 일단 마음만으로도 이리 대범해진 건 그녀에겐 극히 드문 일이었다.

하지만 그녀의 이 같은 대범한 기분은 그리 오래가지 못했다.

"잠 한번 지독히도 자는군. 역시 아줌마라서 그런 건가?"

'취소다! 이 더러운 독사 헛바닥 녀석! 반드시 네 녀석을 천참만륙한 후에 이 마차와 내 온옥 자리를 다시 되찾고 말 테다, 반드시!'

형요란은 속으로 수없이 저주를 퍼부으며 살포시 고개를 끄덕여 보였다. 겉모습만큼은 여전히 갓 시집온 새색시 같다.

진자운이 겉모습에 넘어갈 만큼 어리숙하진 않다.

그는 흡사 형요란의 현재 마음을 정확히 들여다보듯 눈을 괴악스레 번뜩이더니, 갑자기 슥 자리에서 일어섰다. 그리고 연이은 인기척에 눈을 굼실거리던 장자경 쪽으로 날린 미세한 지풍 하나.

"끅!"

장자경은 딸꾹질이라도 하듯 숨넘어가는 소리를 내며 마

혈이 점혈되었다.

진자운과의 무림행 중 갈수록 괴물 본색을 드러내고 있던 신체.

이젠 웬만한 무림고수의 타격으론 흠집도 낼 수 없을뿐더러, 혈도 역시 거의 의미를 잃어가고 있는 장자경이다. 진자운이 가끔 발로 한차례씩 걷어차며 전해준 순수한 내력이 일종의 개정대법이나 역근세수와 같은 방식으로 작용해 체내의 경맥과 혈도를 점차 타통시켜 준 까닭이었다.

어쨌든 그런 것도 다 근본이 착실한 사람한테나 할 수 있는 짓이다. 보통의 평범한 신체를 가진 자라면 진자운의 순수한 내력이 운집된 타격에 경맥이 타통되기는커녕 몸 자체가 박살 난다. 산산조각나지 않으면 다행이라 할 수 있다.

그런 괴물 본색의 장자경이 단 일격에 점혈됐다.

눈을 퉁방울만 하게 뜬 장자경을 힐끔 바라본 진자운이 놀란 표정으로 눈치를 보고 있는 형요란에게 손짓했다.

'밖으로… 나가자…… 고?'

형요란이 재빨리 진자운의 손짓이 이르는 말을 눈치 챘다.

과연 진자운은 손짓과 함께 슬그머니 마차 밖으로 나갔다. 형요란이 그 모습을 보고 잠시 갈등했다. 진자운이 동생 장자경에게 들이대고 있는 자신에게 색욕을 느낀 것이 분명하단 판단을 내린 것이다.

물론 그녀의 갈등은 곧 끝났다.

고수!

그것도 형요란 자신이 아예 수준 자체를 짐작조차 할 수 없을 정도의 대단한 고수다. 그런 고수가 자기한테 땡겼다는데 거부할 까닭이 없다. 오히려 넙죽 받아먹는 게 옳았다. 봉 잡은 것이나 다름이 없다고 할 수 있다.

본래는 아예 갈등할 것도 없는 일이나 형요란은 이상하게 진자운이 꺼려졌다.

독사 혓바닥! 독사 혓바닥!

속으로 노래를 부르고 이를 갈면서도 그의 얼굴을 대하면 묘하게 마음이 약해졌다. 속으로만 욕을 할 뿐 감히 정면으로 들이대거나 욕설을 퍼붓거나 살기를 드러내진 못했다. 그리 되질 않았다.

그건 평소의 형요란의 성정을 보면 참 이상한 일이었다.

더 이상한 건 이 같은 상황을 형요란 자신이 아무렇지도 않게 받아들이고 있다는 점이다. 그녀는 자신이 처한 상황 자체를 잘 인식하지 못하고 있었다.

슥.

형요란이 자리에서 일어서다 장자경의 확 부릅떠져 있는 눈을 바라봤다.

화악!

어쨌든 하룻밤을 같이 보내서일까? 이젠 얼굴만 봐도 얼굴이 화끈 달아오른다. 헤어졌던 서방이라도 만난 것 같다. 그리고 지금과 같은 상황에 죄책감마저 든다.

형요란은 재빨리 상반신을 구부려 장자경의 두툼한 입술을 훔쳤다.

맛있다!

형요란은 내심 소리치고 싶은 걸 억지로 참고 신형을 돌렸다.

일단 독사 혓바닥 진자운으로 본 목적을 이룬 후 장자경은 그냥 데리고 살아야겠다는 생각이 들었다.

첩!

그렇다. 첩을 삼아서 몇 년간 뼈가 으스러지도록 사랑을 나눌 터였다. 장자경이란 사내는 최소한 그 정도의 가치가 있는 진국이었다.

"소첩은 천한 기녀나 유곽의 노류장화가 아닙니다. 어찌 그런 말씀을 하시는 겁니까?"

형요란은 두 눈을 살짝 치켜 올린 채 얼굴 가득 억울하단 기색을 떠올렸다. 진자운이 방금 전에 한 말을 도저히 받아들일 수 없다는 얼굴이다.

그러나 그녀의 본심은 화들짝 놀란 상태였다. 독사 혓바닥 진자운이 놀랍게도 자신의 정확한 본색을 눈치 채고 있었기 때문이다.

과연 진자운이 형요란의 연출을 단번에 한 켠으로 밀어놔 버린다.

"선수끼리 자꾸 그딴 식으로 말 돌리지 말고."

"선수라니, 그게 무슨……."

"난 여자에겐 폭력은 되도록 사용하지 않는 주의이긴 하지만, 아줌마가 끝까지 이렇게 나오겠다면 어쩔 수 없지."

"예?"

형요란은 끝까지 모른 척했다.

한 번 모른 척하자 기호지세(騎虎之勢)가 되었다.

호랑이 등에 올라타서 내려오지도 못하고 도망치지도 못하는 지경이었다. 지금 그녀는 호랑이가 달리는 대로 죽어라 등에 붙어 있는 수밖에 없었다.

'버틸 수 있을 때까지 버티자! 저 독사 헛바닥 녀석도 여자한테는 폭력은 되도록 사용하지 않는 주의라고 했잖아! 만약 손을 쓴다 해도 그리 심하게 쓰진 않을 거야! 게다가 난 미인이잖아! 미인한테 진짜로 손을 쓰는 사내새끼는 여태까지 본 적이 없다구!

형요란은 내심 소리치며 여전히 연출에 신경 썼다.

지금 그녀가 할 수 있는 최선의 방법이고, 유일한 행동이었다.

그러나 그녀는 진자운을 몰라도 너무 몰랐다.

그녀가 그 같은 방침을 굳힌 것과 동시였다.

진자운은 다시 뭐라 말할 것 같은 표정을 지어 보이다 갑작스레 형요란에게 파고들었다.

싯!

형요란의 안공은 보통이 아니다.

최소한 초절정고수 수준이었다. 다른 무공 수준은 기껏해야 일류 수준을 간신히 웃돌 정도지만 안공만은 빼어났다. 누구한테도 안 꿀릴 자신이 있었다.

그런 그녀가 진자운의 움직임을 놓쳤다. 그것도 바로 코앞에 있었는데도 불구하고.

"꺄악!"

형요란은 마치 벽에 확 붙은 채 비명을 터뜨렸다.

진자운의 손이 어느새 그녀의 하얀 목덜미를 누르고 있었다. 고통보다는 자신의 안공으로조차 확인치 못한 경악할 만한 빠르기에 대한 두려움이 더 크다.

진자운이 이를 슬쩍 드러내 보였다.

"난 두 번 말하지 않겠어. 할래, 하지 않을래?"

"소, 소첩을 죽이시려는 건가요?"

"아니. 그냥 성대를 건드려서 아줌마의 간드러진 목소리를 까마귀 울부짖는 소리로 만들고, 얼굴의 잔주름도 한 삼십 배쯤 늘려놓은 후 허리도 좀 만져 줘서 곱사등이처럼 만드는 정도로 그칠 거야. 딱 나이에 맞게끔 해주는 거지."

'혀, 협박을 하다니! 내가 그런다고… 독사 혓바닥 녀석, 진짜로 할 작정이구나!

형요란은 진자운이 진심이라고 생각했다. 불현듯 그런 느낌이 진하게 심중으로 파고들었다. 산전수전 다 겪은 요녀인 그녀의 마음이 크게 흔들렸다.

진자운이 그때를 놓치지 않고 슬며시 말했다.

"뭐, 아줌마가 이번 일로 저 곰 같은 녀석의 마음을 사로잡는다면, 둘이 나중에 사귀어도 내 뭐라고 하진 않을 생각이야. 어차피 저 녀석도 이대로 가다간 평생 제대로 된 여자 사귈 일은 없을 테니까."

"그 말 진심인가요?"

"무슨 말?"

"저… 마차 안에 있는 상공을 소첩이 먹어도 된다는 말 말이에요."

"아줌마, 아무리 완전히 눈치를 까였다지만 좀 많이 적나라하구만. 뭐, 나는 어차피 저 녀석이 여자 공포증만 고칠 수 있다면 만족이야. 잡아먹든 구워먹든 아줌마가 알아서 하라구."

"좋아요! 하겠어요!"

형요란이 두 눈을 빛내며 붉은 입술을 혀로 살살 빨았다. 자신의 말처럼 장자경을 완전히 발라먹을 작정을 한 것 같다.

그러나 진자운은 오히려 즐겁게 웃을 뿐이다.

그는 재빨리 형요란에게서 떨어진 후 마차의 문까지 직접 열어주었다. 동생 장자경의 하나밖에 없는 동정을 아무런 거리낌 없이 강호 요녀에게 팔아먹은 것이다.

그 후 얼마 지나지 않아서였다. 마차가 격렬하게 흔들리기 시작했다.

거의 지진이라도 만난 것 같다.

좌우로 흔들리고 상하로 튀어 오른다. 거의 당장이라도 박살이 날 것 같은 모습이다.

그러나 희한하게도 마차의 격한 움직임은 한정된 공간 안에서만 이뤄지고 있었다.

부서지지 않았을뿐더러, 안의 내용물(?)이 튀어나오는 불상사도 없었다. 뭔가 보이지 않는 어떤 것이 보호라도 하고 있는 것 같다. 확실히 그런 모습이다.

어느새 마차로부터 오륙 장 정도 떨어진 나뭇가지 위에 늘어지게 누운 진자운이 나직이 투덜거렸다.

"에이, 귀찮은 녀석 같으니라구. 혹시나 해서 마차 주변에 강기를 쳐놓길 망정이지 또 도망치는 꼴을 볼 뻔했잖아."

그렇다.

진자운은 마차 안으로 형요란을 들여보낸 후 단천뢰심강을 운기했다. 단천뢰심강의 강기를 얇은 막처럼 넓게 퍼지게 해서 마차 전체를 둘러싸 버린 것이다.

덕분에 마혈이 풀리자마자 난리를 피우기 시작한 장자경

은 꼼짝없이 형요란과 함께 마차 안에 갇혀 버렸다.

둘이서 어쩔 수 없이 만리장성을 쌓을 수밖에 없는 형국이다. 아무리 마차 안에서 장자경이 성난 황소처럼 난장판을 벌여봤자 소용이 없다. 도망칠 구멍 따윈 아예 없었다.

"뭐, 강호의 요녀쯤 되는 여자니 어쨌든 알아서 잘 하겠지. 야! 하늘에 별 한번 정말 많다!"

진자운은 어느새 마차에서 시선을 거두고 나뭇가지 위에 편하게 드러누웠다. 시선이 자연스레 위로 향하자 쏟아질 듯한 별무리가 보인다.

무당산 정상에서 본 별빛만큼은 안 되지만, 그래도 근래 본 것 중엔 가장 많다. 장성한 동생이 어른이 되는 날이라 심정적으로 더욱 그래 보이는 건지도 모른다.

쿵쾅! 쿵쾅!

여전히 마차 안에서 이는 소음과 요동은 격렬했다.

새벽.

마차 안은 이제 조용해졌다.

사실 얼마 전에야 소리는 잦아들었다.

흐뭇한 표정으로 빙글거리고 있던 진자운이 다소 질린 표정이 됐을 정도였다. 그는 동생 장자경이 떡대답게 대단한 정력을 지녔다는 생각에 실소를 금치 못했다.

결국 소리가 잦아들고 얼마 지나지 않았을 때였다.

진자운은 이제 다 끝났겠거니 하고 마차 주변에 깔아놨던 강기의 막을 거둬들였다.

천하에 이처럼 강기를 자유자재로 마음껏 한정없이 사용할 수 있는 고수는 진자운이 유일하다. 또한 이처럼 어이없는 이유로 강기를 사용하는 사람 역시 마찬가지로 없다.

어쨌든 진자운은 강기의 막을 거둬들이고 마차 문을 열었다.

자신이 세운 계획의 완성을 확인하고 싶은 심정.

딱 그거였다.

한데, 마차 문을 연 진자운은 안색을 딱딱하게 굳혔다. 그럴 수밖에 없었다. 마차 내부의 모습과 상황이 그의 예상을 완전히 빗나가 있었기 때문이다.

"자경이… 너……."

"형님!"

마차 구석에 커다란 몸을 한껏 웅크리고 있던 장자경이 거의 날 듯이 진자운에게 달려들었다.

슥.

진자운은 물론 축대를 무너뜨리고 담벼락 역시 일격에 구멍을 뚫어버리는 장자경을 안아주는 바보짓은 하지 않는다.

그는 장자경이 뛰어든 것과 동시에 옆으로 반걸음 정도 물러섰다. 딱 그 정도면 적당했다.

쿵!

장자경은 바닥에 넙죽 엎어진 개구리 꼴이 됐다.

있는 힘껏 진자운에게 뛰어든 서슬을 그는 거둬들이지 못했다. 바닥에 엎어진 건 어쩔 수 없는 일이었다.

진자운은 장자경을 가엾어하지 않았다.

아예 시선조차 던지지 않았다.

그는 마차 내부 한 켠에 산발을 한 채 주저앉아 있는 한 명의 중년 아줌마를 바라보고 있었다.

말이 씨가 된다고 했던가!

하룻밤 새 온갖 요염한 척은 다 했던 기련마녀 형요란의 얼굴은 파삭 삭아버렸고, 산발한 머리 중간중간엔 새치가 보였다. 그녀의 자랑인 주안공이 깨져 버린 것이다.

어찌 이런 일이 일어날 수 있었을까?

진자운은 거의 절반쯤 넋이 나간 얼굴을 하고 있는 형요란에게서 음기의 강렬한 폭발을 느꼈다. 그녀가 갑자기 늙어버린 건 바로 그 때문이었다.

'채양보음술로 차곡차곡 쌓아놨던 음기가 한꺼번에 폭발해서 늙어버렸군. 자경이 녀석을 밤새 유혹했는데도 음양화합에 실패하자 요녀 주제에 자제력을 잃어버린 거야. 자경이 녀석이 꼴에 절대태양지체를 타고난 순양지기 그 자체인 놈이니까.'

절대태양지체.

혹자들은 이를 일러 모든 천녀화합지체(千女和合之體)라 말하기도 한다.

풀어서 말하자면, 일생 중 천 명의 여자를 만족시킬 수 있는 사내 중의 사내란 뜻으로 이 체질을 타고난 자는 양기가 선천적으로 어마어마할 정도로 많다.

굳이 예를 들자면 터지기 직전의 화산과도 같은 양기라는 거다.

그러니 웬만한 여자는 절대태양지체를 타고난 사내를 혼자서 감당하기 힘들다. 몇 번 정도는 궁극의 쾌락을 맛볼 수 있을지 몰라도 계속 홀로 감당하다가는 온몸의 음기가 모조리 고갈되어 병이 든다.

진자운은 그 같은 장자경의 체질을 이미 파악한 상태였다.

그래서 음기가 차고 넘칠 정도인 요녀 형요란을 붙여줬던 것인데, 너무 일을 쉽게 생각했던 것 같다.

형요란은 아예 장자경과 화합하기도 전에 화산 같은 양기에 음기가 말라 버렸다. 장자경이 강력하게 그녀가 들이대는 걸 거부했기에 더욱 큰 영향을 받았음이 분명하다.

"에휴!"

전후의 사정을 단숨에 일통한 진자운의 입에서 가벼운 한숨이 흘러나왔다.

꽈악!

어느새 바닥에서 일어난 장자경이 진자운의 바짓가랑이를 통나무 같은 두 손으로 붙잡고 늘어지고 있었다. 그리고 마차 안에는 반 실성한 형요란의 모습이 보인다.

배후로 떠오르는 여명이 만들어낸 자신의 그림자에 시선을 한차례 던진 진자운이 속으로 조용히 중얼거렸다.

'진가댁, 어쩌면 약속을 지키지 못할지도 모르겠어. 자경이 이놈은 생각보다 강적이라구.'

진자운이 자신의 바짓가랑이에서 장자경을 사정없이 떼어냈다.

퍽!

동생인 장자경이 지금 이 순간만큼은 지독스레 징그럽다.

진자운의 솔직한 심정이었다.

◆ 第十章 ◆

무림맹은 본래 바람 잘 날이 없다

무림맹은 본래
바람 잘 날이
없다

루외루.

항주를 대표하는 세 음식점 중 하나로 그 역사는 무려 백여 년을 훌쩍 뛰어넘는다.

한 끼 식사비가 서민들의 한 달치 식비에 해당된다는 곳.

서호가 바로 내려다보이는 최고급 방의 경우는 황금으로만 계산이 가능하다는 게 세인들의 평가였다.

그 최고급 방에 지금 두 명의 사내가 앉아 있다.

그들은 며칠 전 항주에 도착한 왕식렴과 강무균으로 오늘 루외루를 찾은 건 중요한 약속이 있어서였다.

문득 빼어난 아름다움을 자랑하는 서호의 푸른 물결을 바라보고 있던 왕식렴이 시선을 강무균에게 던졌다.

"강 호위, 진짜 오늘은 무림맹의 중요 인사를 만날 수 있는 건가?"

"물론입니다. 오늘의 만남을 위해서 무림맹에 쓴 황금이 거의 한 근입니다."

"한 근이나?"

왕식렴이 인상을 쓰자 강무균이 얼른 허리를 숙여 보였다.

"황금 따윈 항주 인근의 관부에서 얼마든지 추징할 수 있습니다. 지금 가장 중요한 건 대인의 안위입니다."

"물론 그렇기야 하지만… 황금을 한 근이나 쓰다니, 너무 과한 것 아닌가?"

"항주 무림맹은 천하를 통틀어도 대인의 안전을 보장할 수 있는 몇 안 되는 장소입니다. 무당산에서 원한을 맺은 자는 천하제일무인이라 불리는 태극무검 진자운임을 잊지 말아주십시오."

"진자운! 진자운! 이젠 그 이름만 들어도 지긋지긋하다! 어떻게 그 이름을 지워 버릴 수는 없는 건가?"

"동창의 지밀대 전체를 몽땅 동원하더라도 힘들 거라고 생각합니다."

"그자의 무공이 그리 대단한가?"

"물론입니다. 게다가 이건 속하가 지밀대에 있을 때 알아낸 사실인데, 태극무검 진자운이란 자는 천마신교의 성녀를 아내로 됐다고 합니다."

"천마신교라면, 그 마교를 말하는 건가?"

"그렇습니다. 천마신교가 바로 무림에서 말하는 마교입니다. 그리고 성녀는 마교의 정신적인 지주라고 알려진 존재입니다."

"그래서 마교의 총단이 아니라 정파의 무림맹으로 온 것이군?"

"역시 대인의 식견은 탁월하십니다."

강무균이 얼른 아부하자 왕식렴이 나직이 코웃음 쳤다.

"흥, 이곳에 오기까지 본관은 모든 일을 강 호위에게 맡겼네. 그 복잡한 형국에서 이런 부분까지 고려한 강 호위야말로 탁월한 식견을 가진 것이겠지."

"수하의 공은 모두 상관의 것이라 할 수 있습니다. 그리고 제가 충성을 바치는 상대는 오로지 대인뿐입니다."

"거기에 대해선 고맙게 생각하네."

왕식렴은 더 이상 강무균에게 비꼬인 심정을 내비치지 않았다. 무당산으로부터 항주까지 이르는 도주 동안 강무균에게 진 신세를 잊지 않았기 때문이다.

그때 두 사람이 앉아 있는 방 밖에서 부드러운 목소리가 들려왔다. 내부가 미로와 같은 루외루 곳곳에 서 있는 안내자들 중 한 명이었다.

"두분 귀인을 찾는 손님이 찾아오셨습니다."

'손님?'

'왔구나!'

왕식렴과 강무균의 시선이 얽혔다.

왕식렴에게 한차례 고개를 끄덕여 보인 강무균이 얼른 자리에서 일어섰다. 무림맹에서 누가 나왔는지 먼저 알아본 연후에 왕식렴과의 자리를 주선할 요량이었다.

강무균이 방 안에서 나가고 얼마 지나지 않았을 때였다.

스르륵.

원형으로 된 문이 열리며 한 명의 승포여인이 방 안으로 들어섰다.

파르라니 깎은 머리.

중년을 갓 넘긴 듯한 부드러운 미모와 입가의 미소.

왕식렴은 눈앞의 중년 여승에게 보는 이의 마음을 푸근하게 만드는 묘한 매력이 있다고 생각했다.

'이런 기질을 가진 사람은 보통 범상치 않다. 정파무림맹에서 꽤나 고위의 인물이 나온다고 하더니, 과연 제법 그럴듯한 자가 나왔구나.'

왕식렴은 동창의 첩형까지 오른 사람이다.

사람을 보는 눈이 없을 리 만무하다.

황실에서 출세하기 위해선 사람을 제대로 파악할 줄 알아야 한다. 어떤 사람의 줄을 서느냐에 따라 출세를 하느냐 마느냐가 결정되기 때문이다.

내심 중년 여승에 대해 판단을 내린 왕식렴이 거만하게 고개를 끄덕여 보이곤 파격적으로 반 존대를 해 말했다.

"본관은 동창의 첩형으로 정파무림맹에 한 가지 협조를 부탁하기 위해 왔네. 비구니는 자신의 신분을 밝힌 후 본관과 긴요한 얘기를 나누도록 하세."

"빈니는 무림맹에서 군사의 직책을 맡고 있는 옥성이라 합니다. 황궁의 귀인을 너무 오랫동안 기다리게 한 것 같으니, 죄송할 따름입니다."

"자네가 무림맹의 총군사인 혜관음 옥성 사태란 건가?"

"무림에서 빈니의 얼굴에 금칠을 해서 그리 부르긴 합니다만, 허명에 불과합니다."

'무림맹의 총군사라면 무림맹주 다음의 권력을 지녔다고 알려진 고위 직책이다. 역시 황금 한 근을 쓴 효과가 있었구나.'

왕식렴은 또다시 강무균이 일을 잘 처리했다는 걸 깨달았다. 알면 알수록 능력이 범상치 않은 강무균이었다. 그 같은 자가 자신을 위해 충성을 바치고 있다고 생각하니 마음 한 켠이 흐뭇해 온다.

내심 고개를 끄덕인 왕식렴이 점잖게 맞은편 자리를 손으로 가리켰다.

"일단 앉으시오, 본관이 할 말이 있으니까."

"예, 그러시지요."

옥성 사태가 사양치 않고 자리에 앉았다. 이미 왕식렴에 대한 위인 됨은 대충 파악이 끝난 상태였다.

강무균은 루외루의 아름다운 정원을 거닐다 시선을 내원 쪽으로 던졌다.

묘하게 흔들리고 있는 눈빛.

'혜관음 옥성 사태! 전대 총군사였던 현인 모용 노가주를 능가하는 재지를 지녔다는 평가를 내 안 믿었거늘, 그사이 무림맹에 침투시킨 동창 지밀대의 비밀 요원들을 모조리 색출해 냈을 줄이야!'

강무균이 오늘 만나기로 한 사람은 무림맹에 침투한 지밀대 요원 중 한 명이었다.

그를 통해 무림맹에 식객으로 들어간 후 적당한 때를 봐서 왕식렴과 북경으로 복귀하려 했다. 왕식렴으로 하여금 황법을 무시하게 하고 북경으로 복귀시키는 것이 강무균의 일차적인 목표였기 때문이다.

그러나 오늘 그를 찾아온 건 뜻밖에도 무림맹 총군사인 혜관음 옥성 사태였다. 그녀가 루외루를 찾기 전 어떤 밀지도 전달받지 못했으니, 무림맹 내부의 지밀대 비밀 요원들은 모조리 제거당했음을 알 수 있었다.

그렇다면 옥성 사태가 친히 이곳을 찾은 까닭은 무엇일까?

강무균은 정원을 거닐며 아무리 머리를 굴려봐도 알 도리가 없었다. 지밀대 내부에서 머리 좋고 상황 판단 빠르기로 정평이 난 그였지만, 상대는 정파제일의 모사라 불리는 옥성 사태였다. 지력에 한계를 느끼지 않을 도리가 없었다.

　"후우!"

　강무균의 입에서 한숨이 흘러나왔다.

　강호 무림.

　지밀대에서 죽음을 넘나드는 교육을 받고 나올 당시엔 그렇게도 좁아 보였던 곳이 이젠 인식의 한계를 느낄 정도로 광대하게 느껴졌다.

　옥성 사태는 루외루에서 왕식렴을 만난 후 곧바로 무림맹으로 돌아왔다.

　그녀의 발걸음은 어느새 봉황각으로 향하고 있다.

　당대 무림맹주인 봉황여제 모용청려의 거처이자 직무실이 바로 그곳이었다.

　끼익!

　일부러 문을 여는 소리를 낸 옥성 사태가 조심스레 집무실 안으로 들어서자 모용청려가 맑고 투명한 시선을 던져 왔다.

　"가셨던 일은 잘되셨는지요?"

　옥성 사태가 슬며시 허리를 숙여 보인 후 대답했다.

　"동창 지밀대에 관한 내부 정보나 알아보려고 갔었는데,

의외의 대어를 낚게 되었습니다."

"대어?"

"그 왕 첩형이란 자가 무림맹이 있는 항주로 온 건 황궁이나 동창과는 별로 관계없는 일이었습니다."

옥성 사태가 모용청려의 권하는 손짓을 보고 직무실 한 켠에 마련된 자리에 앉았다. 묘하게 여유가 넘치면서도 입가에 깃든 미소가 예사롭지 않다.

'뭔가 있구나!'

모용청려가 옥성 사태와 손발을 맞춘 게 일이 년이 아니다.

그녀는 이런 표정을 할 때의 그녀가 사뭇 대단하다는 걸 알기에 얼른 처리하고 있던 서류들을 한 켠으로 밀어놓았다.

하지만 그래도 옥성 사태는 소매 속에 숨겨둔 맛있는 과실을 꺼내놓지 않았다. 입을 꾹 다물고 모른 척할 뿐이다. 모용청려의 좀 더 애가 단 모습을 보고 싶은 것 같다.

모용청려의 표정이 새초롬해졌다.

그래도 그녀는 화를 내지 않고 자리에서 일어서 옥성 사태의 맞은편 자리에 앉았다.

탁탁!

둘 사이에 위치한 탁자를 손바닥으로 내려치는 모용청려의 표정이 사뭇 딱딱하다.

이젠 품속에 숨겨둔 맛있는 과실을 내놓으라는 강압이다.

'훗, 꼭 이럴 때의 맹주는 갓 사춘기를 맞은 소녀를 보는 것 같다.'

모용청려의 표정을 보고 내심 고소를 지은 옥성 사태가 눈을 빛내며 품 안에 숨겨뒀던 과실을 꺼내봤다.

"왕 첩형은 본래 황제의 명을 받고 무당산으로 부임한 자였습니다."

"무당산!"

모용청려의 목소리가 올라갔다. 그녀는 비로소 옥성 사태가 숨겨뒀던 과실의 정체에 대해 대충 짐작이 간 표정이다.

옥성 사태의 말이 빨라졌다.

"무당파는 근래 들어 성망이 대단해졌지요. 그래서 황제가 친히 막대한 재화를 기부하여 대대적인 도관 증축 공사에 들어갔는데, 왕 첩형을 보내서 관리 감독을 지시한 모양입니다."

"훗, 정파의 구파일방 중 당대제일이라 할 수 있는 무당파를 감시하려 한 것이군요. 하지만 동창의 첩형쯤 되는 자가 무당산 같은 궁벽한 곳으로 부임했으니, 그자도 줄을 한참 잘못 선 것 같네요."

"북경에서 활동할 당시 팽가와 문제가 좀 있었던 것 같습니다."

"팽가라면… 금의위 쪽하고 문제가 발생했다는 소리군요?

그렇다면 무당산으로 쫓겨갈 만한 충분한 이유네요. 그런데 어째서 감히 관리 주제에 황법까지 무시하고 부임지를 함부로 떠나온 건가요?"

"아마도 맹주께서 내심 기대하고 있는 그대로가 아닐까요?"

옥성 사태는 대놓고 미소를 지었다. 재미있어 죽겠다는 표정이다.

그러나 모용청려는 감히 반박치 못하고 백설같이 하얀 얼굴을 살짝 붉혔다.

옥성 사태와는 이제 친숙한 정도가 자매와 같아졌다.

속마음을 숨길 사이가 아니다.

잠시 입술을 다물고 침묵하던 모용청려가 조그만 목소리로 말했다.

"그래서 그는 무당산을 떠났다던가요?"

"아마도."

"아마도?"

"왕 첩형이 한 말을 곧이곧대로 믿을 순 없잖습니까? 그와 헤어지자마자 무당산 방면 무림맹 지부 쪽에 소식을 넣었습니다. 곧 좋은 소식이 있을 줄로 믿습니다."

"좋은 소식은 무슨. 앞으로 무림맹에 한차례 광풍이 불어닥칠 일인 것요."

"무림맹이란 곳은 본래 바람 잘 날이 없는 곳입니다."

"그 정도 바람이 아닐 테니까 문제죠."

걱정된다는 투이나 얼굴이 웃고 있다. 전혀 내심과는 다른 말을 내뱉은 것임을 확인이라도 시켜주려는 것처럼.

'저리 좋을꼬.'

옥성 사태가 모용청려를 바라보며 내심 안쓰럽게 고개를 흔들었다.

당대 천하제일의 여인.

누가 뭐라 해도 봉황여제 모용청려라 할 수 있다.

그런 여인이 이젠 세인들의 술자리에서 심심찮게 노처녀란 소리를 듣고 있었다.

그 주범은 다름 아닌 태극무검 진자운!

애 딸린 유부남이다.

그 같은 사실을 누구보다 잘 알고 있는 옥성 사태이기에 친자매같이 아끼게 된 모용청려를 바라보는 시선은 애잔하기만 하다. 그녀가 이젠 무림의 평화만 지키지 말고 한 여인으로서의 행복 또한 느낄 수 있게 되기만을 바랄 뿐이었다.

문득 모용청려가 화제를 바꿨다.

"그런데 항주성 바깥에 진을 치고서 기세를 올리고 있는 북녹림맹의 녹림철군단은 사고 치지 않고 얌전히 있는가요?"

"도둑 떼 주제에 군율은 엄정한 것 같습니다. 아직까진 민가에 큰 피해를 입히지 않고 있더군요."

"그래도 나름대로 민폐는 끼치고 있다는 거군요?"

"아무래도요."

옥성 사태의 입가에 쓴웃음이 떠올랐다.

일천여 명의 혈기방장한 도적들이 대도인 항주성 앞에 모였다. 사건 사고가 줄을 잇지 않을 까닭이 없다.

오죽하면 항주성의 지부대인이 종종 무림맹으로 찾아와서 통사정을 할 정도였다. 항주성의 치안 부대만으론 북녹림맹의 최정예인 녹림철군단의 패악을 막기가 역부족이니 당연한 일이다.

그러나 이미 천하에 무림맹주 모용청려와 북녹림맹의 후계자인 패왕도 철무한의 혼인이 발표된 상황이다.

무림맹의 무사들을 동원해서 혼인을 축하하기 위해 온 하객이라 주장하는 녹림철군단을 무작정 공격하긴 힘들었다. 그러기엔 명분이 부족하고, 피해가 너무 극심할 터였다. 또한 상관인 모용청려의 안면을 보지 않을 수도 없는 상황이었다.

이래저래 실무를 담당한 옥성 사태는 근래 들어 꽤나 피곤한 나날을 보내고 있었다.

그 사정을 아는 모용청려의 얼굴에 미안한 기색이 떠올랐다.

"제가 한차례 철 맹주를 찾아보겠습니다."

"맹주께서 그러실 필요는 없습니다."

"그렇지만……."

"만약 지금 맹주께서 철 맹주를 찾아가시면 맹의 젊은 무사들 중에 자살하는 자들이 속출할지도 모릅니다."

"설마 그럴 리가요."

"게다가 진 대협이 그 문제를 추궁하면 빈니로선 감당키가 어렵습니다."

옥성 사태의 얼굴은 이제 노골적으로 미소를 흘리고 있었다.

그래도 모용청려는 그녀를 탓할 수 없었다. 자신을 가장 위하는 사람이 그녀임을 누구보다 잘 알고 있었기 때문이다.

*　　　*　　　*

항주성 외곽.

녹림철군단이 진을 친 장소는 천목산 자락으로 항주성 시내가 한눈에 내려다보이는 위치였다.

병법상으로 꽤나 타당한 병진의 장소.

물론 이 같은 기가 막힌 장소를 선택한 건 북녹림맹의 군사인 병서생 백운생이다.

그는 자신이 선택한 지형을 이리저리 살피고 다니던 중 밑으로 내려다보이는 항주성 시내를 내려다보곤 탄복한 표정을 지어 보였다.

"하아, 정말 대단하구나! 대단해! 천 년의 고도라 하더니, 남송(南宋)이 어찌 원(元)의 강병을 그토록 오랫동안 막을 수 있었는지 잘 알겠다. 이 같은 지형은 그야말로 용이 하늘로 비상하는 형세가 아닌가!"

"씨발놈! 또 귀신 씻나락 까먹는 소리 하고 자빠졌구나!"

"아!"

백운생이 얼른 신형을 돌려세웠다.

획획!

좌우를 살피는 그의 표정에 의혹이 떠올랐다. 자신을 욕한 목소리를 듣고 필경 맹주 철기량이라 생각했다. 그런데 그의 주변엔 사람의 그림자도 보이지 않는다.

'이게 도대체 어찌 된……'

백운생의 상념은 계속 이어지지 못했다.

쉬악!

느닷없이 그의 머리 위에서 엄청난 바람이 일더니 육중한 몸을 한 맹주 철기량이 떨어져 내렸다.

"악!"

백운생은 광풍이라 할 만한 바람에 휘말려 바닥에 힘없이 나뒹굴었다.

그의 바로 앞에 철기량이 섰다.

백운생이 혼자 병진을 돌고 있는 모습을 멀리서 발견하고 단숨에 공간을 가로질러 날아온 것이다.

백운생이 황망 중에도 철기량 앞에 부복했다.

그러나 곧 강력한 역도가 일어 그의 신형을 바닥에서 억지로 일으켜 세웠다.

우드득!

너무 갑자기 일으켜지느라 백운생의 척추에서 격한 소리가 터져 나왔다. 뼈가 몽창 부서지는 듯한 기음이다.

백운생은 아픈 기색조차 짓지 못했다.

이를 꽉 악물고서 참았다.

그런 백운생에게 철기량이 인상을 꽉 써 보였다.

"누가 네놈더러 혼자 나다니라고 허락했냐!"

"그, 그게……."

"이곳에 진세를 구축하게 한 게 네놈이다! 네놈 머릿속에서 튀어나온 생각이야! 지금 네 녀석이 잘못되기라도 하면 어찌 제대로 된 전쟁을 벌일 수 있겠냐!"

'맹주는 전쟁을 생각하고 있는 건가!'

백운생의 얼굴에 다소 놀란 기색이 떠올랐다. 하지만 그는 곧 현 무림 상황을 떠올리곤 표정을 평상시처럼 꾸몄다.

무림맹과 북녹림맹.

결코 함께할 수 없는 존재라 할 수 있다.

적어도 무림맹주와 북녹림맹의 차기 후계자가 혼인을 맺기란 결코 쉽지 않은 일이었다. 사실 얼토당토않은 일이라고 볼 수 있었다.

그러니 맹주 철기량이 전쟁을 떠올린 건 어쩌면 당연했다.

북녹림맹의 군사인 백운생 역시 그 같은 전제 조건하에서 녹림철군단의 진세를 설정했다. 맹주와 군사가 서로 간에 말을 나누진 않았지만 충분한 공감을 나누고 있었던 것이다.

툭툭.

철기량이 손을 뻗어 백운생의 옷에 묻은 흙을 털어줬다. 처음 있는 일이다.

백운생이 황공하단 표정을 짓자 철기량이 흉포하게 으르렁거렸다.

"주접떨지 마라! 네 녀석이 앞으로 벌일 일에 반드시 필요할 거라서 대우를 해주는 거니까!"

"며, 명심하겠습니다."

"그리고 다신 혼자서 나다니지 말고 반드시 호위를 붙여라! 네 몸은 지금 네 녀석의 몸이 아닌 거야!"

"예."

백운생이 허리를 숙여 보이자 철기량이 신형을 돌렸다.

그의 눈앞으로 항주성의 아름다운 시내가 내려다보인다.

특히 서호 주변은 더할 나위 없이 아름답다.

카악!

침 한 모금을 항주성 시내로 뱉은 철기량이 살벌한 표정으로 웃어 보였다.

"며늘아가, 네가 뭔 생각을 하고 있는진 모르겠다만, 이 시아비를 엿먹이려고는 아예 시도도 안 하는 것이 나을 것이다."

'며, 며늘아가라면 무림맹주 봉황여제를 말하는 것인가?

벌써 며늘아가라니, 맹주는 진짜 이번 혼인을 어떻게든 강행하실 작정이구나!'

뒤에 부복한 백운생이 내심 고개를 절레절레 흔들었다.

                    *   *   *

기련마녀 형요란.

수십 년에 걸친 채양보음으로 한때 이십대가 부럽지 않을 미모와 젊음을 자랑하던 요녀는 하룻밤 새 파삭 늙어버렸다.

얼굴엔 주름이 지고, 흑단 같던 머리 역시 군데군데 새치가 생겼다. 본래의 나이인 오십대까지는 아니나 이젠 결코 이십대론 보이지 않는다.

잘 봐줘야 삼십대 후반 정도?

동경을 손에 들고 자신의 확 바뀐 얼굴을 살피던 형요란의 두 눈에 원독의 기색이 번뜩였다.

"빠드득, 날 이 꼴로 만들어놓고 튀어버려? 내 이 더러운 놈들을 결코 용서하지 않으리라! 용서하지 않아!'

형요란은 손에 든 동경을 확 내던져 버렸다.

파창!

얼마나 손에 힘이 들어갔던지 동경은 바닥에 떨어지자마자 요란한 소리를 내며 깨졌다.

오뉴월에도 서리를 내리게 한다는 여인의 한.

그것이 이제 시작되려 하고 있었다.

쏴아!

느닷없이 형요란의 머리 위로 비가 쏟아졌다. 며칠 전 내렸던 것과는 비교조차 되지 않을 정도로 장대 같은 비였다.

"에취!"

형요란이 단숨에 비에 젖은 생쥐 꼴이 되어 재채기를 했다.

절대태양지체를 타고난 장자경을 덮치려다 오히려 체내의 음기를 모조리 소진한 터.

근래 다시없을 정도로 몸이 부실해진 형요란은 비에 젖은 정도로 감기가 들어버렸다. 처량하기 이를 데 없는 꼴이 되어버린 것이다.

한데, 그때였다.

애꿎은 하늘을 향해 마구 주먹질을 하며 악을 써대던 형요란의 눈에 이채가 떠올랐다.

쫑긋.

귀 역시 움직인다. 지나가는 사람 하나 없던 관도 저편으로부터 거친 말발굽 소리가 들려오는 걸 눈치 챈 까닭이다.

'오호호, 과연 사람이 죽으란 법은 없구나! 궁하면 통하는 법인 것이야!'

형요란은 재빨리 자신의 옷차림을 다듬었다.

곧 물에 빠진 생쥐 꼴이던 그녀가 비에 흠뻑 젖은 요염한 미부로 변모했다.

기련마녀 형요란, 아직 완전히 죽은 것은 아니었다.

한편, 형요란을 내팽개치고 마차를 강탈한 진자운은 그녀의 마차에 타고서 그녀의 온옥으로 된 자리에 앉아 온몸을 마구 뒤틀어대고 있었다.

심심해서 죽을 것 같다는 발버둥.

한 명의 요녀를 시궁창 속에 처박아 버린 사람이 할 짓은 아니다. 결코 아닐 터였다.

하지만 진자운은 이미 형요란이란 존재를 머릿속에서 싹 삭제한 상황이었다.

그가 앞으로 신경 쓸 일은 그보다 훨씬 많았다.

후둑! 후두두둑!

마차 위로 빗방울 쏟아지는 소리가 들려왔다. 얼마 전부터 날이 흐리더니, 이젠 본격적으로 쏟아지기 시작한 것이다.

진자운은 그래도 마부석에서 열심히 말을 몰고 있는 장자경을 들어오라 하지 않았다.

벌!

항주까지 진자운은 자신의 계획을 철저하게 망친 장자경을 마부로 부려먹을 작정이었다. 그동안 자신이 너무 잘해줘서 간이 배 밖으로 나왔다는 판단이었다.

'흥, 좀 몸이 고달파 봐야 사람의 정이 그리운 것도 알 테고, 자기한테 잘해주는 여자한테 애정도 느낄 테니.'

진자운의 얼굴로 심술이 그대로 드러났다.

그는 한차례 더 네 활개를 치곤 꾸벅꾸벅 졸기 시작했다. 언제 장자경에게 심술을 드러냈냐는 듯 아무 생각 없이 꿈속으로 빠져들었다.

며칠 후.

형요란에게 빼앗은 네 필의 대완마가 이끄는 최고급 마차와 장자경을 죽어라 마부질시킨 덕분에 진자운은 항주에 더할 나위 없이 편하게 도착할 수 있었다.

그동안 그는 계속 온옥으로 된 자리에 앉아서 졸고 또 졸았다. 별로 할 일이 없으니 꿈속에서 우화등선 놀이를 하면서 실컷 논 것이다.

그래서일까?

장자경이 마차의 문을 열자 밖으로 기지개를 켜며 나온 진자운의 얼굴은 번들거림 그 자체였다.

지나치게 편하게 여행을 한 덕분에 얼굴은 뽀샤시하니 기름졌고, 상쾌한 기운과 활력이 전신을 감돌고 있었다. 곁에 서 있는 장자경의 얼굴에 시름과 피곤의 기색이 완연한 것과는 완전 딴판이었다.

진자운이 장자경의 죽상을 한 얼굴을 힐끗 바라보곤 나직이 혀를 찼다.

"자식, 얼굴 하고는. 누구 아는 사람이 죽기라도 했냐?"

"아, 아닙니다."

"그럼 인상 펴라! 여긴 항주다, 항주!"

"항주인 거 알고 있습니다."

"그럼 이곳이 바로 천하제일의 쾌활림이 있는 곳이란 것도 알겠네?"

"쾌활림이요?"

"응."

진자운이 고개를 끄덕이곤 장자경의 표정을 살피니, 아리송한 기색이 완연하다. 쾌활림이 어떤 곳인지 전혀 모르겠다는 표정이다.

"쯧! 무식한 자식. 쾌활림이란 천하제일 색주가를 이른다. 사내새끼가 어찌 그런 것도 모르냐?"

"새, 색주가요?"

장자경의 얼굴에 공포의 기색이 떠올랐다.

그동안 진자운의 심술에 몸은 힘들었지만 정신만은 무척 편했다. 기련마녀 형요란 사건 이후 더 이상 기녀원에 데려가지 않았기 때문이다.

그런데 또 천하제일 색주가를 언급할 줄이야!

거대한 덩치를 한 장자경이 후들후들 몸을 떨었다. 그는 이제 천하에서 가장 공포스러운 것이 마구 들이대는 여인이라할 수 있었다.

그 모습에 또다시 심술기가 발동한 진자운이 퉁명스레 말했다.

"염려 말아라, 네 녀석을 쾌활림에 데려가는 일 따윈 절대로 없을 테니까."

"형님, 정말입니까?"

"암, 정말이고말고. 자고로 놀 줄 모르는 자식을 쾌활림 같은 곳에 데려가는 건 군자의 도리가 아니라고 했으니까."

"형님, 감사합니다!"

장자경이 진자운에게 달려들었다. 또 바짓가랑이를 붙잡고 늘어지려 한 것이다.

진자운은 재빨리 발을 옆으로 빼냈다.

곰 같은 장자경이 바짓가랑이를 붙잡고 늘어지는 꼴을 항주 같은 대도시에서 보이고 싶지 않았다.

퍽!

대신 장자경의 옆구리를 발로 걸어차 자빠뜨린 진자운이 어느새 저만치 걸어가기 시작했다.

"혀, 형님!"

장자경이 옆구리를 부여잡고 엉거주춤 일어서 소리쳤다. 진자운의 움직임이 평소보다 월등히 빨라 단숨에 시야에서 사라지자 그로선 당황할 수밖에 없었다.

그러나 이미 진자운은 완전히 시야 밖으로 사라진 상황.

장자경의 흉측한 인상이 울상이 되고 말았다.

장자경을 뒤에 떼어놓은 진자운이 도착한 곳.

동서남북.

사대문을 가진 것으로 유명한 무림맹이다.

진자운은 사대문 중 동문 앞에 서서 잠시 생각에 잠겼다. 그동안 무림맹을 드나들며 발생했던 사건들이 주마등처럼 그의 뇌리 속을 넘나들고 있었다.

그중 무림맹 내부의 정보만을 끄집어낸 진자운의 입가에 미소가 떠올랐다.

히죽.

진자운을 웃게 한 당사자는 바로 한 명의 여인이었다.

그녀를 만날 생각에 그는 웃을 수 있었다. 자신이 여태까지 그녀를 계속 혼자 놔뒀다는 거라든지, 곧 그녀가 혼인할 상태라는 것 따윈 아예 생각조차 하지 않는 것 같다.

'그럼 가볼까?'

진자운의 손은 어느새 동문의 대문을 힘차게 떠밀고 있었다.

『태극검해 2부』 2권으로 이어집니다

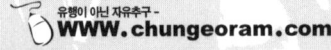

지금 유전자가 말하는 사랑과 성의 관한 솔직 대담한 진실이 펼쳐집니다!

남편의 후광을 등에 업는 것은 까마귀와 인간뿐…

모두에게 바보 취급받던 독신 암컷이 단번에 인생대역전을 해서
서열 1위인 수컷의 아내 자리를 차지하게 될 수도 있다는 말입니다.
모든 여성이 이상형의 남자와 결혼할 수 있는 것은 아닙니다.
적당한 선에서 타협하여 적당한 사람과 결혼하지요.
하지만 솔직히 말해서 당연히 멋진 남자가 더 좋지 않겠습니까?
따라서 여성은 생각합니다.
'그럼 어떻게 하지? 유전자만이라면 가질 수 있어!'
그리하여 장기계획형이나 단기승부형과 같은 여러 가지 방법의
외도가 생겨나는 것입니다.
물론 모든 여성이 이를 실행에 옮기지는 않습니다.

하지만 기회가 있다면 어떨까요?
다른 조건과 이미 타협을 봤다면?
남편이 사소한 일은 눈치 못 채는 둔한 남자라면?
뭔가 유전자의 음모가 느껴지지 않습니까?

실패를 모르는 남자 선택법!
「내 남자친구는 왼손잡이」법칙

어째서 여성은 왼손잡이 남성에게 마음이 끌리는 걸까요?

여기서 기억해야 할 것은 몸의 좌우와 뇌의 좌우는 원칙적으로 반대 관계라는 점입니다.
따라서 왼손잡이 남성은 우뇌가 발달했습니다.
발달했다는 사실이 왼손잡이를 통해 반영된 것입니다.

그리고 두 번째로 생각해야 할 것은 우뇌는 남성 호르몬의 일종인 테스토스테론에 의해 발달한다는 점입니다.
요약하자면 왼손잡이 남성은 우뇌가 발달했는데, 그것은 테스토스테론 수치가 높기 때문입니다.
그것은 다름 아닌 생식 능력이 높다는 것을 의미하지요.

「내 남자 친구는 왼손잡이」에 감춰진 의미는… 내 남자 친구는 생식 능력이 높아… 인 것입니다.

초등학생이 반드시 읽어야 할 좋은 책 49권

각 학년별로 초등학생이 반드시 읽어야할 좋은 책을
선정하여 통합논술의 기본이 되는 '올바른 독서법'을
일깨워 줍니다.

교과서와
함께하는
초등학교 통합논술

초등1학년 | 값 12,000원 / 초등2학년 | 값 9,500원 / 초등3학년 | 값 11,000원 / 초등4학년 | 값 9,500원 / 초등5학년 | 값 9,500원 / 초등6학년 | 값 11,000원

♣ **혼자 할 수 있어요.**

엄마가 책 읽는 방법을 가르쳐 주어도 좋아요.
독서지도하는 선생님이 가르쳐 주어도 좋답니다.
'초등 교과서와 함께하는 통합논술 시리즈'는
아이 스스로 독서할 수 있도록 꾸며진 책이에요.
엄마와 선생님은 요령만 가르쳐 주시면 된답니다.

♣ **교과서의 중요한 내용이 총정리되어 있어요.**

각 학년별로 중요한 교과 내용이 함께 수록되어 있어요.
초등학생은 교과서 내용을 충실하게 공부해야 합니다.
아울러 그와 병행한 독서가 대단히 중요하지요.
'초등 교과서와 함께하는 통합논술 시리즈'는
두 가지 방법 모두 알려준답니다.

♣ **이 책은 훌륭하신 선생님들이 함께 쓰신 책이랍니다.**

동화작가 선생님들이 쓰셨어요. 소설가 선생님도 쓰셨답니다.
국어 논술독서지도 선생님들도 함께 쓰셨지요.
'초등 교과서와 함께하는 통합논술 시리즈'는
엄마의 마음으로 모든 선생님들이 함께 꾸민 책이랍니다.